おばあちゃん姉妹探偵③

さわらぬ先祖にたたりなし

アン・ジョージ　寺尾まち子 訳

Murder Runs in the Family

by Anne George

コージーブックス

MURDER RUNS IN THE FAMILY
by
Anne George

挿画／ハラアツシ

すべてのフレッドたちへ。とりわけ、わたしのフレッドへ。

謝辞

バーミングハム公立図書館及びサムフォード大学の図書館員のみなさまのご協力に感謝いたします。どちらの図書館も系譜学の資料がすばらしく充実しており、わたしにも利用することができました。また、ドリス・テンプル、ヴァージニア・マーティン、メアリー・フォンドレンにもお礼を申し上げます。みなさんのおかげで、系譜学が大好きになりました。わたしが電話をかけて「たとえば、こうなった場合は――」と質問を投げかけても、辛抱強く答えてくださったことに感謝いたします。

さわらぬ先祖にたたりなし

主要登場人物

パトリシア・アン・ホロウェル……………………退職したもと教師
メアリー・アリス・テイト・
サリヴァン・ナックマン・クレイン……………パトリシア・アンの姉。資産家
フレッド……………………………………………………パトリシア・アンの夫
ヘイリー……………………………………………………パトリシア・アンの娘。看護師
フィリップ・ナックマン…………………………ヘイリーの恋人。医師
デビー・ナックマン……………………………………メアリー・アリスの娘。弁護士
ヘンリー・ラモント……………………………………パトリシア・アンのもと教え子。デビーの夫
メグ・ブライアン………………………………………ヘンリーの親戚。系譜調査員
トリニティ・バッカリュー…………………………メグの妹
ロバート・ハスキンズ…………………………………メグのもと夫。判事
ジョージアナ・ピーチ…………………………………系譜調査会社を経営
キャスティーン（キャシー）・マーフィー……パトリシア・アンのもと教え子。系譜調査員
ハイジ・ウイリアムズ…………………………………系譜調査員
ボニー・ブルー・バトラー…………………………ブティック店員
ボー・ミッチェル…………………………………………警察官

1

「ゲロゲロ・ルークがきてるわね」姉のメアリー・アリスは信徒席の最前列にすわるわたしの右側に案内されると、小声で言った。そして花婿の付添人(グルームズマン)のほうを向いて、小さく手をふった。

「メアリー・アリスはゲロゲロ・ルークがきていると言ったのか?」夫のフレッドがわたしの左耳にささやいた。

わたしはうなずいた。ルークはミシシッピ州コロンバスに住むいとこで、子どもの頃はいつもわたしたちと一緒に海岸へ行った。ルークは車酔いがひどく、親戚じゅうの伝説になっている。

ヘンデルの『水上の音楽』がバーミングハムの聖マルコ聖公会教会の丸天井に響いている。

「きょうは、すごくすてきね」わたしはメアリー・アリスにささやいた。本当にすてきだった。ピンク色の髪を落ち着いたアッシュブラウンに変えたせいでとても品があるように見えるし、ラベンダー色のワンピースの上に着ているチュニックのおかげで体重が十五キロは落ちたように感じる。それでもまだ九十八キロあるけれど。メアリー・アリス自身に言わせれば、「身長百七十八センチ、いい感じにぽっちゃり」だ。

「へーえ」メアリー・アリスはわたしの姿を点検しながら言った。「あんたもすてきよ、パトリシア・アン」

珍しくほめられた。わたしは〈プチ・ショップ〉で買ったサイズ六のブルーのシフォンスカートをなでた。メアリー・アリスとわたしは年じゅう本当に姉妹かと尋ねられる。そしてメアリー・アリスはときおり「本当に」とはどういう意味かと訊き返して、尋ねたひとを困らせる。わたしはメアリー・アリスにそんなふうに訊き返すのは悪趣味であり、もう六十年も同じことを訊かれているのだから、その質問に慣れて「そうだ」とだけ答えればいいと話す。

「髪はどうしたの？」メアリー・アリスは尋ねた。

「〈ルー〉のスパンサンド色。洗い流せるカラーリンスよ」

「そんなんじゃだめよ」

「わたしはきみの白い髪が好きだと、メアリー・アリスに言ってくれ」フレッドがささやいた。

わたしは一瞬考えてから言った。「フレッドはわたしの白い髪が好きなんですって」シスターに伝えた。

「あらあら」

幸いなことに、わたしがシスターに返した言葉はヘンデルの『水上の音楽』がかき消してくれた。

メアリー・アリスはあたりを見まわした。「花のピンク色が暗すぎると思わない？」

「ぜんぜん。とてもきれいよ」

「デビーがこんな結婚式を挙げるなんて信じられない」

同感だ。メアリー・アリスの娘であり、わたしの姪であるデビー・ナックマンは成功した三十六歳の弁護士で、二歳の双子の娘がいるシングルマザーだ。昨年のクリスマスにデビーと婚約者のヘンリー・ラモントが三月に結婚すると発表したとき、こんな立派な式を挙げるなんて誰も思わなかった。本当に予想外だった。それがいまこうしてわたしたちは聖マルコ聖公会教会の信徒席の最前列にすわり、うしろには三百人以上の参列者がいるのだ。

「あのステンドグラス、キリストっぽくないわね」シスターが小声で言った。

「何だって？」フレッドが訊いた。

「あのステンドグラスがキリストに似ていないって」

「メアリー・アリスなら知っているだろうな。きっと、キリストをじかに見ているはずだ」

「何ですって？」メアリー・アリスが訊いた。

「何も言ってないわ」わたしはフレッドに眉を吊りあげて見せた。メアリー・アリスは六十五歳で、わたしとは五歳しか離れていない。わたしの左側にいる知ったかぶり屋よりは二歳上だ。

「いいえ、言ったわ。フレッドはあたしがすごい年寄りみたいに言ったはずよ」

「気にしないで」

「メアリー・アリスは何だって？」フレッドが訊いた。

オルガンが『歓喜の歌』を弾きはじめると、参列者たちの期待が盛りあがり、ざわめきが広がった。横の扉が開き、司祭のあとから花婿のヘンリーと介添役（ベストマン）をつとめるフレディが出てきた。ふたりともとても堂々としていて、わたしはハンドバッグを開けてティッシュペーパーを探した。

「ああ、ちょっと。ふたりともチューインガムをかんでるわ」メアリー・アリスが小声で言った。

「何だって？」フレッドが訊いた。

「ふたりともチューインガムをかんでいるって。ああ、フレッド、どうしたらいい？」

花婿とベストマンが参列者のほうを向いた。息子のフレディが笑いかけてくると、わたしたちは三人そろって必死にガムをかんでいる真似をした。フレディは一瞬驚いた顔をしたが、すぐに喉仏が動いて、ガムを飲みこんだのがわかった。そしてフレディがひじでつつくと、ヘンリーもすぐにガムを飲みこんだ。

「よろしい」メアリー・アリスはうなずいた。

最初に祭壇へ向かって中央の通路を歩いてきたのは、わたしたちの娘のヘイリーだった。バラ色のブライズメイドのドレスは実用的ではないが、とても似あっている。ぴったりとした身頃のおかげで腰がとても細く見え、ドレスの色がオリーブ色の肌をピンク色に輝かせている。

デビーの介添役(マトロン・オブ・オナー)をつとめているのは、姉のマリリンだ。百八十センチ近い長身でブルネットの髪のマリリンは、同じ年頃だった母親のメアリー・アリスにそっくりで、気味が悪いほどだ。マリリンが身長百五十五センチの赤みがかったブロンドのヘイリーと並んで立っているのを見ると、まるで三十年まえのシスターとわたしを見ているようだった。

オルガンが大きな音でファンファーレを鳴らして全員が立ちあがると、花嫁がいとこのフィリップ・ナックマンと腕を組んで入場してきた。ダイアナ妃にも負けないほどのドレスだ。

「こりゃ、すごい」フレッドが言った。「目がつぶれそうなほど真っ白なウエディングドレスだな」

「黙って」わたしは夫をひじで突っついてから、ともに着席した。

「親愛なるみなさま」司祭が口を開いた。メアリー・アリスもわたしもティッシュペーパーを取り出した。

伝統に則った結婚式だった。誰よりも自立している三十代の女性で、自分ひとりの力で長年生きてきて仕事でも成功し、子どもが欲しいと思ったときには大学の精子バンクで人工授精を受けたデビーが、いとこによって七歳下のヘンリー・ラモントに〝託される〟のだ。ヘンリーはとてもすばらしい青年だけれど、一文なし。仕事は臨時雇いだ。いつか全米で指折りのシェフになる予定だけれど。それは、みんなが知っている。

誓いの詞(ことば)が終わってデビーとヘンリーが祈るためにひざまずくと、オルガン奏者が退出賛美歌を演奏しはじめた。新郎新婦は立ち止まり、母親の代理として隣にすわっていたヘンリーの年配の親戚とメアリー・アリスにキスをした。そして笑顔で退場すると、フィリップ・ナックマンはシスターを、そしてフレディはヘンリーの親戚をエスコートしていった。

「さてと、終わったな」フレッドが言った。

参列者たちは立ちあがり、話をしたり、笑ったりしている。わたしは最後にもう一度目もとを拭った。

「ちゃんとくっつきそうな結婚式だったわ」わたしは言った。

「何だって？」

「ほら、ずっとくっついていそうな夫婦は見ていればわかるでしょう」

わたしたちは真ん中の通路に出た。

「メアリー・アリスは年寄りのほうのフィリップに、デビーをユダヤ教徒として育てると約束したって言わなかったか？」フレッドが訊いた。「ここはユダヤ教の寺院ではないだろう。大聖堂かもしれないが」

〝年寄りのほうの〟フィリップというのはデビーの父であり、メアリー・アリスの二番目の夫だ。そして花嫁を引き渡す役割を果たした、同名の〝若いほうの〟フィリップ・ナックマンのおじでもある。「シスターは忘れていたと言っていたわ」わたしは説明した。

「忘れていた？」フレッドは笑いに笑い、教会の入口を出たときにもまだ笑っていた。そのとき、わたしはフレッドがこうして低い声で含み笑いをするのを久しぶりに聞いたことに気がついた。一瞬、不安が胸をよぎった。だが、ほんの一瞬だけで、すぐに教会の正面をうろうろしている友人や親戚に捕まってしまった。

「パトリシア・アン!」ゲロゲロ・ルークに抱きしめられた。ルークは六十代で数百万ドルの資産を持つ、風格のある保険会社の役員だ。美しい女性と結婚し、子どもは下院議員になっている。手短に言えば、立派な人生を送っている、親戚一同の輝く星ということだ。メアリー・アリスはまだ嫌っているけれど。

「まつ毛にゲロがついてたのよ!」メアリー・アリスは言う。「車酔いはよくあることだけど、ルークは噴射させるんだから。一緒に出かけるたびに、休暇が台なしよ」

シスターはこうした幼い頃の旅行をわたしよりよく覚えている。だから、わたしはルークが好きだけれど、あまりそばにいないようにしている――万が一のために。

「ルーク」わたしは後ずさりながら言った。「会えてうれしいわ。あなたがきてくれたなんて、シスターが喜ぶわよ」

ルークはうれしそうな顔をした。いつかメアリー・アリスに許される日が訪れるという希望をいまだに抱いているのだろう。とうとう六十年もたってしまったけれど。

ルークはフレッドと握手をし、わたしは奥さんのヴァージニアと抱きあった。

「すてきな結婚式だったわ」ヴァージニアが言った。「ミニーもこれまで見たなかで、いちばん美しい結婚式だったって」

ミニーというのはヴァージニアがルークにつけたあだ名だ。ヴァージニアはほかの親戚の祝いごとで〈ガロ〉の白ワインをひとりで一本空けたときに、ミニーというのは〃一分間（ミニット）しか持たない男（マン）〃の略称だと、シスターとわたしに打ち明けたのだ。その告白を聞いて、シスターは大喜びしていた。かわいそうなルーク。

「本当にすてきだったわね」わたしも同意した。

「ヘイリーもお人形さんみたいだった。フレディとアランもとても格好よかったし」

わたしはにっこり笑った。うちの子どもたちは下院議員ではないけれど、とても性格がいいし、見た目もいい。

「お花も豪華で！　あのピンク色！　デビーのドレスもすばらしかったわ。それに花婿もとてもかわいらしくて、スプーンですくって食べちゃいたいくらい」

わたしは喋りつづけるヴァージニアを査定した。若い頃から称賛する術を身につけていたにちがいない。

「パトリシア・アン！」友人のボニー・ブルー・バトラーが人混みを抜けて近づいてきた。

「すてきな結婚式だったわね」

わたしは同意し、ルークとヴァージニアにボニー・ブルーを紹介した。

「コロンバスの方でしょう？」ボニー・ブルーはルークと握手しながら訊いた。「メアリー・アリスからいつも聞いているのよ」

ルークはうれしそうな顔をした。「そいつは光栄だなあ」

「誰か、披露宴会場まで一緒に乗っていく？」とヴァージニア。

「いいえ！」わたしたちは声をあわせて言った。

「わたしたちは長くいられないから、先に行かないといけないの」

「それじゃあ、会場でまた会いましょう」わたしは言った。

「ゲロゲロ・ルークって、けっこういい男じゃない」ボニー・ブルーがふたりを見送りながら言った。

「性格だっていいのよ。ルークがシスターの家の近くに住んでいなくてよかったわ。シスターはぜったいにルークを許さないから」わたしたちはしばらくそのことについて考えた。

「シスターはわたしがシャーリー・テンプル人形をなくしたことも許してくれないの」そのことについても、また思いをめぐらせた。「五十五年もまえの話なのに」

「ボニー・ブルー、わたしたちと一緒に乗っていくかい？」フレッドが訊いた。「帰りはここまで送ってきてあげるから」

「ええ」

「それじゃあ、先に車まで行っているよ。きみたちはあとからきて」

「彼もいい男よね」フレッドが離れていくと、ボニー・ブルーが言った。もちろんこのうえなく大賛成だ。六十三歳になっても、フレッドの歩き方は若々しかった。わたしは遠近両用眼鏡を下げて、フレッドを見た。いい男！

参列者たちが急いで帰る様子はなかった。暖かな三月の陽射しのおかげで、教会のまえに立ってお喋りをしているのは気持ちがよかった。こんな天気の日に結婚式を挙げられるなんて、デビーは運がいい。アラバマの三月は、どんな悪天候になってもおかしくないのだから。たいていはひどい天気なのだ。バーミングハムで一度だけ記録されている暴風雪は数年まえの三月十三日に起こり、四十六センチの積雪を残し、五十万人の心に恐ろしい記憶を刻みつけた。大部分の人々は生まれてからずっと、ちらちら舞う雪しか見たことがなかったのだから。だが、きょうは快晴だ。太陽が幸せな花嫁に陽射しを降り注いでいる。

「何だかご機嫌ね」わたしは言った。

「〈大胆、大柄美人の店〉のおかげよ」ボニー・ブルーは言った。「見て」うしろを向いて、クリーム色のスーツの背中を見せた。ジャケットの背中にはV字の切りこみが控えめに入り、スカートにはそのV字を鏡で映したような長いキックプリーツが入っている。

「しゃれてるわね」わたしは言った。

「細く見えるでしょ」

「格好いいわ」

「ありがとう」ボニー・ブルーはにっこり笑った。「あなたの服も好きだわ。そんな小さな服なら、一着分のお金は取られないでしょ」

「じつは、かなり高かったのよ」わたしは白状した。

そのあとも数名から挨拶をされ、立ち止まっては話をした。道は渋滞していたが、陽射しは暖かく、急いでいるわけでもない。ボニー・ブルーがあくびをした。

「わたしもあくびが出そうだわ。ゆうべ、あまり寝ていないの。リハーサル後のパーティーから帰ったのが十二時すぎだったし、そのあとも寝つけなかったから」

「でも、とにかく結婚式は無事に終わったわ」

「そうね」

ボニー・ブルーはわたしが大好きな人々のひとりだ。初めて会ったのはシスターが買ったカントリーウエスタン・バー〈スクート&ブーツ〉だった。ラインダンスはジルバの流行以来、最も熱いダンスで、〈スクート&ブーツ〉は賢い投資だと断言して買ったのだ。ボニー・ブルーは〈スクート&ブーツ〉に勤め、実質上の運営を任されていた。初めて会ったとき、ボニー・ブルーとメアリー・アリスがまるで写真のネガのようだと感じたことを覚えている。同じ体形、同じ歩き方、同じ癖。ハンドバッグまでそっくり。ただし、ボニー・ブルーは十五歳ほど若くて、肌が美しいチョコレート色だけれど。

わたしとボニー・ブルーはどちらもきょうの花婿であるヘンリー・ラモントを愛していたことで、すぐに友だちになった。ボニー・ブルーはヘンリーと同じ職場で働いていたし、わたしにとってヘンリーは教え子で、どちらにとっても息子のように愛おしい存在だったのだ。

そして、いまわたしたちは並んで立ち、分速一メートルの速度でこちらに向かってくる車を待っている。車のなかでフレッドがハンドルにてのひらを打ちつけている。

「デビーにはヘンリーを幸せにしてもらわないと」ボニー・ブルーが言った。「あたしが言っておきたいのは、それだけ」

「賛成よ」わたしは同意し、そのあとデビーが姪であり、彼女のことも愛していることを思い出した。「ふたりがお互いを幸せにしてくれることを願うわ」

「賛成。フレッドと結婚して、どのくらい？」

「四十年。幸せな四十年だったわ」

車がわたしたちのまえで停まり、フレッドが身を乗り出してドアを開けた。「くそっ！　次は歩いてもらうからな」


披露宴は〈ザ・クラブ〉で開かれた。レッドマウンテンの頂上にある美しい会員制クラブだ。想像力の乏しい名前だけれど、建物の設計には想像力がたっぷり発揮されている。どの部屋にもガラス張りの壁があり、片側からはバーミングハムの街並み、反対側からはシェイズ・ヴァレーとシェイズ・マウンテンのすばらしい眺めが堪能できる。

バーミングハムを初めて訪れた人々はふたつの点に驚く。ひとつは山の多い地形で、なだらかに起伏するアパラチア山脈のはしにある、鉱石が豊富な土地だということ。ふたつ目が鍛冶の神、ヴァルカン像だ。世界最大の鉄像はレッドマウンテンの頂上の、披露宴が開かれている〈ザ・クラブ〉の近くに建っている。バーミングハムのダウンタウンのどこからでも見えるせいで、人々は道に迷うことがない。ヴァルカンに向かって歩けば、南に進んでいるからだ。ヴァルカンが左側にいれば、西に向かっていることになる。バーミングハムの経済を成立させている鉄鋼業の象徴というだけでなく、道案内の役目も負っているのだ。

それに観光客を引き寄せる目玉でもある。ヴァルカンの足もとにはピクニックに最適な気持ちのいい公園があるし、ヴァルカンの頂上を目指して階段をのぼれば、バーミングハムのダウンタウンや遠く離れた山々の見事な景色を見ることができる。こぎれいな小さな土産物店ではヴァルカンの後ろ姿と「鉄の尻」というロゴが入ったTシャツや缶ホルダーを売っている。ピクニックをする人々は世界一大きな尻を眺めることになるからだ。レッドマウンテンの南側の住人全員も。鍛冶の神ヴァルカンの前掛けは身体のまえしか隠していないから。

数年ごとに、ヴァルカンの尻を隠そうとする試みが気乗りしない様子で行われる。だが、成果はない。本音を言えば、たとえ裸の尻をさらしていても、住民の多くはなじみ深いヴァルカンが好きなのだ。

〈ザ・クラブ〉からだと横から見ることになるヴァルカンは、とても堂々としている。客の多くはすでにテラスに出て、ヴァルカンと同じように街を見おろしている。ただし、披露宴が行われているのは舞踏室だが。デビーとヘンリーは並んで招待客を迎えることはしなかったけれど、ウエディングドレスが祝福する人々に囲まれているのは見えた。だが、メアリー・アリスの姿はどこにもない。

「シスターはどこにいるのかしら」わたしは言った。

「ここよ」耳もとでささやかれ、わたしは飛びあがった。「このストッキングをどうにかして。膝まで落ちてきちゃうのよ」

「あたしが売ったストッキング？　超ロング・クイーンサイズにするよう言ったでしょ。どのサイズを買ったの？　普通のクイーンサイズ？」いまは〈大胆、大柄美人の店〉で働いているボニー・ブルーはシスターの惨状を自分への当てつけだと受け取っていた。

「シャンパンか何かを取ってくるよ」フレッドが言った。

ボニー・ブルーは顔をしかめた。「普通のクイーンサイズを買ったせいで一日じゅうアヒルみたいな格好で歩いているなら、どうしようもないわ」

「あなたがカウンターに置いたものを買ったのよ」

「それなら、超ロングのはずよ。あたしが売ったストッキングのせいだと言うなら、何が悪いのか見にいきましょう。あなたがはいているもののせいだとは思えないけど。超ロングなら、何の問題もないはずだから。ほら、見てよ」わたしたちに見えるように脚をあげた。

わたしはふたりが歩いていくのを見送った。メアリー・アリスはペンギンのように歩いている。

「ママ」娘のヘイリーが近づいてきた。亡きおじの代わりに花嫁の父親役をしていたドクター・フィリップ・ナックマンと腕を組んでいる。亡くなったフィリップはシスターのほかのふたりの夫たちと同じエルムウッド墓地で眠っている。三人一緒に。「三人から苦情がきたことがある?」とシスターはいつも言う。

「パパはどこ?」ヘイリーが訊いた。

「シャンパンを取りにいったわ」

「ケーキを見てきて。すごいから」ヘイリーは小さく手をふると、フィリップとテラスへ出ていった。フィリップが顔を近づけて何かささやくと、ヘイリーは微笑んだ。

「ふむ」わたしはふたりの背中を見つめた。

そしてフレッドを探したけれど見つからなかったので、ヘイリーの勧めにしたがって、ケーキを見にいった。

「ミセス・ホロウェル？」

ふり向くと、花婿の母親代わりをつとめたヘンリーの親戚の女性だった。この結婚式は代役が多い。

「ミセス・ブライアン、すてきなお式だったわ」彼女とは昨夜のリハーサル後のパーティーで会っている。シスターに〝メグ・ライアン〟だと紹介されたのだ。

「ブライアンよ」そのとき、彼女は穏やかに名前を訂正した。

「ごめんなさい」シスターは言った。「どうして何度も間違ってしまうのかしら」

どうしてなのか、わたしにもわからない。メグ・ブライアンはどうあっても華やかな映画スターには見えない。どちらかというと、ジェシカ・タンディというタイプだ。かよわそうな身体に細い白髪で、若い頃の美しさが力強く残る知的な顔をしている。わたしたちの祖母だったら、すぐに「南部の女」と呼ぶだろう。

「あんなにすてきな結婚式は初めて」

「祭壇に立つヘンリーを見ることができたら、あの子の母親とおばがどんなに誇りに思ったことか。それに、ガムを飲みこんでくれて、ほっとしたと思うわ」

メグ・ブライアンとわたしは微笑みあった。「シャンパンをいかが？」わたしは訊いた。

「いただくわ。正直に言うと、お料理のテーブルにも行きたいの。もう、見た？」

わたしは首をふった。「まだ着いたばかりだから」

「ものすごいの」

「ヘンリーが考えたのよ」わたしは言った。

「ヘンリーから聞いたわ。あの子は天職を見つけたみたい。そう思わない？」

わたしはうなずいた。「〈ブルックウッド・カントリークラブ〉のシェフになることはご存じ？　新婚旅行から帰ってきたらすぐに働くみたい」

「あなたのお姉さんから、レストランを買い取ってヘンリーを共同経営者にするって聞いたわ。すてきよね？」

わたしはやさしくて想像力豊かなヘンリーが手強い義母と一緒に仕事をする姿を想像した。

「ええ、本当にすてき」大嘘だ。「ビュッフェにたどり着けるかどうか、試してみましょう。ウエディングケーキも見たいし」

舞踏室にいる招待客の大半はまだ真ん中に集まっていたので、メグ・ブライアンとわたしは歩きながら、何にも遮られずに窓の外を見ることができた。フレッドはテラスでルーク（一分間しか持たない男）やヴァージニアと話していた。三人とも空のシャンパングラスを持って、通りすぎるウエイターにお代わりを注いでもらっている。わたしはハンドバッグにアスピリンを入れたかどうか思い出そうとした。そのうちフレッドが欲しいと言い出すにちがいない。

「メグ・ブライアン！」大きな声が響いた。メグとわたしが飛びあがってふり返ると、きれいなブロンドの髪に、とても洗練された黄色いスーツを着た中年の女性が近づいてくる。女性はセロリのスティックを握っていたが、その顔つきから言って、それがナイフだったら、メグ・ブライアンはとんでもない目にあっていただろう。

「こんにちは、カミール」メグが言った。

「あんたって女は」女性がセロリを突き出すと、メグは反射的に手を伸ばしてセロリをつかんだ。「この恥知らず！」女性はそう言うと、背を向けて扉のほうへ歩いていった。

「いったい、何なの？」あまりにも驚いたせいで、しばらくたってからやっと訊いた。

「満足のいく結果が出なかった依頼人よ。珍しくないわ」メグは顔を赤くしていたが、穏やかにハンドバッグを開けてセロリをしまった。「バーミングハムがきれいだってことを、いつも忘れちゃうの」街並みを見おろし、わざと話題を変えた。

「わたしもよ」答えながら、野菜をふりまわしながら近づいてくる、満足しなかった依頼人がほかにもいないかどうか、あたりを見まわした。

「南アラバマとはちがうわ。草木とか、何もかもが」

「あなたはフェアホープの出身？」わたしはメグがカミールと呼んだ女が扉の向こうへ消えていくのを見送った。

メグはうなずいた。「モービル湾のすぐ近く。生まれてからずっとよ」

「あそこもきれいな町よね」

「ええ。ときどき、きれいすぎると思うくらい。よそに出かけるのがいやになってしまうのよ。でも、調査に出なきゃいけないから。わたしは系譜調査員なの」

「おもしろそうなお仕事だわ。それじゃあ、ご自分の系譜のことはすべて知っているのね」

「ときどき、どの家族の系譜についても知っている気になるわ」メグ・ブライアンは微笑んだ。「さっきのちょっとした騒ぎもそれが原因なの。わたしはプロの系譜調査員だから、カミール・アチソンの依頼で調査をしたのね。でも、どうやらその結果がお気に召さなかったみたいで」

「どうやらね」わたしはカミールの顔に浮かんでいた怒りを思い出した。

メグは話を続けた。「ここにいるあいだはサムフォード大学とバーミングハム公立図書館に通って調べ物をするつもり。どちらも調査をするには最適な場所なのよ。図書館のアメリカ南部歴史部門のことはご存じ？」

「初めて仕事に就いた場所よ。わたしが四十年まえに整理した資料のあいだを歩きまわるのね」

「ああ、いまは資料のほとんどがコンピュータ化されているの。すぐに検索できるのよ」

「あら、そうなの」急に百歳の年寄りになった気分だった。

「それに最新のパソコンはとても小さいから、持ち運びが楽なの。書類鞄に収まるから。わたしが使っている系譜プログラムもとても便利で」

「なるほど」わたしは急に二十歳は若返ったように見えてきたメグ・ブライアンを見つめた。

目は輝き、頬はカミールとの一件の名残でまだ赤らんでいる。

「ミセス・ホロウェル、系譜調査は食うか食われるかの世界なの。わかるかしら？」

「思ってもみなかったわ」正直に答えた。「でも、あなたの言うとおりかもしれない」

「ええ、じつはそうなの。食うか食われるか」

「でも、楽しい？」

「わたしは食う側だから」

そのとおりなのだろう。このかよわそうな老婦人が急に目を険しく細め、唇をゆがめている獰猛な犬の毛皮をかぶったジェシカ・タンディに見えてきた。カミール・アチソンがなぜあんなに怒っていたのか具体的に尋ねるつもりだったが、いくら礼儀正しいメグでも、わたしには関係ないことだと答えるだろうと考え直した。

「たとえば」ビュッフェのテーブルまで歩きながら、メグは続けた。「探検家のヘンリー・ハドソンの母方の曾祖父を見つけたとするでしょう。完璧な証拠資料を発見して。そうしたら、母鳥が巣の卵を守るみたいにしっかり守ったほうがいいわ。さもないと、誰かに盗まれてしまうから。言っている意味はわかる？」

わからなかった。どうして、ほかのひとがヘンリー・ハドソンの母方の曾祖父について知りたがったりするのだろう？　それでも、わたしは礼儀正しくうなずいた。

「しろうとだけじゃないのよ。プロだってそうなの。ミセス・ホロウェル、あなたはDAR？」

「いいえ、ちがうと思うけど」

「DARというのは〈アメリカ革命の娘たち〉という団体よ。あなたは会員?」

「いいえ」

「あら、会員になるべきよ。あなたの旧姓はテイトでしょう?」

わたしはうなずいた。

「すごい!」

「このあたりではよくある名字じゃないかしら」

「ウエディングケーキのことよ」メグ・ブライアンは足を止めた。「あれを見て!」

生まれて六十年、多くの結婚式に出てきたけれど、こんなウエディングケーキを見たのは初めてだった。白いアイシングが何層にも重なり、ブライズメイドのドレスと同じピンク色のマジパンの花で飾られている。てっぺんにはブライズメイドが持っていた花束にあわせた朱色のユリがのっている。

「まあ」〝バロック風〟という言葉はウエディングケーキにも使えるのだろうか。「どうやって切るのかしら」

「すごく慎重に切ります」いつの間にか、花婿がうしろに立っていた。メグとわたしはヘンリーを抱きしめ、幸せになるようにと祝福した。

「美しい妻とふたりの娘ができたんですよ。幸せにならないはずがない」

シスターという義母もできたのよ。そう思ったけれど、わたしは微笑んで、もうこの瞬間から最高に幸せよねと同意した。

ヘンリーはわたしたちの頬にキスをした。「パットおばさん、メグ。ふたりとも、料理を食べて」

わたしたちは食べると答え、ヘンリーがほかの客たちに挨拶をしに行く姿を見守った。

「ああ、もうだいじょうぶ」メグ・ブライアンは言った。「ヘンリーは幸せになるわ」

客の多くはまだシャンパンに夢中で、ビュッフェのテーブルは混雑していなかった。こういうパーティーのとき、わたしはアルコール・アレルギーであるのをとても残念に思う。お祝いの席でシャンパンを飲めたら、どんなにすてきなことか。でも、その分料理を楽しんでいるけれど。

わたしがフルーツと、七面鳥のスライスと、小さなキッシュと、さまざまなサラダで皿を山盛りにしていると、シスターが近づいてきた。

「食欲がないのは知っているけど、少しはがんばってよね。大枚をはたいたんだから」

わたしは笑うだけにした。「ありがとう。がんばるわ」もうひとつキッシュを取った。「問題は解決した？」

「ボニー・ブルーがハンドバッグに予備のストッキングを入れてあったの。ちょっと色が濃いけど、好意にケチをつけるものじゃないでしょ。こう言ったわよ。『ボニー・ブルー、あなたがこんなにきちんとしたひとだったなんて思いもしなかったわ』って。だって、そうでしょ、パトリシア・アン？　ボニー・ブルーがこんなにきちんとしたひとだって思ってた？」

「ボニー・ブルーはきちんとしているわよ」

メアリー・アリスはメグ・ブライアンのほうを向いた。「少し食べたら？ トルテッリーニ・サラダはいかが？」

「ええ、だいじょうぶ。ありがとう」

「フルーツは？ 桃なんか、どう？ 三月にいったいどこで手に入れたのかわからないけど、今月はどこかの発展途上国を援助することにするわ」

「けっこうよ、ありがとう」メグは微笑んだ。

「ほら、みんなと話してきたら？ お金の計算なんてしないで」

「お金の計算なんてしないで？ 馬鹿を言わないでよ。もう一度結婚しなきゃいけないくらいなんだから」

「ここにはお年寄りはいないわよ」

メアリー・アリスは顔をしかめた。「パトリシア・アン、あんたまでそんなことを言うなんて信じられない」歩きかけてふり向いた。「ああ、そういえば、フレッドがテラスでどこかのブロンドとコショコショしてたわよ」

「シスター、そんな言葉はないわ」

「あんたが何て言うのか知らないけど、とにかくフレッドがしてたのよ」メアリー・アリスは今度こそ離れていった。

メグ・ブライアンが笑った。「あなたたちの話を聞いていると、まるでわたしと妹たちみたい」

「妹さんは何人？」

「四人。わたしがいちばん上。わたしの旧姓はマーチなんだけど、ジョーもエイミーもベスもいるの——」メグはわたしの表情に気づいて微笑んだ。「ベスはハワイで夫と三人の子どもたちと暮らしているわ。残りの三人はいまだにフェアホープ」

わたしはにっこり笑った。「一瞬、ベスが『若草物語』と同じになってしまったのかと」

「ベスがいつもどんな気持ちになるかわかる？　でも、三女はトリニティという名前なの。父が名づけたのよ。女の子は〝三人組（トリニティ）〟でおしまいって考えたんでしょうけど、母は計画を続行した」

「すてきな名前だわ」

「ええ、わたしもそう思う。トリニティとわたしは夫を亡くしたから、実家で一緒に暮らしているの」

わたしたちの皿は山盛りになっていた。「お皿を持ったままテラスに出ない？　気持ちがよさそう」黄色いスーツの女もいないし。

「いいわね」メグが賛成した。

2

メアリー・アリスの言っていたことは本当だった。フレッドは若くてかわいいブロンドの女性と話しこんでいた。わたしは両手がふさがっていたので、靴の爪先でフレッドの脚をそっと突っついた。だから、フレッドが「うっ」と言って、まるで撃たれたかのように飛びあがる理由はない。わたしはあとになって、シャンパンのせいで痛みを感じやすくなっていたのかもしれないと言ったけれど、フレッドはわたしが思いきり蹴ったせいだと言っていた。

そういう可能性もあるけれど、たぶんちがう。とにかくメグ・ブライアンとわたしはフレッドを訪ねてきたメーカーの営業ウーマンであるケリー・ステュワートに紹介された。フィギュアスケートのナンシー・ケリガンみたいな歯を見せてにっこり笑い、フレッドと仕事をするのが大好きだという。

「まあ、ミセス・ホロウェル、何ておいしそうなお料理かしら」ケリーは言った。「気を失うまえに取ってこないと。すごくお腹がすいているんです。フレッド、あなたの分も取ってきましょうか?」

「いいや、けっこうだ。ありがとう」フレッドはにやにやした顔で答えると、危ういところで脚を避難させた。「あとで取りにいくから」

「それじゃあ、またあとで」ケリーは小さく手をふった。

「彼女は何を売っているの？」わたしは訊いた。フレッドが経営しているのは小さな金属加工工場であり、きれいで気のあるそぶりをするケリーのような女性が訪れそうな場所ではない。

「ナットとボルトさ、もちろん」とりあえず、おどおどするだけの良識は持ちあわせているらしい。

「何か、食べる？」わたしはかわいそうになって訊いた。

フレッドはわたしの皿からキッシュを取った。「うまい」

「手すりの近くに行かない？　みんなで分けあって食べましょう」

「テーブルでもいいかしら」メグが言った。「高いところが苦手なの」

「ええ、もちろん」客の多くはまだ歩きまわっており、錬鉄のテーブルがいくつか空いていた。わたしたちはそのひとつにすわり、太陽の下でくつろいだ。

「なかなか凝った結婚パーティーだな」フレッドが言った。

「費用を賄うためにまた結婚しなきゃいけないって、シスターが言っていたわ」

わたしはフレッドと笑ったが、メグ・ブライアンがその理由をわかっていないことに気がついた。

「姉には三人の夫がいたの」わたしは説明した。「姉といちばん年が近いひとでも二十八歳上で、三人とも大金持ちだった。だから、本当はお金の心配なんて少しもいらないの」

「デビーのお父さまは?」

「二番目のフィリップ・ナックマン。姉は三人の夫とのあいだに、子どもをひとりずつ授かったの。いちばん上のマリリンはウィル・アレク・サリヴァンとの子ども。レイはロジャー・クレインとの子ども。レイはきょうはきていないけど。ボラボラだか、パゴパゴだか、言葉をくり返す島に行っているわ。ダイビング用の船を買ったばかりで。そんなわけで、フィリップ・ナックマンがデビーの父親代わりをつとめたの。父親のフィリップじゃなくて、甥のフィリップよ。デビーにとってはいとこね。説明がわかりにくかったかしら」

「いいえ」

「わたしにはわかりにくかったよ」フレッドは言った。

「メグは仕事柄、名前に強いのよ」わたしは言った。「系譜調査員なんですって」

「本当に? いつか、家系図をつくってみたいんだ」わたしは驚いた。そんなことは初耳だった。フレッドはわたしの皿から四角くカットされたマスクメロンを取った。

「バーミングハムは家系図をつくるには便利な場所よ」メグは生き生きと話した。「サムフォード大学にも公立図書館にも特別な資料があるから」

「ぜったいにやってみるべきだな」フレッドが言った。

「調査をするあいだ、メアリー・アリスが親切に何日か泊めてくれることになったの。だから、喜んで調査のやり方をお教えするわ」

「父方のひいひいじいさんの名前まではわかっているんだ」フレッドは言った。

「それなら、もうかなり進んでいるわ。相談にくるひとのなかには、祖父母の名前さえわからないひともいるから」

テーブルの上の皿はほとんど空になっていた。わたしは立ちあがり、もう一度料理を取りにいくので、何か食べたいものはあるかと訊いた。

「ひいばあさんはジョージア州のマディソンの生まれなんだ。そこまではわかっている」フレッドはメグに説明した。

ふたりはわたしが席を立ったことにも気づいていないにちがいない。

舞踏室に入ると、人々がダンスフロアを囲むように立っていた。ジャズバンドが『愛は翼にのって』を演奏し、デビーとヘンリーが踊っている。わたしは急いでテラスに戻って、フレッドとメグに言った。

「見逃せないことをやっているわよ」

新婚カップルの顔がすべてを物語っていた。ヘンリーはデビーをそっと抱いてダンスフロアを移動した。互いに見つめあったまま。これこそ、本物の結婚の瞬間なのかもしれない。するど、ベビーシッターのリチャルデーナ・タッカーが両手で双子と手をつないでダンスフロアに進み出た。デビーがひとりを抱き、ヘンリーがもうひとりを抱いた。そして最初は子どもを抱きながら別々に踊っていたが、そのあとフェイとメイをあいだにはさんで四人で踊りはじめた。あとでシスターが言ったように、それはまさにティッシュペーパーの出番だった。

そのあとは参列者全員がダンスフロアへ出た。ヘイリーはドクター・フィリップ・ナックマンと踊り、とても楽しんでいるようだった。わたしはフィリップについてシスターから聞いたことを思い出そうとした。奥さんを亡くしている。年は五十代半ば。

「フィリップ・ナックマンは何のお医者さんなのかしら」わたしはフレッドに訊いた。

「フィリップ・ナックマン？」

「甥っ子のほうよ。ヘイリーと踊っているひと」

「さあ、何も知らないからな」

「ふたりを見て。調べたほうがいいわね」

「それなら、耳鼻咽喉科がいいな。どうか、娘が耳鼻咽喉科の医者を連れてきてくれますように」

わたしは笑ったけれど、それは夫の口調を笑っただけだった。アラバマ州バーミングハムの家のドアをノックすれば、間違いなく蓄膿症の患者がいる。ここが暖かくて、湿度が高くて、緑が繁っている土地だからか。そんなのは誰にもわからない。それでもこの地域にとってよい耳鼻咽喉科の医師がいるのは、とてもありがたいことなのだ。数年の診療経験のある医師であればなおさらだ。ほかの地域に住む人々は、わたしたちのことを鼻声だと言う。確かに、そのとおり。

ダンスが終わって拍手が起こると、みんなが料理のほうへ移動した。

「いまならデビーとヘンリーと話せそうね」あたりを見まわすと、メグ・ブライアンがメアリー・アリスと話しているのが見えた。わたしはメグと目があうと、新郎新婦のもとに行くと合図した。メグはわかったとうなずいた。

デビーとヘンリーはまだ二歳の双子、フェイとメイを抱いたまま立っていた。シスターもわたしも双子を見分けられないのに、シスターは自分には見分けがつくと言い張る。ヘンリーが双子の実の父親にちがいないとも。ヘンリーは大学生のときに、精子バンクに精子を提供したのだ。でも、きょうばかりはわたしもシスターが必ずしも間違っているとは思えなかった。抱きあげている子に近づけているヘンリーの顔と、彼を見あげている子どもの顔が不思議なほど似ているからだ。

「パットおばさん！　フレッドおじさん！」デビーが呼んだ。「どこにいるんだろうって探していたのよ」

わたしたちはデビーを抱きしめ、ウエディングドレスをほめ、心から喜んで幸せを祈った。

「新婚旅行から戻ったらすぐに食事にご招待します」ヘンリーがフレッドと握手をして約束した。

「楽しみに待っているよ」

わたしたちはもう一度デビーを抱きしめると、祝福する機会を待っている人々に場所を譲った。そして歩きだすと、フレッドが言った。「ちょっと待っていてくれ」デビーのもとに駆け寄り、耳もとで何事かをささやいた。そして戻ってくると、にっこり笑った。「耳鼻咽喉科だってさ!」

そのあとの一時間はあっという間にすぎた。ウエディングケーキにナイフが入れられ、最上段のケーキがファーストバイトに供された。メアリー・アリスはブルネットのかつらをかぶった〝時の翁(おきな)〟のような男性と熱心に話していた。九十歳は超えていそうな男性はあまり熱心に話してはいなかったが、シスターの話には興味を抱いているようだった。

「驚いた」フレッドが言った。「メアリー・アリスは見つけたんじゃないか」

「そうかも」わたしは同意した。「ビルは早くフロリダから帰ってきたほうがよさそうね」

ビル・アダムズはここ数カ月続いているシスターの〝ボーイフレンド〟だ。二枚目で気立てがよくて、ダンスでシスターの身体を倒しても支えられるほど力強い七十二歳の男性で、毎年の習慣らしく、いまはセントピーターズバーグで冬の数カ月を過ごしている。だが、離れているからといって、シスターはビルを恋しがったりしない。ヴァレンタインデーにバラの花束と「こっちにおいで。きみの寒がりな渡り鳥より、愛をこめて」というカードが届いても、怒りはやわらがないようだった。「暖かいアラバマを離れる渡り鳥なんて聞いたことがないわ!」メアリー・アリスは鼻を鳴らして言った。デビーの結婚式を欠席したことが、ロマンスの終わりを告げる弔鐘を鳴らしたにちがいない。

わたしたちの息子のアランと妻のリーサがそばにきて、四人でしばらく話をした。ふたりはわが家に泊まっており、あとでもゆっくり話すことができる。リーサはケーキとデビーのドレスについて話し終えると、ヘイリーとフィリップ・ナックマンはお似あいだと言った。

「耳鼻咽喉科の医者なんだ」フレッドが言った。「おまえたちも、うまくいくよう祈ってくれよ」

「ヘイリーより二十歳は上だよ」アランが言った。

「医師として最高に脂がのっている年じゃないか。幸運を祈ってくれ」

ふたりが笑いながら離れていくと、ボニー・ブルーがやってきて疲れて足の感覚がないと訴え、わたしたちがもう帰るつもりなら、テラスで靴を脱いで待っていると言った。

外がひどく騒がしくなり、ジャズバンドの小さなドラムが聞こえなくなった。

「いったい、どうしたんだ？」フレッドが言った。

わたしはシスターがサプライズを用意していることを知っていた。フレッドの手を取ってテラスへ向かった。「行きましょう、ボニー・ブルー」

外へ急ぐと、ヘリコプターが〈ザ・クラブ〉の上を飛んでいた。そしてみんなが見ているまえで、屋上のヘリパッドに着陸した。

「キャラウェイ病院のドクターヘリ？」ボニー・ブルーが訊いた。

「ちがうわよ」わたしは答えたが、ボニー・ブルーの質問に対する答えは、舞踏室から出てきた新郎新婦によって明らかにされた。ふたりのあとからはブライズメイドたちだけでなく、客の大半もついてくる。デビーは丈が短い水色のスーツに着がえていたが、ヘンリーは礼服のままだ。

「行ってらっしゃい！」新婚カップルが螺旋階段をのぼってヘリコプターへ向かうと、全員が叫んだ。「気をつけて！　新婚旅行を楽しんできて！」

デビーはふり返ると、ヘイリーにブーケを投げた。ふたりが屋上に消えると、まもなくヘリコプターが舞いあがった。そして、わたしたちが見送っている目のまえで、谷の向こうの空港へ飛んでいった。

「すごい」ボニー・ブルーの口から出たのはそれだけだった。

「ヘイリーがブーケを受け取ったな」フレッドがうれしそうに言った。

わたしは何も答えなかった。どんどん小さくなっていくヘリコプターが見えるように、涙を拭うのに忙しかったから。デビー、ヘンリー、幸せにね。どうか、幸せになってちょうだい。


わたしたちはボニー・ブルーを教会で降ろして家へ向かった。くたびれてはいたけれど、とても心地よい疲れだった。わたしはフレッドの脚を軽く叩いた。「あなたって格好いいわ」

「それは、どうも。いったいどういう風の吹きまわしだ？」

「ただ、そう思っただけ。こういうときは『きみもきれいだ』と言わないと」

フレッドが手を重ねてきた。「きれいさ。わたしがそう思っていることを知っているくせに」

「ブロンドに染めたケリーという名前の女があなたに料理を運んでくるなんて、ぜったいにいや」フレッドの脚に置いた手を上にずらして、ぎゅっとつねった。

「そんなこと、させないさ。嘘じゃない」

「ナットとボルトを買うのもいや」さらに手を上にずらして、脚をぎゅっとつかんだ。

「ナットとボルトは取り消しだ」

「あなたに笑いかけてくるのもいや」

「笑わせない！　笑顔もなしだ！」フレッドは笑いながら、ついに当たりを引きあてたわたしの手を押しのけた。「勘弁してくれよ、パトリシア・アン。事故を起こしてしまうぞ」

「いま言ったことを忘れないでね」わたしはもう一度フレッドの脚をぎゅっとつかんだ。

「約束だ！」

「誓って」

「手をどけてくれ。あの軽トラの男に見られるぞ」

「わたしたちは年寄りなのよ。見まちがいだと思うわ」もう一度脚をつねった。「人目を気にしすぎよ、フレッド」

「気にしすぎ？　パトリシア・アン、きみはレッドマウンテン高速道路でわたしの身体をまさぐっているんだぞ！」

「あとで思い返すときには素直になってね」わたしは手をゆっくりどけた。「ねえ、家系図をつくりたいって、どういうこと？」

「何だって？」フレッドは困惑した顔をした。

「メグ・ブライアンに家系図をつくりたいと話していたじゃない」

「ああ、あれか」高速道路の出口から降りるために、右折ウインカーを出した。「家族について知ることができたらおもしろいんじゃないかと思ってさ。自分の祖先を知りたくないかい？」

「わたしは母と父、祖母と祖父から生まれたの。それと、アリスおばあちゃんからね。それで充分」

「でも、自分が遺伝子を受け継いでいる人たちなんだぞ。たとえば、ヘイリーのオリーブ色の肌はどこからきたんだ？　髪はストロベリー・ブロンド、肌はオリーブ色だ。きみとはちがうだろう」

「でも、きれいよ」

「もちろん、きれいだ。でも、誰から受け継いだんだ？」

「髪はわたし。それに、シスターの肌はオリーブ色よ。もちろんあなたの肌の色も混ざっているはずだけど」

「なあ、ヘイリーはすごく楽しんでいたみたいだな」

話題が九十度変化した。でも四十年も連れ添っていれば、話題についていくことなんて簡単だ。「ええ、すごく」

ヘイリーは末っ子で、夫を亡くして二年がすぎた。ヘイリーと夫のトムは大学を卒業するとすぐに結婚したが、仕事で実績を積んでいるあいだは子どもをつくらずにいた。ヘイリーは看護師で心臓手術を担当している。トムはバーミングハムでも有数のエンジニアリング企業で出世の階段をのぼりつつあった。そして三十二歳になって子どものことを考えはじめた矢先、飲酒運転の車にすべてを台なしにされた。長いあいだ、ヘイリーは悲しみに沈み、わたしたちは二度と幸せそうに笑う娘の顔を見られないのではないかと心配した。だが数カ月まえから、ヘイリーはやっと昔の娘に戻りはじめた。だから、きょうの結婚式みたいに楽しんでいる姿を見ると、ほっとする。

わたしたちは歩道とポーチがある、慣れ親しんだ近所の道路に入った。木々には若葉が繁り、緑色に輝いている。

「アランとリーサはまだ戻ってないな」フレッドが言った。「遅くまで帰ってこないだろう」手を伸ばして、わたしの脚を軽く叩いた。

「それなら、わたしの代わりに食料品店に行ってくれる時間があるわね」わたしは言った。「もう買い物のリストは書いてあるから」

フレッドはわたしの脚をぎゅっとつかんだ。「あの店の男に、きみのために特別なグレープフルーツを取っておいてほしくないからな」手を上にずらして、脚を強くつかんだ。

わたしたちは笑いながら家へ入った。

そのあと、わたしは飼い犬のウーファーを午後の散歩に連れていきながら、デビーとヘンリーは互いのことをどれだけ知っているのだろうと考えた。どれだけ互いについて知らないことがあるのだろうと。だが、それが幸せな結婚の秘訣なのかもしれない。まだ知る余地があるということが。驚きがあるということが。それと、たくさんの幸運が。わたしは庭に出てチューリップを摘んでいた、近所に住む古くからの友人であるミツィ・ファイザーにそう話した。

「ちがうわね」ミツィは言った。「わたしは三十年まえにはアーサーについて知り尽くしてしまったけど、それでもいまも好きだもの。たくさんの幸運というのは同感だけど」ミツィは赤いチューリップを三本くれた。「はい、どうぞ。キッチンのテーブルに飾って。さあ、結婚式の話を聞かせてちょうだい。バーバラの引っ越しがきょうになったせいで、孫の世話をするはめになるなんて」歩道に置いたベビーモニターを指さして微笑んだ。「この子のいびきを聞いて。かわいいでしょう」

わたしたちの世代では珍しくない話だが、ミツィの子どもたちも親になるのが遅かった。だから孫ができると、祖父母はその奇跡に負けてしまう。アランとリーサにはわたしたち夫婦が愛するふたりの男の子がいるが、わたしは標準的な年齢で祖母になったので、そのときはまだ教師の仕事に深く関わっていた。けれども年を取ってから孫ができると、そのことに畏敬に似た感情を抱くのだとわかってきた。ヘイリーに子どもができたら、わたしもそんなふうに感じるだろうということも。

わたしはミツィに結婚式について話した。ミツィは片方の耳で話を聞き、もう一方の耳はモニターに向けている。ドレス、音楽、花、ケーキ。そしてヘリコプター。

「まあ。デビーはとことんこだわった式を挙げたのねえ。行きたかったわ」

「すばらしい結婚式だったわよ」

モニターからかん高い小さな泣き声が聞こえてきて、ミツィは急ぎ足になった。「行かなきゃ。メアリー・アリスが写真を持ってきたら、見せてね」そう叫んだ。

「丸一日かかるわよ！」わたしは脚に巻きつけていた引き綱をはずし、ウーファーを立ちあがらせた。「さあ、行くわよ。怠け者さん」

そのとき、車が横に停まった。「こんにちは」シスターだった。「乗って」

「ここで何をしているの？　まだ〈ザ・クラブ〉にいると思っていたわ」

「直接ここにきたのよ。みんながいっせいに帰ってしまったから。盛大なパーティーが開かれていると思ったら、次の瞬間にはあたしとウエイターだけになっちゃうんだから。家に帰りかけたんだけど、ケンシをしようって思い直したのよ」

「誰が死んだの？」

「『誰が死んだ』ってどういう意味よ」

「だって、検死って」

「結婚式の〝検証〟よ」シスターは少し元気がなかった。疲れているのだ。

「先に家に行ってて」わたしは言った。「すぐに帰るから」

メアリー・アリスはうなずき、車を走らせた。シスターの寂しそうな顔を見て、どうして驚いたりしたのだろう。子どもたちが結婚したとき、自分は二日間寝こんだというのに。わくわくして、計画して、それがすべて終わってしまうのだ。感情のジェットコースターに乗っているみたいだった。そして、すべてが変わってしまう。

家に戻ったとき、メアリー・アリスはキッチンのテーブルにすわり、フレッドがビールを用意しているところだった。

「コーラがいいかい?」フレッドが訊き、わたしはうなずいた。

「ガットリンバーグ?」フレッドはシスターにビールを渡しながら言った。「ふたりはガットリンバーグへ行ったのか?」

「ガットリンバーグへ行ったの?」わたしも訊いた。意外だった。日曜日の《バーミングハム・ニュース》紙を読めば、新婚カップルの五十パーセントがテネシー州ガットリンバーグへ新婚旅行に行き、四十九パーセントがフロリダ州パナマ・シティへ行くことがわかる。そして想像力が豊かか、あるいは金のあるカップルがヴァージン諸島のような変わった場所へ行く。どういうわけかヘリコプターに乗ったことで、ふたりはその一パーセントなのだとすっかり思いこんでいた。

「デビーの車を空港に停めておいたの」シスターは白状した。「ガットリンバーグはいいところでしょ」

「ええ、もちろん」

シ・スターはため息をついて、ビールを思いきりよく飲んだ。「フィリップとわたしが新婚旅行で行った場所なのよ」しかめ面で続けた。「それとも、ウィル・アレクとだったかしら」もう一度、ビールをぐいっと飲んで続けた。「とにかく、新婚旅行にはいい場所よ。あんたたちはどこへ行ったの? 覚えてないわ」

「行かなかったもの」わたしは答えた。「お金がなかったから。わたしたちは二ドルの結婚証明書と、十ドルの司祭で結婚したの」

「あんたたちも新婚旅行をすべきよ。船旅がいいわ。いい旅行代理店を紹介してあげるから」

フレッドが話題を変えた。「メグ・ブライアンはどうしたんだ？」

「ヘイリーとフィリップが家へ送ってくれたわ。リチャルデーナと双子も一緒に。双子は疲れていたし、メグも仕事があるって言うから」

「ここにいるあいだに調べたいことがあると話していたわ」わたしは言った。

「すてきな女性よね」メアリー・アリスが言った。「プロの系譜調査員って、おもしろそう」

「食うか食われるかの世界よ」

シスターとフレッドがびっくりした顔でわたしを見た。わたしはカミール・アチソンが激怒していたこと、情報を盗む人々についてメグが話していたこと、ヘンリー・ハドソンの曾祖父のこと、メグが獰猛な犬のような顔をしたこと、そして実は彼女が〝食う〟側であることについて説明した。「でも、プロの系譜調査員って、どうやったらなれるのかしら」わたしは知りたかった。

「それで食べていくつもりなのか？」フレッドが訊いた。

「まさか。ちがうでしょ」メアリー・アリスが答えた。「メグはサムフォードにある学校に通って、プロの資格を取ったって言ってたわ。複雑な仕事なのよ」

「食うか食われるかの世界だから」わたしは言った。

「先祖を探す資格?」フレッドはビールを飲みほして立ちあがった。「そんなの、聞いたことがないな」

「そんなようなものよ」メアリー・アリスは言った。「メグに訊いてみるといいわ」

「ああ。わたしも家族の歴史について調べるつもりだと話したら、調査のやり方を教えてくれると言っていたから」

「家族のことを調べたいの?」メアリー・アリスは無邪気な顔で訊いたが、フレッドは疑うような目で見た。

「何が悪い?」

「ときには、さわらぬ神にたたりなしってこともあるのよ」

「どんな神だ?」

「食うか食われるかの戦いをする神じゃない?」口をはさまずにはいられなかった。

フレッドはわたしに眉を吊りあげて見せると、冷蔵庫からもう一本ビールを取って、勝手口から出ていった。

「さて」メアリー・アリスが言った。「検証をはじめましょうか」

ドレス、花、チューインガム。ヘイリーとフィリップ。もちろんシスターも気づいていたし、二十歳なんてたいした年齢差ではないと言った。それから料理、ウエディングケーキ、双子とのダンス。ううん、ママだって、ダンスも白いウエディングドレスも野暮ったいとは思わなかったはずよ（わたしが真っ赤な嘘をついているのは、どちらも承知の上だ）。

わたしたちはすべてを残らず検証した。そしてシスターがダンスの相手をしていた老人がバーミングハム最大の銀行のCEOだということまで知った。

「バディ・ジョンソンよ」メアリー・アリスは言った。「二枚目だと思わない？」

「五十年まえならね」シスターには聞こえなかったようだ。

空では太陽が傾きつつあった。アランとリーサはフレディとヘイリーと一緒に午後のパーティーに出かけているにちがいない。

「十六メートルもあったのよ」シスターは話しつづけている。キッチンの窓からフレッドがウーファーと並んで桃の木の下でしゃがんでいるのが見えた。何をしているわけでもなく、おそらくウーファーに話しかけているのだろう。だが、何もせずに地面にすわっているなんてフレッドらしくない。教会でかすかに感じた不安が大きな音で警報を鳴らした。夫に何か起きている。

3

「何でもない」わたしが詰めよると、フレッドは言い張った。シスターにはあとで電話をすると約束して、追い出すようにして帰ってもらっていた。「気持ちがいい天気だから、ここにすわっていただけだ」

「天気がいいからって、何もしないでしゃがんでいたことなんて生まれてから一度もないくせに」

「あるさ。いまにも花が咲きそうな桃の木を見てみろよ。もう霜が降りないといいけどな」

「そんな話でごまかさないで。いったい、何があったの？」

「何もないさ。本当だ。ただ、少し仕事について気がかりがあるだけだ」

仕事について。鼓動が収まってきた。それなら、何とかできる。

「胸が痛いわけじゃないのね？　息は切れていない？　傷ついているところはない？」

「わたしの誇りだけだ」フレッドは微笑んだ。「落ち着くんだ、パトリシア・アン。しばらく、そばにいてくれ」

わたしはフレッドの隣にしゃがんだ。ウーファーもそばにきて、わたしの膝に頭をのせた。

「話を聞かせて」

「たいしたことじゃないんだ。本当に。とりあえず、わたしはそう願っている。〈ユニヴァーサル・サテライト〉の注文がこなくなってね。電話をしたら、公認納入業者のリストからはずれていると言われた」

「どうして? あそこはずっといちばんの得意先だったじゃない」

「知るもんか。だから、その理由を知ろうとしているんだ」

「だいじょうぶ」わたしは請けあった。「たんなる間違いよ」

「わたしもそう願っている。あそこの注文がなくなったら、うちはやっていけないだろうから」

「ねえ。ふたりなら食べていけるし、この家のローンだって終わっているわ。〈メタルファブ〉はうちの生命線じゃない」最後のひとことについては確信がなかった。フレッドが起こして育ててきた会社は三十年ものあいだ彼にとって命も同然だったのだから。「だいじょうぶよ」わたしはもう一度言った。

「ああ、もちろんだいじょうぶだ。ただ、あと数年会社を続けてから売って、何の心配もなく引退したいんだ」フレッドは立ちあがり、わたしの手を取って、立ちあがるのを助けてくれた。「行こう。こんな気持ちのいい日に、ここにすわってふさぎこむなんてもったいない」

「でも、どうして話してくれなかったの?」

「きみにできることは何もない」

「あなたと一緒に心配することはできるわ」

「だから、話さなかったのさ。心配させたくなかった」

アランの車が私道に入ってきた。

「これはふたりだけの話にしよう。いいね？」

「ええ」

リーサが塀の向こうから顔を出した。「ただいま、仲よしさん。見たことないような特大ピザを買ってきましたよ」

ふたりがこうして静かに訪ねてきてくれるのはいいものだった。ふたりは長男のフレディと同じようにアトランタに住んでおり、ここにはいつも子どもたちと一緒にくる。だがこの週末、子どもたちはボーイスカウトのキャンプでグレートスモーキー山脈に行っているのだ。

「泣いちゃいましたよ」リーサは言った。「子どもたちをバスに乗せたとき。あっという間に大きくなってしまうんですもの」

「もうひとりつくることを考えればいいのよ」わたしは言った。

リーサもアランも笑った。「次はフレディとヘイリーの番だよ、ママ。そういえば、ぼくたちはヘイリーのアパートメントでバスケットボールの試合を見ていたんだけど、あの耳鼻咽喉科がいたよ、パパ」

「そうか。祈りが通じたんだな」フレッドはもう一枚ピザを取った。心配事があっても食欲は損なわれないらしい。

だが、午前二時頃、フレッドは胃薬を飲んだ。

「本当にだいじょうぶ？」わたしはもごもご訊いた。

「だいじょうぶ。本当だ。寝なさい、パトリシア・アン」

わたしは言われたとおりにした。


結婚式の翌日、日曜日は静かな一日だった。リーサとアランは三時頃にアトランタへ帰っていった。わたしたちは〈ビデオ・エクスプレス〉で映画を借り、夕食は缶入りのチキンヌードル・スープですませた。フレッドは会社について話したがらなかったし、メアリー・アリスはいつものようにひょっこり訪ねてこなかった。でも月曜日になると、ママの言葉を借りれば、ハチャメチャなことが起きたのだ。

はじまりは穏やかだった。メアリー・アリスが電話をかけてきて〈タトワイラー〉でメグ・ブライアンと一緒にお昼を食べないかと誘ってきた。メグが図書館へ行くので、お昼に連れていきたいと思い、それなら〈タトワイラー〉が便利だし、改装してすっかりきれいになったからメグが感心するだろうと考えたのだ。メグが知っているのは昔の〈タトワイラー〉でいまは場所もちがうし、新しい〈タトワイラー〉はまえにリッジリー・アパートメントがあった場所だから、と。

「何時？」わたしは訊いた。

「十二時十五分まえ。迎えにいくわ」

　そのあと午前中は家の片づけをして、シーツを取りかえ、洗濯機を二度まわした。そして、いつも朝遅くに食べているピーナッツバターのトーストはやめて優雅なランチに備え、去年買った春物のベージュのスーツを出した。そしてウーファーと散歩に出かけたときには、天気は持ちこたえ、ヴァルカンはシェイズ・ヴァレーに裸の尻を向けていた。

　約束の時間ちょうどにクラクションが鳴り、わたしが車に乗りこむと、シスターもメグもドレスアップしていた。シスターはネイビーブルーのスーツに、ネイビーブルーの水玉模様のブラウス。メグ・ブライアンは淡い色の花模様のワンピースに青みがかったグレーの麻のジャケットを重ねていて、とてもかよわく、服にすっぽり隠れているように見えた。肌と髪と生地がすべて溶けあっているようだった。どうしてメグのことを獰猛な犬みたいだなんて思ったのか不思議になった。

　でも、本当はそうなのだ。メグは書類鞄をふたつ持っており、そのひとつにはパソコンが収まっている。もうひとつの鞄にはＣＩＡでも手に入れるのが困難な書類が入っているのだ。お昼を食べているとき、ふたつの鞄はテーブルの四番目の椅子に置いてあった。そして、メグはときおり手を伸ばして、鞄を軽く叩いた。ジェームズ・ステュアートが演じたエルウッドとウサギのハーヴェイのように片時もそばを離れない。

　それでも全体としては、楽しいランチだった。ストロベリー・チーズケーキをひとつ注文して三つに切ってほしいと頼んでいるときに、うしろから低い声がして、わたしは飛びあがるほど驚いた。

「メグ！」

メグも飛びあがった。そして、そのあとに「こんにちは、ロバート」と挨拶した。

「こんなところで何をしているんだい？」

「親戚の結婚式にきたのよ。ここに滞在しているあいだ、調査をするつもりよ」

「トリニティは？」

「家よ」

男は鞄が置かれた椅子のうしろに近づいた。わたしはメグが鞄を手もとに引き寄せるのではないかと半ば考えていた。だが、メグはそうはせずにわたしたちを男に紹介した。

「ミセス・ホロウェルとミセス・クレインよ。こちらはロバート・ハスキンズ判事」

判事は紹介されて挨拶はしたが、わたしたちに関心がないのは明らかだった。

「何を調べているんだい？」メグに訊いた。

「あなたが知りたくないこと」メグの顔にちらりと笑みが浮かんだ。あるいは、たんに唇をゆがめただけだろうか？

「フィッツパトリックの件だな？」判事はやつれた顔の小柄な男だった。小さな眼鏡が頻繁に鼻から滑り落ちては何度も押し戻している。

「たいしたことじゃないわ」メグは言った。「モービルに住む家族のことだけだから」

「ホワイトリーの件は終わったのか？」

「ええ」

「そうか!」判事は椅子の背を叩いた。「その返事を待っていたんだ」

「どうして?」

「終わったと思っているんだな」いまやすっかり得意気になっていた。「メグ、きみはもう終わったと思っているんだ」

「どういう意味?」メグの顔が真っ赤に染まった。紫色に近いくらいに。

「メグ、わたしのオフィスにきみに見せたいものがある」

「何ですって?」

「かなり高くつくものだ」

「高くつくって?」

「ヴィンセント・フィッツパトリックのことを考えてみるといい」

メグはしばらく考えこんだ。

「失礼いたします」ウエイターが判事の横を通って、チーズケーキを置いた。「コーヒーのお代わりはいかがですか?」

「お願い」メアリー・アリスとわたしは答えた。

「あなたのまえにある鞄を取ってちょうだい、ロバート」メグは判事から鞄を受け取ると、なかから茶封筒を出した。「あなたの資料を見せてくれたら、わたしも見せるわ」

「オフィスは裁判所の近くだ、メグ。公園の向こう側の」

「行きましょう」メグ・ブライアンは椅子から立ちあがった。「図書館の南部歴史部門に行くわ、あなたたちがコーヒーを飲み終わる頃には。わたしの鞄をそこまで持ってきてもらえるかしら」

メアリー・アリスとわたしは顔を見あわせた。

「それじゃあ、よろしくね」メグ・ブライアンとハスキンズ判事はレストランを出ていった。

「いったい、何ごと？」シスターが言った。

「知るもんですか。ほら」わたしはメグのチーズケーキを半分に切った。「取り分がふえたわよ」

「食欲不振がよくなったみたいね」シスターは本気でわたしが食欲不振だと信じているのかもしれないと思うことがある。

「無理しているのよ」

メアリー・アリスは軽い空の巣症候群を脱したらしく、きょうは機嫌がよかった。「そのパソコンには何が入っているんだと思う？」

「わたしたちが見たって、何もわからないわよ」椅子を指さして訊いた。舌にチーズケーキの最後のかけらをのせて味わった。「ねえ、これ〈サラ・リー〉の冷凍ケーキかしら」

「馬鹿を言わないで。ここで焼いているのよ」

「でも、あり得るでしょ。〈サラ・リー〉はおいしいもの。トッピングをすれば、誰もが自家製だと信じるわ。たくさんのレストランがそうしているって、ヘンリーが言っていたわよ」

シスターは肩をすくめて考えこんだ。「メグにうちの家系図をつくってもらうべきかもしれない」

今度はわたしが肩をすくめる番だった。「まったく、あなたとフレッドときたら。いったい何を見つけるつもり？　馬泥棒？　殺人犯？　結婚パーティーにきていた女性みたいに不満を抱えるだけよ。あのカミール・アチソンという女性みたいに。そういえば、彼女はどういうひと？」

「さあ。ヘンリーが招待したひとでしょう」メアリー・アリスはチーズケーキの最後のひとかけらを口にした。「それでも、やっぱり楽しそうだわ。きっと、いろんなおもしろい先祖がいるはずよ。いくらくらいかかるのかしら」

わたしは皿に残ったグラハムクラッカーをフォークで追いかけていた。「メグの依頼料？　高いでしょう。たぶん時給計算じゃないかしら」

「それでもいいわ」

「あなたにとってはね、お金持ちさん。フレッドは自分でやるつもりよ」最後のかけらを追うのはあきらめた。「さあ、図書館に行きましょう。何かわかるかもしれない」

わたしたちはメグ・ブライアンの鞄を持って、図書館の調査研究棟三階の南部歴史部門へ向かった。ダウンタウンにあるバーミングハム公立図書館は、初めて街を訪れた人々が驚くもののリストに加えるべきかもしれない。図書館は道路をまたぐ渡り廊下で連結された大きなふたつの建物から成り、アメリカ南部のどの図書館にも引けを取らない貸出数を誇っている。固定観念なんていい加減だ。アラバマの人間は読書家なのである。

調査研究部門は図書館本館にある。丸天井と神話の登場人物が描かれた壁画があり、使いこまれた研究用のテーブルと電灯が何列も並んでいる。そして道路の向かい側の現代的な新館と異なり、古い本とインクと家具の光沢剤と床のワックスが入り混じった、いかにも図書館らしいにおいがする。学校と同じ、独特のにおいだ。

中央の読書室を突っ切ってエレベーターに向かいながら、わたしはそのにおいを味わうように吸いこんだ。

「ティッシュペーパーを使う?」シスターが訊いた。

そのあと、わたしが初めて仕事をした南部歴史部門に入った。この南部の歴史に関する見事な蔵書の責任者だった女性、ミス・ボックスの肖像画が、わたしが十九歳だったときと同じようににらみつけてきた。長い年月をかけて集めてきたものを台なしにできるものならしてみろと挑んでくるような、ミス・ボックスの特徴をよくとらえている。

「系譜調査の担当者はよくここにくるの」わたしは左を見て言った。

「へえ!」シスターがそう言うと、メグのそっくりさん十数人がテーブルから顔をあげて、誰が入ってきたのか確認した。そして全員が顔をしかめて、また仕事を再開した。

「みんな、そっくりね」シスターがささやいた。

「四十年まえにここにいたひとたちと同じなんじゃないかって気がするわ」ふたりでくすくす笑うと、もう一度顔をしかめられた。「さあ、ジョージアの資料を見ましょう。フレッドはひいおばあさんか誰かがマディソン生まれだと話していたから」

「名前は何というの？」

「わからない。テイト家について見てみましょうか。アラバマの人間はみんなジョージアかサウス・カロライナかヴァージニアの出身でしょ」

「それなら、かなり絞りこめるわね」メアリー・アリスはジョージア州部門に向かうわたしのあとについてきた。製本された記録は州ごとにアルファベット順に保管されている。

「土地供与の記録？」わたしは棚を見ながら尋ねた。「それとも人口調査？　死亡記録？」

「冗談でしょ」メアリー・アリスは書類鞄をテーブルに乱暴に置いた。ふたりのメグが顔をあげて、眉をひそめた。「メグを待つわ」

わたしは一八四二年の人口調査記録を開いて、目次にテイトの名前が載っているのを見つけた。「見て、九十四ページ」

「きっと、あんたが言ったみたいに馬泥棒よ。あたしが知りたいのはいいひとだけ」

「これはいいひとよ。地主のジョシュア・ツリー・テイト。子どもは五人。見る？」記録をシスターに渡した。

「ジョシュア・ツリーって、いったいどんな名前よ。そんな木があったわけ？」

「きっと、母親がツリーという名前なのよ」

「しーっ」同じテーブルにすわっているふたりの老婦人から注意された。

「わからない、マウス？」シスターが小さな声で、子どもの頃のあだ名で呼んだ。「この少年たちは全員が南北戦争に行ける歳だったのよ」

「その記録もここにあるわ」わたしは言った。「この子たちがいた部隊も、この子たちが戦死したのかどうかもわかるわ」

わたしたちは夢中になって調べた。

メアリー・アリスがメグはどうしたのだろうかと言い出したのは、三十分はたってからだった。「数分でここにくると言っていたわよね」

「だいじょうぶよ」わたしは言った。「見て。ここに、息子のひとりが兄の未亡人と結婚したと書いてある」

さらに三十分たった頃、外から通常とは異なる騒音が聞こえてきた。消防車に、パトカーに、救急車の音だ。どれも図書館の近くで急停止したようだ。

「『火事だ！』って叫んだほうがよさそう？」シスターが訊いた。

「何かあったのよ。この窓がもっと低ければいいのに」

図書館員は電話で何か話していた。そして電話を切ると、わたしたちのテーブルに近づいてきた。「裁判所で何かあったようです。図書館には関係ありません」

「誰か、撃たれたのかしら？」メグのひとりが興味深げに訊いた。

「ちがうと思います」図書館員が答えた。

「メグを探しにいったほうがよさそうよ」シスターが言った。「公園を横切ろうとして、足止めされているのかも」

だが、裁判所と図書館のあいだにある小さな公園は封鎖されていなかった。わたしたちは公園を横切り、二台のパトカーと消防車とレスキュー隊のまわりに集まっている人々のうしろについた。図書館からだと、十数台のサイレンがいっせいに鳴っているように聞こえたのだ。

「誰かが心臓発作でも起こしたのかも」

わたしたちのまえにいた男がふり返った。「誰かが飛びおりたんだ」

「はい?」

「八階から飛びおりたんだよ」

「まあ!」メアリー・アリスが両手で口を押さえた。「マウス、図書館に戻るわよ」

わたしも賛成だった。血なんか見たら、胃が言うことを聞いてくれなくなる。

公園の中央の噴水まで戻ると、うしろから走ってくる足音が聞こえてきた。

「ちょっと待った！ 待ってくれ！」ハスキンズ判事だった。息を切らし、真っ赤な顔で、日光を反射している噴水の縁石によろよろとすわりこんで、膝のあいだに頭を押しこんだ。

「ああ、死にそうだ」あえぎながら言った。

わたしはハンドバッグからティッシュペーパーを取り出して噴水に浸け、判事の額にあてた。「頭を下げて」

「その水、汚いわよ」シスターが言った。「子どもがおしっこをしているんだから」わたしはシスターをにらみつけた。「あんただって知ってるくせに。そのなかを歩きまわりながらするのよ」

だが、判事は細菌のことは気にしなかった。濡らしたティッシュペーパーを受け取ると、目にあてた。わたしはハンドバッグに手を入れて、もう一枚取り出した。

「心臓発作か何かなの？」わたしはハスキンズ判事の隣に膝をついた。「向こうに救急隊がいるから」

「彼女が死んだ」判事がぽつりと言った。

「このひと、何と言ったの？」シスターが言った。

「『彼女が死んだ』って」

「飛びおりたのは女性だったの？」

「ああ」判事は大きな声をあげて泣きはじめた。まだ顔をあげていないせいで、薄くなっている白髪の向こうに濃いピンク色の地肌がすけて見えた。

そのとき、ふいに気がついた。「メグなのね」わたしは言った。「メグが死んだのね？」

メアリー・アリスが噴水の縁石のハスキンズ判事の隣にすわりこんだ。「馬鹿なことを言わないで。メグのはずないじゃない」

だが、判事の頭が上下に揺れて、わたしの言葉を肯定した。

メアリー・アリスは判事の肩をつかんで揺さぶった。「メアリー・アリスが裁判所の八階から飛びおりたって言うの？」

判事は頭を左右にふって否定した。

わたしはほっとして目を閉じた。メアリー・アリスは小さく口笛を吹いた。「ヒュー」

「九階だ」

シスターとわたしは顔を見あわせた。「何ですって？」同時に言った。

判事はまた泣きだした。「死んだんだ」

メアリー・アリスは両手で噴水の水をすくって、うつむいているハスキンズ判事の頭にかけた。「顔をあげて、きちんとわかるように話しなさい！」

一瞬、シスターのせいで判事が死んでしまったのかと思った。あえいでいた息がぴたりと止まったのだ。そのあと判事は大きく息を吐いてから、顔をあげた。「もう一枚ティッシュペーパーをもらえるかい？」

わたしがもう一枚渡すと、判事は顔をふいた。「ありがとう」

「それで？」メアリー・アリスが促した。

「メグが九階から飛びおりた。十階だったかもしれない。とにかく、わたしが八階の部屋で机にすわっていたら、メグが落ちていったんだ。わたしをじっと見ながら。さようならと言った気がする。こんなふうに」判事は「さよーならー」と口だけ動かすと、しゃくりあげた。また涙が頬を伝った。「ぞっとしたよ」ズボンに置いた両手が震えている。しみだらけの年老いた手だ。

「だいじょうぶ？」わたしは訊いた。

「わからない」判事は正直に答えた。

「メグは死んだの？」メアリー・アリスが訊いた。

「シスター、さっき判事がそう言ったじゃない」わたしは判事の手を軽く叩いた。

「ああ。どうしてメグはそんなことを？」

判事はわからないと答えた。系譜調査で判明したことを見せあったあと、メグは帰っていった。その次に目にしたのは自分をじっと見つめて「さよーならー」と言いながら、窓の外を落ちていく姿だった。判事はもう一度口を動かした。

「とても自殺しそうには見えなかったわ」メアリー・アリスは言った。「お昼だって、しっかり食べていたわよね、マウス？　オレンジソースのかかった仔牛肉三切れに、サヤインゲンとアーモンド」

「チーズケーキはわたしたちが食べたのよ」

わたしたち三人はしばらく黙ったまま、人々がレスキュー隊のために道を開けるのを見つめていた。ここにいても、もう何もできないのだ。

「パトリシア・アン」シスターが口を開いた。「遺体が誰なのか、教えてきたほうがいいわ」

「メグはシスター判事のお客さんなのよ。義理の息子の親戚なんだから」

ハスキンズ判事が立ちあがった。脚はまだ震えているが、声はしっかりしていた。

「わたしが伝えよう」

「メグはどこに運ばれるのかしら」メアリー・アリスが言った。「〈リダウツ〉？」かねてから思っていたが、〈リダウツ〉というのは葬儀場にはじつに適切な名前だ。

「おそらく、死体安置所だろう」歩きかけていた判事がふり返った。「メグの家族に連絡してもらえるかい？」

「どうやって連絡したらいいかしら」シスターが言った。

「メグの妹のトリニティ・バッカリューがフェアホープに住んでいる。彼女に知らせれば、ほかのひとに連絡してくれるはずだ。いいね？」

「あたしたちのどちらかが必ず連絡するわ」シスターは約束した。

「自分でかけなさいよ」わたしは言った。「あなたのお客さんでしょ」わたしは歩いていく判事を見送りながら、その先に待っているものを想像した。裁判所の外階段に全身の骨が折れた遺体が倒れ、あの青みがかったグレーのジャケットと花柄のワンピースが血まみれでくしゃくしゃになっているのだ。ネイビーブルーのハンドバッグの中身はまき散らされているだろう。靴は歩道まで飛んでいるかもしれない。わたしは身震いした。

「ちょっと待って！」わたしはハスキンズ判事を呼び止めた。

判事がふり返った。「何だい？」

わたしはすばやく立ちあがって判事に駆け寄ると、メグ・ブライアンの書類鞄を、パソコンが入っている重いほうの鞄を、判事のわきから取り返した。

「ああ、すまない」判事が言った。「ひどく動揺していたものだから。自分が何をしているのかわからなくて」

「ええ、そうでしょうとも」わたしは噴水に戻った。「いまのを見た？」シスターに訊いた。

「メグがあそこで死んでいるっていうのに、あのひとったら彼女のパソコンを持っていこうとしたのよ」

シスターは頭をふった。「まだ信じられない。とても気立てがよくておとなしいひとだったのに。いかにもレディという雰囲気で」野次馬たちを指さした。「あの騒ぎを見てよ。とてもレディがすることとは思えない」

「それじゃあ、レディはどうやって自殺すればいいわけ？」

「血が流れない方法でよ。精神安定剤をたくさん飲んで、水のなかへ入っていくとか」立ちあがってため息をついた。「まあ、少なくともおいしいランチは食べていたわよね」

「物事って釣りあいを取ろうとするものね」シスターには皮肉はまったく通じなかった。返ってきたのは、そのとおりだという答えだった。

4

「つまり」その夜、フレッドは言った。「きみとメアリー・アリスが一緒にお昼を食べたときにはその女性には気が動転しているとか、自殺しそうだとかいう様子がまったくなかったのに、そのあと裁判所に行って九階の窓から飛びおりたっていうことか」

「もしかしたら、十階かもしれないけど。ハスキンズ判事によれば、窓の外を落ちていきながら『さよーならー』って言ったらしいわ。そんなふうに部屋の窓の外を落ちていったら、本当に驚くわよね」

「さよーならー？」

わたしはうなずいた。「判事はそう言っていたわ」

「そのとき、きみとメアリー・アリスはどこにいたんだ？」

「図書館よ。ああ、もうフレッドったら。わたしたちのせいにしないで。メグは『これから十階の窓から飛びおりるつもりよ。ドンって』って言ったわけじゃないのよ。まったく普通に見えたんだから。それにわたしたちがあの場にいたって、蘇生法ができたわけじゃないし」

「別に、きみたちのせいにはしてないさ。ただ、メグ・ブライアンがそんなふうに自殺するなんて信じられないだけだ。土曜日に〈ザ・クラブ〉に行ったときなんて、テラスの手すりにも近づけなかったろう？　高いところが苦手だと言ってたじゃないか」

わたしは身体を震わせた。「いやだ、すっかり忘れていたわ」わたしはテーブルから立ちあがって、お茶を注ぎたした。「あの判事もどうかしてしまったくらいだから。きっとそうよ」フレッドにダイエット甘味料を渡した。「判事がメグのパソコンを盗もうとしたことは話していなかったわよね」

「何だって？」

「パソコンが入った鞄を抱えて、公園から逃げようとしたのよ。たまたま目に入ったから、取り返したけど。ひどく動揺していたせいで自分のしていることがわからなかったって言うの。でも、ぜったいにわかっていた。そのなかには判事が欲しがっていた系譜調査の結果が残らず入っていたはずだから」

「その判事は何という名前だ？」

「ロバート・ハスキンズ判事よ。聞いたこと、ある？　イタチみたいなひと」

「知らないな」フレッドは紅茶をかきまぜた。「そのパソコンはいまどこにあるんだ？」

「メアリー・アリスが持っているわ。もうひとつの鞄も。フェアホープの家族に連絡すると話してた」

「きみに連絡させなかったのがびっくりだ」

「やらされそうになったわ」わたしたちは顔を見あわせて笑った。わたしは少しためらってから訊いた。「きょうは〈ユニヴァーサル・サテライト〉から何か連絡があった？」

フレッドは首を横にふった。「電話をしても折り返してこない」椅子から立ちあがった。「クイズ番組の時間だ」

夫婦の会話なんてこんなものだ。わたしは明かりがついた裏庭に目をやった。数年まえに居間に出窓をつくってから、そこはわたしたちのお気に入りの場所になった。やさしいフレッドがわたしの好みにあうやわらかな明かりになるように、植え込みに照明器具を取りつけてくれた。造園業者二軒の高い見積もりを見て、やる気になったのだ。その後フレッドは日曜大工にはまって〈ウォルマート〉に入り浸るようになった。でも、別にかまわない。今夜、こうして美しいレンギョウとマルメロが見られるのだから。

いま、イヌイットの家に似た愛犬ウーファーの小屋は一部が植え込みで隠れている。でも、ほんの一部だ。小屋はとても大きくて、イヌイットの少人数の家族であれば住めそうなくらいだけれど、ウーファーはだいぶ年を取った。雪や雨が降ってもこの小屋にもぐりこめば平気だと、こちらが安心したいのだ。

わたしは紅茶を口にして、平和な庭を眺めた。そしてきのうのお昼のことを、楽しそうに見えたのに一時間後には死んでしまったメグ・ブライアンのことを考えた。

〝高いところが苦手なの〟そう言ってなかった？　〝高いところが苦手なの〟飛びおりたくなるから苦手だったのだろうか？　そういうひとの話は耳にしたことがある。

　ウーファーが小屋から出てきて桃の木まで歩いて脚をあげた。わたしが窓を叩くと、勝手口までやってきて、なかに入れてほしがった。

「バーナード・バルーク！」クイズ番組を見ていたフレッドがテレビに怒鳴った。「バーナード・バルークだよ、馬鹿だなあ」

　わたしは勝手口を開けてウーファーを家に入れてやり、犬用ビスケットをやった。

　メグは誰かに突き落とされたのだろうか？　わたしは皿の汚れを落として、食器洗い機に入れはじめた。ハスキンズ判事のように、メグのパソコンに入っているデータを欲しがっている誰かに。ハスキンズ判事はメグがわたしたちに鞄を預けたことを知っていた。たぶん、新しいプログラムをつくっていたことも。もしかしたら、それが原因なのかもしれない。メグを窓から突き落として、パソコンを盗んで、巨万の富を得ようとしたのかも。〈アップル〉を起こしたひとみたいに。もちろん、彼は誰かを窓から突き落としたわけではないけれど、巨万の富を得たのは確かだ。それにしても〈ウィンドウズ〉で仕事をしていたメグが、窓から飛びおりるなんて皮肉ではないか。わたしは食器洗い機に洗剤を入れて始動させると、ディスポーザーで生ゴミを粉砕した。するとものすごい音がして、ウーファーはいかにも犬らしいにおいを残して居間へ逃げていった。

　そのとき勝手口がノックされ、わたしは驚いた。そして顔をあげると、メアリー・アリスだった。

「ちゃんとノックしたって、フレッドに言ってよね」わたしが勝手口を開けると、メアリー・アリスが言った。

「フレッド、シスターはちゃんとノックをしたわ」わたしは大声で言った。フレッドはいつもメアリー・アリスはノックもしないで飛びこんでくると文句を言っているのだ。

フレッドが出てきて、両手を胸にあてて居間のドアのそばに立った。「あまりにもびっくりしたせいで、心臓が耐えられるかどうかわからない」

「小賢しいひとね」メアリー・アリスは大きなトートバッグを持って入ってきた。そしてキッチンのテーブルに音をたててバッグを置いた。「ビデオよ」メアリー・アリスは言った。「結婚式の。これを見れば、元気になれると思ったから。きょうは最悪だったのよ、フレッド。パトリシア・アンにわたしにとって」

「パトリシア・アン〝と〟わたしにとって」わたしは言い直した。

メアリー・アリスはけげんそうにわたしを見た。「そう言わなかった?」

「〝パトリシア・アンにわたしにとって〟と言っていたわ。でも正しくは〝パトリシア・アンとわたしにとって〟」

メアリー・アリスは目を細めてにらみつけた。「教科書どおりに喋ってなさいよ、英語の先生」

フレッドが笑った。裏切り者め。メアリー・アリスは感謝するようにフレッドに微笑みかけた。

「パトリシア・アンから、きょうあったことを全部聞いた?」メアリー・アリスはフレッドに尋ねた。

「ぞっとして髪の毛が逆立つほどな」

メアリー・アリスはフレッドの頭を見た。「ああ、冗談ね」

今度はわたしが笑う番だった。フレッドの頭には、かつてはアッシュブロンドだったが徐々に白っぽいブロンドになりつつある、ふさふさとした髪が生えている。髪のことだ。わたしには何も言えない。でも、フレッドは毎朝鏡のまえに立ち、額の広さを確認しているのだ。そして二週間おきにエドナという名の理容師のもとに通い、女性としての悩みを残らず聞いてくる。フレッドは自分の髪をきちんと刈れるのはエドナだけだと言うが、それでも三度の流産の試練について聞かされたときは、何日も動揺していた。もちろん、メアリー・アリスはそのことも承知のうえだ。

フレッドは背を向けて居間へ戻っていった。わたしたちはあとから居間へ入り、メアリー・アリスはビデオを一本持っていった。

「メグの家族とは連絡がついた？」

「妹とはね」

「どの妹？」

「トリニティよ。明日こっちにきて、いろいろ手筈を整えて、ロバート・ハスキンズを逮捕させるって」

「判事を？」フレッドがウーファーをまたいだ。

「メグは判事に殺されたんだって言うのよ」メアリー・アリスはビデオデッキのまえに膝をついた。「これ、どうやって動かすの?」

「左側のボタンよ。でも、ちょっと待って」シスターがビデオのスイッチを入れようとしたときに言った。「メグは判事に殺されたんだって言ったの? どうしてそう思うのか、訊いた?」

メアリー・アリスは首を横にふった。「関わりあいにならないようにしているから」プレイボタンを押すと、聖マルコ聖公会教会から結婚式の音楽が大音量で流れだし、三人とも飛びあがった。「大きすぎるわ!」メアリー・アリスは音量を調節した。

「見て、フレッド」最前列のわたしたちを指さした。「あそこに、わたしたちがいるわ」

「そして、あたしは通路を歩こうとしている」メアリー・アリスはうめきながら立ちあがり、ソファにすわった。

フレッドが手を伸ばして停止ボタンを押した。わたしもシスターも驚いて顔をあげた。

「どうしたの?」わたしは訊いた。

「自殺にしろ殺されたにしろ、きみたちと一緒にお昼を食べた女性が、別れた数分後に死んだんだぞ。しかも、その妹は姉さんが死んだのは、きみたちが顔をあわせた男のせいだと、パソコンを盗もうとした男のせいだと言っているんだ」

メアリー・アリスとわたしはフレッドを見てうなずいた。

「だったら?」フレッドはわたしたちの顔を順番に見た。

「だったら、何?」メアリー・アリスが訊いた。

「その話をしようとは思わないのか?」

「いいわよ」メアリー・アリスが承知した。

わたしたちは三人で居間にすわり、互いを見た。

「ねえ」とうとうシスターが口を開いた。「『ぼくはねこのバーニーがだいすきだった』っていう本を知っているでしょ。わたしたちもメグに対して、同じことができるはずよ」

フレッドがメアリー・アリスは何を言っているんだという顔で見た。「子ども向けの本よ」わたしは説明した。「死んだ猫のよいところを挙げていくわけ。読むたびに泣いちゃうわ」

「あたしからいくわよ」シスターは言い、両手を見おろした。「メグ・ブライアンは清潔だった。彼女の指先は真っ白で、まるで偽物のようだった」わたしにあごで合図した。

「メグ・ブライアンは賢かったわ」わたしは言った。「パソコンの使い方を知っていた。自分でプログラムを組むことだってできたのよ」わたしはフレッドに合図した。

フレッドは立ちあがってテレビをつけた。結婚式の音楽が流れてきた。

「見て」シスターが言った。「あたしが通路を歩いてくるわ。あのドレス、いいわよね。あの忌々しいストッキングのせいで、もう歩き方が変だけど。見ていてわかる?」わたしはわからないと請けあった。

カメラが通路の反対側に動くと、新郎側にひとりですわっているメグ・ブライアンの姿が映った。ネイビーブルーのハンドバッグを抱え、脚をきちんとそろえて足首で交差させている。そして微笑んでいた。ヘンリーを見ていたのだろうか？　今度はわたしが手を伸ばして停止ボタンを押した。

「ヘンリーには連絡したの？」わたしはシスターに訊いた。

「まだ。明日の朝、かけるわ」

「数少ない親戚のひとりだものね」

「だから、かけてって言ったのよ」シスターはテレビに手を伸ばした。「もう一度つけてもいい？」

わたしは首を横にふった。「悲しくなるから」

だが、フレッドが意外なことを言った。「見よう。生涯に一度のお祝いじゃないか」

生涯に一度のお祝い？　フレッドらしくない言葉に、メアリー・アリスがわたしを見た。

「つけて」わたしは言った。

すぐに、わたしたちは結婚式に夢中になった。必死にガムをかむ真似をしているわたしたちが映ったかと思うと、カメラがパンして、ガムを飲みこむ花婿とベストマンが映った。それから花嫁の介添役である背が高くて貫禄があるマリリンに、頬を赤らめ、祭壇にいる誰かに愛らしく微笑むヘイリー。そして、そのあとに見事な白いウエディングドレスに包まれた花嫁。

「耳鼻咽喉科だ！」フレッドがフィリップ・ナックマンを指さして叫んだ。「見ろ。あの男とヘイリーが目配せしあっている」

そのあとわたしたちは教会を出ていき、ボニー・ブルーと話し、〈ザ・クラブ〉に行き、ヘンリーとデビーが双子と一緒に踊っている姿を見ていた。ヘイリーがフィリップと踊っているところも。「見てみろ！」フレッドがまた叫んだ。

そのあと、わたしたちはもう一度メグ・ブライアンとテラスですわり、料理を食べ、話し、カメラに笑いかけた。気がつくと、わたしはテレビの映像に笑い返していた。そしてヘリコプターが離陸すると、〈ザ・クラブ〉にいたときと同じように拍手した。

「ありがとう」ヘリコプターが遠くに消え、画面が暗くなると、わたしはフレッドに言った。

「見てよかったわ」

フレッドは微笑んだ。

メアリー・アリスはティッシュペーパーで洟(はな)をかんで大きな音をたてた。「いい結婚式だったわ。もう一度見る？」

「もう充分」フレッドとわたしは同時に言った。

「ダビングして持ってきたから。いつでも見られるわ」ビデオテープをデッキから取り出した。「孫たちのビデオもあるの。見たい？」

フレッドは仕事があると言って断った。わたしはひどく疲れていると言った。本当だった。

それでも、ビデオはきっと見るだろうし、見るのを楽しみにしているのも本当だった。シスターと同じくらい、二歳の双子に夢中だから。

「明日の朝、うちにきて」シスターは帰りしなに言った。「トリニティ・バッカリューが十一時頃にこっちにくるから、どこかで待ち合わせして、あちこち行くのを助けてほしいって頼まれたのよ。だから、うちにくるよう言ったの」

「どうして、わたしが行かなきゃいけないの？」

「ねえ、お願いよ、マウス。トリニティはお姉さんが亡くなったの。泣き崩れるかもしれないでしょ。きっとそうよ」

「トリニティ・バッカリューが？」

「そうよ」

「まるでクエーカー教徒みたいに、身体を震わせそうじゃない。ううん、もしかしたらシェーカー派かしら」

「クエーカーだろうがシェーカーだろうか、明日の午前中にうちにくるのよ。それで、きっと泣き崩れるんだわ」

「わかったわ。行けばいいんでしょ」わたしは約束した。

シスターが帰ると、わたしはウーファーを外に出して、フレッドにホットココアが飲みたいかと訊きにいった。だが、フレッドは服を着がえず、眼鏡も鼻の先にのせたまま、眠っていた。そしてわたしが眼鏡をはずすと、目を覚ましてまばたきをした。

「メアリー・アリスは帰ったのか？」

「戸締まりもすんだわ」

フレッドは起きあがり、バスルームに入った。そして戻ったときにはパジャマに着がえていた。

「いい子ね」わたしは言った。

「知っているさ」フレッドは横になって目を閉じた。

「それに賢いわ。人生を祝う大切さをわかっている。そして、かわいい」

フレッドは鼻を鳴らした。

「本当よ」わたしはフレッドの肩をもんだ。

「髪がきれいだし、ふさふさしているし、お尻がかっこいい」

「フレッド？」いびきをかいていた。わたしは自分のためにホットココアをいれて、深夜のニュース番組を見た。キャスターの女性は裁判所で起きた自殺について何も言わなかった。

「トリニティ・バッカリューです」玄関のまえに立っている大柄な女性が名乗った。テレビの『グッドモーニング・アメリカ』の料理コーナーでジュリア・チャイルドが途方もない出演料でスウェーデンカブの入ったボウルにマッシュポテトを放りこんでいるのを見ていなければ、そのジュリアがメアリー・アリスの家で片手を差し出していると思ったにちがいない。

「パトリシア・アン・ホロウェルです」わたしの手をトリニティの手が包みこんだ。

「こちらはクレインさんのお宅ですよね？」

「わたしは妹です。どうぞ、お入りになって。メグのことは残念でした」

「ええ……」トリニティはなかに入って、家を見まわした。「わたしたちはいつかこんなことが起こるのではないかと思っていたの」

「メグが落ち込んでいたということ?」

「いいえ、まさか」トリニティ・バッカリューはかがみこんで帽子掛けをじっくり見た。鮮やかな青いケープが翼のように揺れた。「おもしろい」トリニティが言った。「誰がつくったものかしら」

かすれた威厳のある声は大柄な体型と同様にジュリア・チャイルドのようだった。「さあ、誰かしら」わたしは正直に言った。「それは祖母のものだったから」

トリニティは遠近両用眼鏡を押しあげて、下のほうのレンズで見た。「おもしろいわ」

「コートを預かりましょうか」なぜか〝ケープ〟という言葉が出てこなかった。「姉はいま電話中ですけど、すぐにきますから。サンルームでコーヒーをどうぞ」

トリニティ・バッカリューは腰を伸ばしてケープを脱いだ。そして父がよくかぶっていたような、ケープにあわせた青いフェルト帽も取った。「ありがとう」トリニティからケープと帽子を受け取ると、わたしはすぐに帽子掛けにかけた。もちろん、トリニティが自分でできることだけれど、わたしは礼儀を重んじた。

「あなた、身長はどのくらい?」トリニティが訊いた。

「百五十四センチですけど。それが何か?」

「ふと思っただけ」トリニティは両手を天井へ向けて背筋を伸ばした。「運転してきたから身体がこわばってしまって」

「それなら、あちらでコーヒーをどうぞ」わたしはサンルームを指さした。

「コーヒーじゃなくて、コーラとアスピリンをいただける?」

「ええ、もちろん。いま持ってくるわ。こちらへどうぞ」

わたしたちはサンルームへ移った。シスターの家のなかで、わたしがいちばん気に入っている部屋だ。籐の家具と植物が置かれ、レッドマウンテンの頂(いただき)にあるので、ヴァルカンと同じように街を見おろせる。メアリー・アリスはこの大きく優雅な古い家のなかをばたばたと走りまわっている。そして冷暖房費も気が遠くなるほどかかる。それでも、ここからメアリー・アリスを動かそうとすれば、ブルドーザーが必要だろう。そして陽が沈む頃にここから谷の向こうを眺めると、メアリー・アリスの気持ちがとてもよくわかるのだ。

「何てきれいなの」トリニティ・バッカリューが窓に近づきながら言った。「この眺めを見て」

明るいサンルームで見ると、トリニティは最初の印象ほど年を取っていないことがわかった。たぶん、六十歳のわたしと同じくらいだろう。メグの下から二番目の妹なのだから、まず間違いない。フェルト帽で押さえられていた白い髪はまっすぐにぴんと立ち、化粧は口紅だけ。それでも決して美人ではないけれど、個性的な角張った目鼻立ちをした魅力的な女性だった。メグとはまったく似ていない。

「コーラとアスピリンを取ってくるわ」わたしは言った。「楽にしていて」

トリニティはうなずくと、背を向けて外を眺めた。「飛行機が飛んでいくわ」

わたしは超モダンなキッチンに入った。シスターは料理をしないが、ケータリング業者が楽に動きまわれる広さだ。わたしは人造大理石の調理台に置いた保温パッドで毎日寝てばかりいるデブで怠けもののシスターの愛猫バッパをなでると、冷蔵庫からコーラを二本出した。

そしてグラスに注いでいると、シスターが入ってきた。「どんなひと?」小声で訊いた。

「大きい。太っているわけじゃなくて、大きいだけ。ジュリア・チャイルドみたい。声も似ているのよ。こんなことが起きるってわかっていたらしいわ」

「こんなことって?」

「メグが死んだことよ」

「本当に? そう言ったの?」

「男物みたいな青いケープと青いフェルト帽を着けていたわ」

「そうなの?」シスターがコーラに手を伸ばした。「あたしが持っていく」

「ちょっと待って」わたしは自分の分のコーラを取った。「ヘンリーは何て言ってた?」

「あたしの娘が好きで好きでたまらないって。新婚旅行から帰ってくる必要はないって言ったわ。メグのお葬式にはあたしたちが行くからって」

「何て言ったんですって?」

「だって、メグはふたりの結婚式に出てくれたのよ。ちょっと、マウス。虫を飲みこんだような顔で突っ立ってないでよ。あたしたちにできるのは、それくらいでしょ。同じことでお返しするってこと」

「まったく同じではないけど」わたしは食器棚からアスピリンを出し、シスターのあとをついてキッチンから出た。

「トリニティ」シスターの声が聞こえた。「メアリー・アリスよ。メグのことは本当に残念だわ」

わたしがサンルームの隅から顔を出したときには、ふたりはすでに抱きあっていた。ふたりにはさまれなくてよかったとほっとしながら籐のソファに腰をおろし、アスピリンの瓶を開けて二錠取り出した。

「あなた、身長はどのくらい?」トリニティが洟をすすりながら訊いた。

「百七十八センチだけど、どうして?」

「ふと思っただけ」

「あなたは?」

「百八十八センチ」

ふたりとも普通は自己紹介でそんなことは訊き出さないものだとは思っていないようだった。メアリー・アリスはポケットからティッシュペーパーの小袋を取り出した。

「これを使って」トリニティに渡して続けた。「きょうの午後、あなたをぜったいに連れていかなきゃいけない場所があるの。〈大胆、大柄美人の店〉よ。背が高い女性にぴったりのすてきなものを売っているの」

「頭が痛いのよ」トリニティは言った。

「でしょうね。ここにすわっていて。アスピリンを持ってきてあげる」

わたしはアスピリンの瓶を掲げた。

「あら、ちょうどよかった」メアリー・アリスは瓶を手にした。

「四錠ちょうだい」トリニティが言った。

「本気？　そんなに飲んだら胃に悪いわよ。よかったら、タイレノールもあるけど」

「アスピリンを四錠」ジュリア・チャイルドの声が言った。

「わかったわ」メアリー・アリスはアスピリンの瓶を渡した。

「あなたのコーラよ」わたしはコーラの入ったグラスを渡した。

トリニティがわたしの隣に腰をおろすと、籐のソファがきしんだ。メアリー・アリスは向かいの椅子に腰をおろした。白地に大きな赤いポピーが咲いている、明るいカバーに包まれたクッションが置いてある。

「すてきなお部屋ね」トリニティはアスピリンを一錠ずつ口に含んでは、頭をのけぞってニワトリみたいに薬を飲みこんだ。

「ありがとう」メアリー・アリスは最後にもう一度目を拭った。「あたしたちにできることがあれば何でも言って。パトリシア・アンとあたしで手伝うから。何でも言ってちょうだい」

トリニティ・バッカリューはコーラをゆっくり飲むと、しゃっくりをして、コーヒーテーブルにグラスを置いた。「何よりも先に遺体の確認をしなければならないと思うの。どこに行けばいいかしら」

メアリー・アリスとわたしはぽかんとしたまま顔を見あわせた。〈リダウツ〉だろうか？でも、ハスキンズ判事が遺体安置所がどうとかって言っていなかった？

「電話してみるわ」メアリー・アリスがやさしく言った。

「それから宣誓して、ロバート・ハスキンズの逮捕状を出してもらうつもりよ」

メアリー・アリスとわたしはふたたび顔を見あわせた。「トリニティ」わたしは言った。「そんなに簡単なことではないと思うけど」

「ああ、証拠があるのよ。ここに」トリニティはハンドバッグから小さな封筒を取り出した。「ここに」もう一度くり返し、コーラのグラスをどけて、ナプキンでコーヒーテーブルをふき、封筒から書類を取り出した。「見て」書類を広げてみせた。

シスターとわたしは立ちあがり、書類をのぞきこんだ。何かの法的な書類のようだが、コピーが不鮮明だった。

「見て」トリニティはくり返し、書類の上を指した。「これを見て」

わたしは遠近両用眼鏡を押しあげたが、たいして変わらなかった。「ジョージア州と書いてあるの？」

「それだけじゃないわ。ジョージア州、非嫡出子って書いてあるのよ。ふたりとも、これが誰かわかる？」

わたしたちは首を横にふった。わたしは書類を指さした。「これはキャサリンという名前？」

「そのとおり。キャサリン・アン・テイラー、非嫡出子であるクリフォード・アダムズ・テイラーの母親よ。そしてクリフォードはロバート・ハスキンズ判事の曾祖父の父親なの。これは非嫡出子認知書なわけ」トリニティは誇らしげに言った。

シスターとわたしはぽかんとした顔を見あわせた。

「よくわからないんだけど」わたしは言った。

「非嫡出子認知書？」シスターが尋ねた。「あなたはひいひいおじいさんが非嫡出子だということを発見されたせいで、判事がメグを殺したと思っているの？」

「もちろん。系譜調査の危険のひとつよ」トリニティ・バッカリューはひとさし指で書類を叩いた。このときばかりは、シスターもわたしも言うべき言葉が見つからなかった。

5

「ずいぶん威勢のいいひとだと思わない?」わたしはメアリー・アリスにささやいた。トリニティ・バッカリューは〝ご不浄〟はどこかと尋ね、廊下の向こうへ消えていた。クリフォード・アダムズ・テイラーがジョージア州の非嫡出子であることを証明する書類はまだコーヒーテーブルにのっている。わたしはその書類を手に取った。「こんなものが原因で本当にひとを殺したりする?」

シスターは肩をすくめた。「トリニティは分別がありそうに見えるわよ。そういうこともあるんでしょうよ」

「でも、どうして?」

「よしてよ、パトリシア・アン。あたしが知るわけないじゃない。世の中には良家の出ってことにこだわるひとがいるのよ、きっと」

「つまり、正統かどうかってこと」

「何であってもよ」シスターは立ちあがって腰を伸ばすと、わき腹を二度伸ばしてから、電話帳で遺体安置所を調べるつもりだが、どういう分類で載っているのだろうかと言った。

「死体留め置き？」

「これっぽっちも笑えないわよ！」

わたしもそう思う。でも正直に白状すれば、わたしはメグの死でひどく動揺していたが、わたしは動揺すると、その動揺している原因について冗談を言ってしまうたちなのだ。おそらく、この方法がいちばん動揺をしずめられるからだろう。でも、シスターは激怒する。

「常識をわきまえなさいよ！」シスターはくるりと背を向けてキッチンへ歩いていった。

わたしはひどく叱られ、ソファで谷のほうを眺めてコーラを飲んだ。するとトイレで水が流れる音と、廊下を歩いてくる足音と、猫のバッバか遺体安置所に話しかけるメアリー・アリスの声が聞こえてきた。

「信じられないわよね？」トリニティが隣に立って、非嫡出子認知書を指さした。「でも、もっと些細な理由で人殺しをする人間もいるのよ」

確かに、そのとおりだ。「ただ、それほど重要なことには思えなくて」

「血筋をたどろうとしているひとには重要なのよ」

「そうなんでしょうね」

トリニティ・バッカリューはポピーが咲いている椅子に腰をおろした。バスルームで髪をとかし、口紅を塗り直してきたらしい。トリニティはため息をつくと、谷を見やった。「世界じゅうが見渡せそう」

わたしはうなずいた。

「メグは火葬するわ。モービル湾に遺灰をまいてほしいというのが望みだったから」わたしはもう一度うなずいた。もう冗談を言うつもりはなかった。メグ・ブライアンはもう二度と結婚式に出席しない。お昼も食べないのだ。目に涙が浮かんできた。

「あらあら」トリニティはティッシュペーパーを渡してくれた。

「どうしたの？」メアリー・アリスが戸口で訊いた。

「妹さんはとても思いやりがあるのね」トリニティが言った。

メアリー・アリスは疑わしそうにわたしを見た。わたしは涙を拭った。

「遺体安置所に電話をしたわ」シスターが言った。

「それじゃあ、早く行ったほうがよさそうね」トリニティが立ちあがろうとすると、籐の椅子がきしんだ。

「ちがうのよ」シスターがソファにすわってわたしたちを見ると、トリニティもまた腰をおろした。「遺体を確認しなくてもよくなったのよ、トリニティ」

「どうして？」

「必要ないって言うの」

「メグは火葬を望んでいたんですって」わたしは言った。「モービル湾に遺灰をまいてほしがっていたって。すてきよね。そう思わない、シスター？　モービル湾に遺灰をまくなんて」

「とてもすてきね」シスターも同意した。

トリニティは立ちあがった。巨体が窓をおおい、巨体がシスターを見おろした。「どうして遺体を確認しなくていいの？」

「もうすんだそうよ」シスターは答えた。

「誰が確認したの？」

「たぶん、係のひとが名前を間違えたんだと思うのよ」

トリニティはポピー柄の椅子に重々しく腰をおろした。「ロバート・ハスキンズね。あの非嫡出子のロバート・ハスキンズでしょう？」

メアリー・アリスはうなずいた。「きっと何かの間違いよ」

トリニティは目を閉じて、椅子の背に寄りかかった。シスターとわたしは不安になって互いを見つめた。

「だいじょうぶかしら？」わたしは声を出さず、口だけを動かして訊いた。

メアリー・アリスは肩をすくめた。数分にも思えるあいだ、わたしたちは何も言わずにいた。

「トリニティ？」とうとうメアリー・アリスが声をかけた。「だいじょうぶ？」

「もちろん、だいじょうぶよ。考えているだけ」

「それじゃあ、あなたが考えごとをしているあいだに、パトリシア・アンとサンドイッチでもつくるわ。チキンサラダでいい？ 低脂肪マヨネーズで。それとも、クリームチーズとオリーブがいい？ クリームチーズも低脂肪よ。オリーブはそのままだけど、脂肪はそんなに入ってないと思うのよ。それとも、両方つくりましょうか。どう?」

「ピーナッツバターとバナナ」トリニティは目を開けずに言った。

「わかったわ」メアリー・アリスはキッチンへ向かった。わたしもあとをついていき、ドアを閉めた。「ピーナッツバターは脂肪がたくさん入っているのに」シスターはぶつぶつ言っている。

わたしはシスターのすぐうしろを歩いた。「ハスキンズ判事が身元を確認したって言ったわよね? 信じられない」

メアリー・アリスは食器棚を開けて、ピーナッツバターの瓶を出した。「やだ」ラベルを読んだ。「脂肪が十五グラムも入ってる」調理台まで戻ってきて、パン入れからパンを出した。「どんどん妙な具合になっていくわよね、マウス。あたしが電話で話した女のひとは、メグの夫のロバート・ハスキンズ判事が遺体を見て、身元を確認したと言ったのよ。それで遺体は運び出されたって」

「メグはハスキンズ判事と結婚していたの?」わたしはバッバの保温パッドがのっている調理台のそばにスツールを引っぱってきて、シスターが〈メリタ〉の白パンにピーナッツバターを塗っている姿を見つめた。「本当に確か?」

「あたしにとって確かなのは、新しく義理の息子になった子におかしな親戚がいるってことだけ」メアリー・アリスはバナナに手を伸ばした。「マウス、クリームチーズを出して」

わたしはスツールからおりて、冷蔵庫へ行った。「ハスキンズ判事はメグのご主人なの?

結婚している様子はまったくなかったわよね」わたしはクリームチーズの消費期限を確かめた。シスターの冷蔵庫にはとんでもないものが入っていることがあるからだ。「それに」調理台に戻りながら続けた。「あの判事はイタチそっくりだったじゃない」

「あたしの愛しいウィル・アレクも似ていたわ。あたしたちの結婚式のとき、アリスおばあちゃんがあたしを引き寄せて言ったのよ。『あの男は野生動物みたいな顔をしているね』って。あたしはどういう意味かわからなかったからこう返したの。『ありがとう』って。でも、きっと、あれは口ひげのせいね。そう思わない？」

「ウィル・アレクはあごがないから口ひげを生やしていたのよ」

「そうよ。それでも、あたしは愛してた」シスターはバナナを取った。「だって、あれだけ〈コカ・コーラ〉の株を持っていたんだから」

「そうでしょうとも」わたしは手を洗っているうちに、シスターの話の後半を思い出した。「遺体はもう安置所にないの？」

「ええ」メアリー・アリスはトリニティのサンドイッチにスライスしたパンをのせて、半分に切った。「さあ。飲み物は何がいいか訊いてきて」

「そんなことを言ったら、トリニティは卒倒するわよ」

「わかってるわよ。だから、話のなかでさりげなく伝えようと思ったわけ。そのほうが彼女の気持ちも楽になるでしょ」

「『トリニティ、サンドイッチをもうひとついかが？　ところで、あなたはお姉さんのご主人が気に入らないみたいだけど、そのご主人がお姉さんのご遺体を引き取ったらしいわ』とでも言うつもりなの?」

「遺体はローバック教会に運んだらしいわ。そう、そんな感じで話すつもり。さりげなく話題を出せれば」

「さりげなく」

「穏やかに。あまりショックを与えたくないでしょ」

「もちろんよ」わたしはシスターからピーナッツバターのサンドイッチを引ったくると、サンルームへ戻った。だが、トリニティはいなかった。

「トリニティ」わたしは廊下に向かって呼びかけた。「サンドイッチができたわ。飲み物は何がいい?」

返事がない。わたしは皿を置いて玄関のほうへ歩いていった。「トリニティ?」

帽子掛けのケープとフェルト帽が消えていた。私道に停めてあったトリニティの車もない。

「トリニティ?」玄関の扉を開けて名前を呼んだ。ああ、もう! わたしはキッチンへ戻った。「出かけたみたい」

「出かけた? どこへ?」シスターはチキンサラダを口いっぱいに詰めこんでいた。

「わかるわけないじゃない。ハスキンズ判事の逮捕状を出してもらいにいったのかしら」

シスターは口を動かしながら考えこんだ。「そうかも」サンドイッチの皿をわたしのほうへ押しやった。「ほら」

「わたしには何も関係ないことだけど」わたしは猫のバッバの上から手を伸ばし、サンドイッチを半分にちぎった。

「でも、トリニティがそんな無作法なことをするなんて信じられない。せめて挨拶くらいはできたはずよ。彼女のために、ここで最高においしいピーナッツバターとバナナのサンドイッチをつくっているときに、出かけていくなら」シスターはサンドイッチの皿を手にした。

「さあ。向こうにいって『ワン・ライフ・トゥ・リブ』を見ましょうよ。何年もたってニッキが出てくるなんて信じられる？　ヴィッキーの多重人格の病気だって、ずっと調子がよかったじゃない。あたしやあんたと同じくらい正常だったわよ。言わせてもらうなら、クリントとは別れるべきじゃなかった」

「たぶん、悲しみのせいでまともに考えられなかったんだわ」

「そうよね。ヴィッキーはいいのよ。悪いのはほかの悪い人格たち」

「わたしが言ったのは、トリニティのことよ。トリニティはいままともに物事を考えられないのよ」

「確かに。ハスキンズ判事の立場にはなりたくないわ」

わたしは細い鼻の上に眼鏡を押しあげていた小柄な男のことを、イタチに似ている男のことを思い出した。そして大きな珍しい鳥のように青いケープをひらめかせて脱いだ大柄な女性のことも。羽毛が抜けかわっても、威厳は変わらなかった。

「わたしもよ」シスターの意見に賛成した。「だから、関わりあいになるのはやめましょう」

おなじみの決めゼリフだ。

ほかにもこんなおなじみのセリフがある。「今夜はバディ・ジョンソンとデートなの。結婚式で踊った、年上のすてきな男性よ」

「時の翁？　夜でも、運転できるくらいに目が見えるの？」

「安っぽいことを言わないでよ、パトリシア・アン。運転手付きの車で空港まで行くんだから。バディのプライベートジェットでアトランタに行ってオペラを観るの」メアリー・アリスはくすくす笑った。「映画の『プリティ・ウーマン』みたいじゃない？」

「大切な要素がふたつ抜けているわよ。ひとつはリチャード・ギア」

メアリー・アリスはまたくすくす笑った。「バディはリチャード・ギアそっくりよ」

五十年まえなら、そうかもね。「安全なセックスを心がけてね」

わたしはシスターからサンドイッチを投げつけられると思っていた。それなのに、シスターはにっこり笑ったのだ。遥か遠いセントピーターズバーグで、ビル・アダムズがトイレに駆けこんでおいおい泣いている声が聞こえてきたような気がした。

シスターの家を出ると、わたしはエビを買うために〈ウィン・ディクシー〉に寄った。フレッドはシュリンプ・クレオールが大好きなので、これで元気が出るかもしれないと考えたのだ。店のまえの歩道にはキンセンカ、ペチュニア、ホウセンカといった一年草の苗が入った平箱がたくさん並べてあった。とてもがまんできなかった。わたしは毎年やっていることを、今年もした。美しい春の天候がずっと持ち、もう霜が降りることはないだろうと考えて、エビとホウセンカの苗を買って店を出たのだ。

トリニティ・バッカリューはわたしがシスターの家を出るまで、電話もかけてこなければ帰ってくることもなかった。「六時のニュースで名前が出てこなければいいけど」わたしはそう言って車に乗りこんだのだ。

「あたしが名前を聞くことはないわ。アトランタに行くんだもの」シスターはだいたいの見当で東のほうを指さした。

「オペラは何を観るの?」そんな質問をしたのは間違っていた。

「いやね、マウスったら。オペラはオペラよ」

それでも、わたしはトリニティが心配だった。わたしたちがキッチンでハスキンズ判事がメグの遺体を確認したと話していたのを耳にしたのではないかと思ったからだ。声はひそめていたけれど。トリニティがコーラのお代わりか何かを取りにきて、話を聞いてしまったこともあり得る。

わたしは家に着くとすぐにメアリー・アリスに電話をかけた。

「まだよ」シスターは言った。「連絡はないわ」

「もし連絡があったら、電話をちょうだい。これからホウセンカを植えるつもりだけど、子機を持って出るから」

「わかった。ローバック教会に電話して、トリニティがきたかどうか訊いてもいいわね」

「名案よ」わたしは言った。「わかったら、教えて」

わたしが電話を切ろうとすると、シスターの金切り声が聞こえてきた。「マウス！」

「何？」

「今夜はロングドレスを着るべき？　アトランタはバーミングハムよりずっと国際的でしょう。ロングドレスを着ていくべきかもしれない」

わたしはシスターの質問についてしばらく考えた。アトランタがどのくらい国際的なのか考えたのだ。「短いほうがいいわ」わたしは断言した。

ホウセンカの苗は美しく、赤とピンクとサーモンピンクが混ざっていた。わたしはジーンズをはき、膝をついても平気なようにボール紙を一枚持ち、毎年恒例の花の植えつけを祝うために勇んで庭に出た。また霜が降りて二週間後に、あるいはそのまた二週間後にやり直すことになるかもしれない。でも、それが何だというの？　きょうは陽射しが暖かいし、明日は立春なのだから。

わが家の近所はどこの家も金網塀で囲まれている。四十年まえのベビーブームで生まれた赤ん坊たちがよちよち歩きで道路に出ないように金網塀にしたのだ。金網塀は車庫と同じく、当時のステータスシンボルだった。そして、長持ちもした。いまやその金網塀で守られていたベビーブームのときの子どもたちから、金網塀は安っぽいという言葉が聞こえてくる。憂うべき事態だ。物事はあまりにも長く存在していると、見えなくなるものなのだ。金網塀はスイカズラやフジの実がたくさん収穫できるように守ってくれている。ツバキやシモツケなどの低木が花を咲かせるときには、その背景にもなっている。それに、いまでも子どもたちが外に出たり、動物たちがなかに入ったりするのを防いでいる。それなのに安っぽいですって？ この近所ではよき金網塀がよき隣人をつくりあげたのだ。それに、あと数年もすればアンティークになる。すごく価値が出るのだ。

そして、わが家の金網塀はイボタノキとモチノキで隔てられている。ワシントン誕生日に少しばかり剪定すれば、それだけでいい。毎年、同じラッパズイセンやスイセンやチューリップが咲く。毎年、モクレンとヨウナシの花が咲く。そして毎年、わたしは一年草をいくつか植えるのだ。

ウーファーが近づいてきて、隣にすわった。

「きれいでしょ？」わたしはホウセンカを指さした。

ウーファーはきれいだと同意した。

「もう霜は降りないわよね？」

もちろんだ。ウーファーは前脚のあいだに頭を入れて伸びをすると、わたしがコテで穴を掘るのをじっと見た。動物愛護協会で引き取ったとき、ウーファーの檻（おり）には「雑種」と記されていた。普通はどんなふうに育つのかわかるようにもう少し詳しく「ジャーマンシェパードとラブラドール・レトリーバーの雑種」とか「プードルとダックスフンドの雑種」と書いてあるものだった。けれどもウーファーの場合は間違いを恐れて予想さえされていなかったが、とても美しい犬に育った。頭の毛はだいぶ白くなったけれど。もうウーファーじいさんなのだ。

わたしは穏やかな作業を必要としていた。ここ数日で心がひどく疲れていた。結婚式、メグの死、フレッドの仕事の問題、トリニティ・バッカリュー、ハスキンズ判事。赤いホウセンカを取り、プラスチックの容器を軽く叩いてから逆さまにして、苗を取り出した。

「ほらね」根を穴に入れて土をかける。「どう、ウーファー？　あっという間にお庭のできあがり」ウーファーもいいねと同意した。

そのとき電話が鳴り、わたしもウーファーもびっくりした。わたしは手袋をはずして電話に出た。

「トリニティはローバック教会に行ってないみたい」シスターだった。「それから、ロングドレスを着ることにしたわ」

「そう」わたしは裏口から入ってきたヘイリーに手をふった。ジーンズにピンクのシャツを着たヘイリーはとても明るく元気そうで、手術室で一日を過ごしたあとにときおり見せる疲れた顔とはちがっている。

「家に帰ることにしたのかも。きっと、そうよね」メアリー・アリスの声には期待がこもっていた。

「ええ、そうかもしれない」そう言ってはみたものの、そんなはずがないことはわかっていた。きっと、またトリニティ・バッカリューから連絡があるだろう。「どのドレスを着ることにしたの？」

「黒のベルベット。立春は明日だから、ベルベットでもいいわよね？　片方の脚にスリットが入っているやつ」

「ちょっと、メアリー・アリス。告解の火曜日のあとはベルベットを着てはいけないって知っているでしょう。ママとおばあちゃんがお墓のなかで身もだえするわよ」

「あんたの言うとおりね」

「そうよ」しばし考えてから続けた。「赤いクレープ地のドレスはどう？」

「太って見えるのよ」

その件については触れないことにした。

「でも、花柄のジャケットを重ねればいいか。どのジャケットのことだかわかる？　日本の花の模様のやつよ」

「ええ。すてきだと思う」

ヘイリーは膝をついてウーファーの耳のうしろをかいている。「シスターおばさんはどこに行くの？」電話を切ると、ヘイリーが訊いた。

わたしはバディ・ジョンソンのプライベートジェットとアトランタへオペラを観にいくことを説明した。

「結婚パーティーでシスターおばさんと踊っていたお年寄りじゃないわよね？」

「そのひとよ。シスターおばさんには彼がリチャード・ギアで、今回のことが『プリティ・ウーマン』みたいに思えるらしいけど」

　ヘイリーは笑った。「シスターおばさんにはぴったり」

「安全なセックスを心がけてね、と言っておいたわ」

　わたしは今回もヘイリーが笑うものと思っていた。けれども、娘はこう答えた。「賢い助言だわ」わたしは思わず娘を見た。ヘイリーの頬が色づいている。

「あなた、顔が赤くない？」

　ヘイリーは両手の甲を頬にあててにっこり笑った。「ウーファーをお風呂に入れないと」

「顔が真っ赤よ！　まあ！」

「ママ、フィリップって、すてきな男性なの」

「すてきな男性だと聞いてうれしいわ」

「すごくすてきなの」

「あなたの言いたいことはわかっているわ」

　わたしたちは母と娘として、花の苗の入った容器をはさんで互いに見つめあった。言葉にならない思いがあふれそうだった。これからも決して言葉になることがない思いが。幸せになって。わたしは幸せよ。気をつけて。気をつけるわ。傷ついてほしくないの。わかってる。幸せにね。愛しているわ。ふたりのあいだで思いが行き交った。

「コテを持ってきて手伝うわ」ヘイリーが言った。

「ねえ、ウーファー」庭を歩いていく娘を見ながら言った。「どう思う？」

　ウーファーはやっとこのときが訪れたのだと言った。

ヘイリーがコテとビールを持ち、照れくさそうな顔で戻ってきた。

「はい」わたしは花の苗を渡した。「メグ・ブライアンが亡くなったことは聞いた？」

ヘイリーは驚いた顔をした。「結婚式にきていたヘンリーの親戚のひと？」

わたしはうなずいた。「きのうシスターおばさんとわたしでお昼に〈タトワイラー〉に連れていったんだけど、そのあとメグは裁判所に行って、九階の窓から飛びおりたか、誰かに突き落とされたかしたのよ。もしかしたら、十階かもしれないけど」

「何ですって？　彼女が何をしたですって？　あのすてきな小柄な女性が亡くなったの？　そんなひどいことがあったなんて！」

「それだけじゃないのよ」わたしはオレンジソースのかかった仔牛肉やハスキンズ判事と会ったことから、ピーナッツバターとバナナのサンドイッチやトリニティ・バッカリューがいなくなったことまで、知っていることを残らず話して聞かせた。

「ちょっと待って」ヘイリーは何度かそう言って、わたしに細かい点についてくり返させた。そして、最後にこう言った。「信じられない。いま、どこにいるの？」

「メグ？　それともトリニティ？」

「うーん、両方」

「メグはローバック教会。トリニティはわからない。ハスキンズ判事のところへ行ったんじゃないかしら。彼がメグを殺した犯人だと言っていたから」

「メグが判事のひいひいおじいさんが非嫡出子だという書類を持っていたからね」ヘイリー

は信じられないというように頭をふった。

わたしは箱から次の苗を取って、容器を軽く叩いた。「メグは、プロの系譜調査員は食うか食われるかの世界だけど、自分は食う側だと言っていたわ。そしてトリニティは姉が死んだことは意外ではなく、系譜調査は危険な仕事だと話していた。結婚パーティーでは、系譜について発見されたことで、メグに食ってかかってきた女性がいた。メグのことを恥知らずって呼んだのよ」

「ずいぶん乱暴ね」ヘイリーも次のホウセンカに手を伸ばした。それからしばらくはどちらも黙って手を動かした。「メグのパソコンはどこにあるの？」ヘイリーが尋ねた。

「シスターの家よ。もうひとつの鞄も一緒に。どうして？」

ヘイリーは手の泥を払い、ビールを飲んだ。「ハスキンズ判事もどこかの系譜を調べていると言っていたわよね。普通は真っ先に自分の家族を調べそうじゃない。だから、そのひいひいおじいさんのことを聞いても、判事はたいして驚かなかったんじゃないかしら」

「でも、判事は秘密にしていたのよ。メグはそれをバラすって脅したのかも」

「レストランで会ったとき、判事は怒っているみたいだった？」

わたしは記憶をたどった。「いいえ。メグがお店にいたことに驚いていたわ。メグが見逃していたことを発見したと言って喜んでいた。メグが判事に資料を見せてくれたら、自分のも見せると言ったのよ」

「判事が発見したことって？　覚えている？」

「メグが調べているモービルの家族のことだと思うわ。名前は思い出せないけど」

「うーん」ヘイリーは最後の苗を手にした。「ママはメグが自殺をしたとは思えないのよね？」

「最初は自殺だと思ったわ。でもメグの妹がぜったいにちがうと言うものだから。それにレストランでも、メグは少しも落ち込んでいるようには見えなかった」

「それでも、可能性はあるけど」

わたしは立ちあがって膝をもんだ。「メグは高い場所をとても怖がっていて、〈ザ・クラブ〉のテラスの手すりにも近づこうとしなかった。だから、誰かに窓から突き落とされたんじゃないかと思うわけ」

ヘイリーが空の箱とコテを差し出した。「もし誰かが突き落としたのだとしたら、動機はそのパソコンのなかね」

「そうかもしれない」

「取りにいきましょう」

「ヘイリー！」

「だって、ママ、すごくおもしろそうよ」

「パソコンに入っていることは、わたしたちには何の関わりもないことなのよ。それに、あなたもわたしも系譜調査のことなんて何ひとつ知らないじゃない」

「フィリップなら知っているわ。自分の家族について調べたことがあるの。パソコンにも詳しいし」

わたしはゴミ箱まで行って、プラスチックの箱を捨てた。忙しい医師まで時間を割いて家族の歴史について調べるのだろうか？　わたしが知らなかっただけで、このあたりでは家系図づくりが流行っているの？

ヘイリーがうしろから近づいてきた。「ナックマン家の血統図を見せてくれたの。おもしろかったわ」

わたしはゴミ箱のふたを閉めた。「血統図？　へえ」

「そう呼ぶのよ」

「馬泥棒か非嫡出子はいた？」

「いなかった。でも、シスターおばさんも載っていたわよ。デビーと双子も」

「シスターおばさんが血統図に載っていたの？　シスターが聞いたら、きっとわくわくするでしょうね」少し考えてから訊いた。「双子の父親は？」

「空欄のまま」ヘイリーはにやりと笑った。「まあ、総合的な判断の結果ね」

裏の階段をのぼっているときに、庭に置き忘れたコードレスフォンが鳴った。ヘイリーが走っていき、電話に出た。

「ママによ」片手で送話口を押さえながら言った。「何だか、変なの」

「もしもし」わたしは電話に出た。

トリニティの声が言った。「メアリー・アリス・クレインの妹のパトリシア・アン・ホロウェル？」

「そうよ、トリニティ」

「ミセス・ホロウェル、とつぜんごめんなさい。でも、どうしても助けが必要なの」

「どうしたらいい？」

「拘置所に迎えにきて。あなたのお姉さんに連絡しようとしたんだけど、留守番電話にしかつながらなくて」

「拘置所にいるの？」ヘイリーが階段の上で足を止めてふり返った。

「ええ。バーミングハム拘置所よ。マーティン・ルーサー・キングが有名な手紙を書いた拘置所とはちがうし、もっと新しい建物。場所はわかる？」

「調べるわ。拘置所で何をしているの？」

「住居侵入罪で捕まったの。ありがたいことに勾留はされていないけど、いまのところは。閉所恐怖症だと説明したら、理解してくれたのよ」

「住居侵入罪？」

「もちろん、ロバート・ハスキンズの家よ。どうやら自動的に警察に通報する防犯装置をつけていたみたい。逮捕されるのはロバートのほうだと話したら、うれしいことに真剣に耳を貸してくれたみたいで、いまロバートを探しているわ。ロバートが捕まるまでには、わたしは釈放されるはず。保釈金やら何やらのちょっとした問題はあるけど、あなたが着いたら相談するから」

「保釈金？」

そのときにはヘイリーが隣に立っていた。「誰？」

「トリニティ・バッカリュー」わたしは声を出さずに口だけを動かした。「すぐに行くわ」

電話に向かって言った。

「ありがとう。待っているわ」

わたしは電話を切り、ヘイリーを見た。「ハスキンズ判事の家への住居侵入罪で捕まったんですって。迎えにきてほしいって」

「おもしろそう！」愛はヘイリーにすばらしい効果をもたらしたようだ。わたしたちは友人を保釈してもらうためにバーミングハム拘置所へ向かうと、キッチンのテーブルにフレッド宛の書き置きを残して出かけた。

6

「自殺をした女性と拘置所にいる女性はヘンリーの親戚。そうよね？」娘のヘイリーが町に向かう途中で訊いた。わたしは娘の車に乗っていた。ヘイリーがわたしの車のうしろに駐車していたからだ。

「ヘンリーのお母さんのいとこだったと思うわ。なかなか、おもしろい家族みたい」

ヘイリーは信号で車を停めた。「ずっと考えていたんだけど、わたしたちは家族の歴史について何も知らないわよね」

「知りたい？　わたしのほうなら、ひいひいおじいさんとひいひいおばあさんまでならわかるわよ。特別なことは何もないけど。地主でさえないの。事務員と帳簿係。平凡だけど気立てのいい夫婦ね。ホロウェル家のほうがおもしろいかもしれない。パパは結婚パーティーで、家族についてもっと知りたいと話していたわ」

「フィリップも家族について知るのはいいことだって言うの。それどころか、誰もが知るべきことだとさえ言っているわ。遺伝子とか、そういうものについて」

「ああ、なるほどね」わたしは言った。「遺伝子については調べないとならないかも」

わたしがバーミングハム拘置所について知っていることと言えば、ありがたいことに、やめるようにと言うまでヘイリーがうたいつづけていた、谷が低いことをうたった物悲しい歌だけだ。それから当然ながら、トリニティ・バッカリューが言っていたマーティン・ルーサー・キングの有名な手紙のこと。それでもテレビで目にしていたので、容疑者が連れてこられたり、電話が鳴ったり、ドラマの女刑事のキャグニーとレイシーが呼び出しに応えて飛び出していったりして、拘置所が忙しいことは想像できていた。みすぼらしい格好の人々や、汚い床や、悲鳴や、鉄格子を叩く音も。

でも実際は想像とまったく異なり、まるで保険会社か銀行のようなこぎれいな白い部屋だった。制服を着た数人の警察官が机にすわって、電話で静かに話したり書類を読んだりしている。

「本当にここでいいの？」ヘイリーがささやいた。

「ここではなさそうよね」

制服姿の若くてきれいな女性が近づいてきて用件を尋ねた。わたしたちは住居侵入罪で拘束されているトリニティ・バッカリューという女性を探しているが、どうやら場所を間違えてしまったらしいと説明した。

「いいえ、間違っていませんよ。その女性なら、廊下の右側のいちばん手前のドアの向こうにいます。連れて帰ってくださってけっこうです」

「そのまま連れて帰っていいんですか？」

女性警察官は微笑んだ。「ええ、もちろん」

ヘイリーとわたしは顔を見あわせた。

「その廊下の向こうです」警察官は廊下を指さして、もう一度言った。

「想像していたのとまったくちがったわ」ヘイリーが部屋のなかを見まわした。「犯罪者はどこにいるの？」

女性警察官が身を乗り出してささやいた。「街にいます」驚いているわたしたちの顔を見て、にやりとした。「みなさんでお帰りになられてけっこうです」くるりと背を向けて自分の席に戻った。

「嘘でしょ」ヘイリーがぶつぶつ言った。「あのひと、本気で言っているの？」

「たぶんね」

「ああ、神さま！」

「ヘイリー、神さまの名前をみだりに口に出すものではありません」

「そんなんじゃないわ、ママ。わたしは神さまに祈ったのよ」

廊下に行くと、そこにはきちんと整頓された小さな部屋が並んでいた。そして右側のいちばん手前の部屋で、トリニティ・バッカリューが、ハサミにも石けんにも一度も触れられたことがなさそうなあごひげと白髪まじりの髪の中年男とカードゲームをしていた。男の服はぼろぼろで、壁に立てかけてあるナップザックもあまりよい状態とは言えない。

「よし、ジンであがりだ！」男が叫んだ。

「ああ、もう！」トリニティはカードを叩きつけると、顔をあげてわたしたちに気がついた。「ああ、よかった。レスキュー隊がきてくれたわ。マーティ・ホームズ、こちらはパトリシア・アン・ホロウェルと――」

「娘のヘイリー」

マーティは礼儀正しく立ちあがった。「初めまして」

「フレディはマトリなの」トリニティが説明した。「州間高速道路（インターステート）の陸橋の下とかでぶらぶらしているんですって。カードでインチキをする方法を教えてもらっていたのよ」

「マトリ？」

「ほら、麻薬取締官のことよ」

「マトリなら知っているわ」わたしは言った。

マーティはにやりとして、かつては歯があった場所を見せた。トリニティは立ちあがり、机に置いてあったケープと帽子を取った。「それじゃあ、行きましょうか」

「保釈金は？」わたしは訊いた。「何もせずに出てはいけないのでしょう？」

「警察がやっとロバートを捕まえて、彼からわたしがもと義妹で、告発するつもりはないと聞いたの。ただ、車を押収されてしまって、明日にならないと返してもらえないのよ。車庫が閉まってしまったから」トリニティは肩にケープをかけた。

「いかすケープだな」マーティが言った。「帽子もしゃれている」

「インターステートの下ではそうでしょうね」

「ああ。ダントツじゃないけどな」

トリニティはマーティに近づいて抱きしめた。「身体に気をつけて。フェアホープに会いにきてちょうだい」

「あんたも気をつけな」

「ああ、神さま！」わたしはヘイリーにささやいた。

「お祈りしているの、ママ？」

「そんなところよ」

「さようなら、ミセス・バッカリュー」親切な若い女性警察官の声を聞きながら、わたしたちは拘置所を出た。

「さようなら！」

数人の警察官が顔をあげて手をふった。

「とても親切なひとたちだった」トリニティはそう言うと、ヘイリーを見た。「お嬢さん、身長はどのくらい？」

「百五十五センチですけど、どうしてですか？」

「ふと思っただけ」

ヘイリーはいぶかるようにわたしを見た。わたしは肩をすくめた。

わたしたちは午後遅くの暖かな陽射しの下に出た。車は角をまがったところに停めてあったので、わたしは歩きながらトリニティにホテルに泊まるつもりなのか、泊まるのであればそこまで送っていったほうがいいのかと尋ねた。

「バーミングハムにいるときは、いつも友だちのジョージアナ・ピーチの家に泊まるの。ジョージアナも系譜調査員で、メグとも仲がよかったわ。でもジョージアナはあいにく町を出ているから、あなたのご親切に甘えないと。あなたが勧めてくれるホテルならどこでもいいわ」

「ジョージアナ・ピーチという名前のお友だちがいるんですか？」ヘイリーはこれが自分の車だと身ぶりでトリニティに教えてから、ドアの鍵を開けた。

「南部らしいかわいい名前でしょう？　おばさんの名前を受け継いだんだけど、ちょっとおもしろいことになって。おばさんが二年まえに亡くなって、ジョージアにものすごい資産を遺してくれたの。まったく予想外だったらしいわ。屋根裏に株券、本のあいだにお金とか、そんな感じで」

「わたしは名字をもらったわ」ヘイリーは言った。「遺産と同じで、ぜんぜんじゃまにならない」車のドアを開けると、問題が明らかになった。トリニティ・バッカリューがどんなふうに身体を折りたたんでも、後部座席には乗れそうにないのだ。

「わたしがうしろに乗るわ」どうしてこの小型車に乗ってきたのだろうかと千回は考えながら、わたしは言った。

「ミセス・バッカリュー、今夜はわたしの家に泊まってください」ヘイリーはわたしを車に押しこみながら言った。「ソファーベッドがあるから」

「ご親切にありがとう」トリニティは助手席に滑りこんだ。頭が天井につきそうだ。

わたしは背筋を伸ばして、後部座席にすわった。「馬鹿を言わないで。うちには来客用の寝室がふたつあるし、夕食にはもうシュリンプ・クレオールを用意してあるのよ」

ほかに何と言えばよかったろう？　南部の女でいるのは時折とても辛いことがある。

「わたしたちはお姉さんのことがとても好きでした」ヘイリーが運転席側のドアを開けて乗りこみながら言った。「亡くなったとうかがって、とても残念です」

「ありがとう。友だちのジョージアナ・ピーチもきっと悲しむでしょうね。いまチャールストンでやっている系譜調査の会議に出席しているはずだから」

「あなたも系譜調査員なんですか？」ヘイリーはアクセルを踏み、車を〈マクドナルド〉のトラックのまえに入れた。わたしは悲鳴をあげた。「シートベルトを締めて、ママ」

「わたしはアンティークを扱っているの。家族で系譜調査に携わっているのはメグだけだったわ。確かに、メグの仕事のほうが実入りがいいけど、わたしはアンティークが大好きだから」トリニティは青いフェルト帽を脱いで、形を整えた。「メグとわたしはフェアホープの実家で暮らしていたし、姉のジョーも近所に住んでいるの。妹のエイミーはメキシコ湾の近くで、ベスは――」

「きゃあ！」

「ヘイリー、お願いだから、まえをちゃんと見て」わたしは言った。「ベスはご主人とお子さんたちとでハワイで暮らしているのよね」

「ベスはハワイが好きだから」

ヘイリーはほっとして息を吐き出すと、インターステートにのって、車を南のヴァルカンのほうへ走らせた。

「ロバート・ハスキンズもあそこに住んでいるの」トリニティが言った。「あの裸の鉄の男のそばに」

「あのへんにはきれいな家がたくさんあるから」ヘイリーが言った。「シスターおばさんの家もあるし」

「ええ。お姉さんの家には防犯装置がついている？」

「ついているわ」わたしが答えた。

「あれは役に立つわよ。お姉さんに教えてあげて」トリニティはしばらく何も話さずに、眼下のダウンタウンを見つめていた。「ロバートの家の冷蔵庫にメモを残すつもりだったのよ。ひとを殺しておいて逃げおおせると思うなって。そう思うでしょう？」

ヘイリーは同感だとうなずいた。やれやれ。

「それなのにメモをマグネットでとめて——小さな赤いチューリップのマグネットだったんだけど——帰ろうとしたところに、警官が大勢入ってきたの」

「家にはどうやって入ったの？」わたしは尋ねた。

トリニティは鼻を鳴らした。「ロバートは想像力が乏しいの。だから判事になったのね、たぶん。司法って想像力が欠けているから」もう一度鼻を鳴らした。「鍵は外階段のすぐ横の偽物の石の下にあったわ」

ヘイリーはふり返って、わたしを見た。そこはわたしが鍵を隠している場所であり、ヘイリーもわたしをまねて鍵を隠している場所なのだ。「メグと判事はいつ頃離婚したの？」わたしは話題を変えた。

トリニティは少し考えてから答えた。「四十年くらいまえね」

「判事は再婚したの？」

「何度もしたわ。でも、いま奥さんがいるとしても、家にはいなかったわ」トリニティは帽子についていた糸くずをつまんだ。「判事に系譜調査について興味を持たせたのはメグだけだった」

「メグは再婚したんですか？」ヘイリーが訊いた。

「グレゴリー・ブライアンと。王子さまみたいな気のいいひとだったけど、メグはひどい奥さんだった」

わたしはメグがどんなふうにひどい奥さんだったのか聞きたくなかった。それで、そのひととも離婚をしたのかと訊いた。

「グレゴリーは亡くなったの。少なくとも、わたしたちはそう思っている。ある晩モービル湾に釣りに行って、二度と帰ってこなかった」トリニティはため息をついた。「小さな口ひげを生やしていて、俳優のロナルド・コールマンみたいだった」もう一度ため息をついた。「メグに告別式をさせるまでに五年かかったわ。わたしだって、あのチョビひげのグレゴリーが魚をぶら下げて桟橋を歩いてくるんじゃないかって、ずっと思っていたくらいだから」ヘイリーはわたしのように礼儀正しくはなかった。「ひどい奥さんだったって、メグはどんな感じだったんですか?」

「いつも墓地や図書館で調査ばかりしていたわ。メグが仕事に夢中になりすぎたせいで、彼のほうは姉妹の誰と結婚したのか、ときどき忘れてしまっていた」トリニティは目を閉じて微笑んだ。「本当に王子さまみたいなひとだったから」

ヘイリーはもう一度わたしを見てにやりとした。わたしと同じことを考えているのだ。マーチ家の残りの姉妹がトリニティやメグみたいな女性だったら、グレゴリー王子に勝ち目はない。

「わたしの夫のエド・バッカリューはジェイムズ・キャグニーみたいなひとだったの。意地悪な役のほうじゃなくて、陽気なアメリカ人のイメージよ。ダンスが好きでね。エドも死んでしまったけれど。ある日、ペカンの木の下ですわっていて、そのまま死んでしまった。もうペカンの実はひろわないと言っていたわ。そのとおりになったけど」

そのとき、ヘイリーが急に怪しげな咳をしはじめた。だが、幸いなことにインターステートの出口はすぐそばだった。

家に着いたとき、私道にはフレッドの白いオールズモービルが停まっていた。ヘイリーは車から飛びおりると、トリニティとわたしが身体を伸ばして降りるのを手伝った。「子宮のなかはこんな感じだったんでしょうね」わたしは文句を言いながら玄関までの階段をのぼってドアを開け、フレッドに声をかけた。

「ここだ」

声がしたほうに行くと、フレッドは居間のリクライニングチェアにすわっていた。隣のテーブルには開けたビールが置いてあり、フレッドは《バーミングハム・ニュース》紙の上からわたしを見た。「拘置所はどうだった？　なかなか謎めいた書き置きだったぞ。友だちって、誰を拘置所から出してきたんだ？」

「トリニティ・バッカリュー、メグ・ブライアンの妹よ。ヘイリーと一緒にくるわ」

「いま？」

答える必要がなくなった。トリニティが、百八十八センチの彼女が鮮やかな青いケープと帽子を着けた姿で、暗くなりつつある部屋に入ってきたからだ。フレッドはリクライニングチェアから立ちあがった。

「ずいぶん礼儀正しいわね」わたしはヘイリーに耳打ちした。

「トリニティ・バッカリューです」トリニティはフレッドのまえに進み出て、手を差し出した。「奥さまがご親切に泊めてくださるとおっしゃったので」

「それはよかった」フレッドは新聞を置いて握手した。「初めまして」

「パパも王子さまなのよ」ヘイリーがわたしの耳もとで言った。

「それは言っちゃだめ」わたしはささやき返した。「ケープと帽子を預かるわ、トリニティ。どうぞ、くつろいで。何か、飲み物はどう？」

トリニティはケープと帽子を渡してよこした。「〈ジャック・ダニエル〉の黒はある？」

「ええ、たぶん。見てくるわ。水割り？　それともオンザロック？」

「瓶だけちょうだい。それでいいわ。あと、グラスもね。もちろん」

またヘイリーが咳の発作に襲われた。「わたしが取ってくる」あえぎながら言った。

「咳止めを飲んだほうがいいわ」ヘイリーがキッチンへ消えていくと、トリニティはソファにすわりながら言った。

「あの子の様子を見てくるわ」わたしは言った。「それに、何か食べるものを持ってくるわね」

キッチンではヘイリーが小さな折りたたみ式のハシゴに乗り、酒をしまってある食器棚のいちばん上をのぞきこんでいた。わたしは酒を飲まず、フレッドもビールが好きなので、酒瓶はずっとしまいっぱなしなのだ。「〈ジャック・ダニエル〉があるわ。埃をかぶっているけど。ウイスキーって悪くなる？」

「知らない。たぶん、ならないと思うけど。でも、埃は払ってね」わたしは食料庫から〈リッツ〉のクラッカーを、冷蔵庫からはペパーゼリーとクリームチーズを出した。「メグのこともっと知りたかったわ」

「すてきなひとね」ヘイリーはあごで居間のほうを示した。

メグの〝わたしは食う側〟という言葉が耳によみがえってきた。「メグが自殺したなんて信じられない」わたしは言った。「実を言うと、トリニティの言っていることが正しいんじゃないかと思っているの。誰かが、もしかしたらハスキンズ判事かもしれないし、あるいは〈ザ・クラブ〉で突っかかってきた女性みたいなひとかもしれないけど、誰かがメグを窓から突き落としたんじゃないかって」

「それも信じられないけど」

「そうね」ヘイリーにウイスキーの瓶と布のナプキンをのせた盆を渡した。「はい。これでだいじょうぶだと思うけど」

わたしたちがつまみを持って居間に戻ると、トリニティはいまわたしがヘイリーに話していたことを、メグは自殺したのではないということをフレッドに話していた。メグは自殺をするような気性ではないこと、おそらくロバート・ハスキンズがひいひいおじいさんが非嫡出子である証拠を握られたせいでメグを殺したであろうことを付け加えて。

「わたしも見たのよ」クラッカーをみんなに配りながら、わたしは言った。「ジョージア州が発行した非嫡出子認知書を」

「非嫡出子認知書って?」ヘイリーが訊いた。

わたしはトリニティの長々とした説明にフレッドがうんざりした顔をしているものと思っていた。だが、フレッドは興味を引かれたようだった。

「そんな理由でひとを殺すものかな」フレッドは言った。

トリニティは〈ジャック・ダニエル〉をグラスにたっぷり注いだ。「友だちのジョージアナ・ピーチは有名な系譜調査員で系譜調査会社を経営しているのだけど、そういう例は意外と多いと話していたわ」グラスを掲げた。「乾杯」そう言うと一気に飲んだ。

フレッドは惚れ惚れと見つめている。やっぱり、ひとのいい王子さまだ。「メグの件について警察は何と言っているんだい？」

「調べてみるって。でも、遺体をロバートに渡してしまったということは、捜査は終わりね。ロバートが警察に何と言ったのかは知らないけど。でも、判事が警察にこんなに圧力をかけられるなんてびっくりだわ」

「ロバートはどんな判事なんだい？」

「あまりよい判事ではないはずよ」トリニティはもう一杯ウイスキーを注いだ。

フレッドはそれ以上突っこんだことは訊かなかった。けれども、わたしは答えを知っていた。「破産手続きを担当しているのよね」わたしは言った。「メアリー・アリスが調べたの」トリニティが持っているグラスに目をやった。「すぐにシュリンプ・クレオールができるわ。ライスも。それでいい？」

「判事は選挙で選ばれたのかい？　それとも任命された？」フレッドが尋ね、わたしはキッチンへ入っていった。

わたしたちは朝食用の部屋で夕食を食べた。マルメロとレンギョウが見えるように、裏庭の電灯をつけておいた。暖かい陽射しのおかげで早く咲いていた数本のチューリップは夜のあいだは花を閉じているが、それでも明るい色が彩りを添えている。ウーファーも小屋から出てきて、わたしたちを見つめた。

「平和ね」トリニティが言った。

わたしはトリニティを見て、ひどくやつれ、疲れていることに気がついた。きのうメグの痛ましい知らせを聞き、今朝モービルから車を運転してやってきて、午後には拘置所に入れられたのだ。ヘイリーも同じことに気がついた。そしてトリニティのしみの浮き出た大きな手に、小さくてすべすべとした手を重ねた。こんなとき、ヘイリーは優秀な看護師にちがいないと思う。

「耳鼻科はどうしている？」フレッドが訊いた。

ヘイリーが真っ赤になった。「元気よ」

フレッドは尋ねるようにわたしを見た。わたしは微笑んだ。

ヘイリーは話題を変えた。「シスターおばさんはどこかのおじいさんとプライベートジェットでアトランタへオペラを観にいったのよ」

この話題がうまく効いた。「結婚パーティーでメアリー・アリスとダンスをしていた男か？」フレッドが訊いた。

「じわじわ動くことをダンスと呼ぶならね。バディ・ジョンソンという名前よ」わたしは付け加えた。「シスターは『プリティ・ウーマン』みたいな状況で、自分はジュリア・ロバーツで、相手のひとはリチャード・ギアだと思っているようよ」

フレッドがやさしく微笑んだ。「メアリー・アリスにはよかったじゃないか」

「皮肉はなし？」

「もちろん、なし」

「パトリシア・アン」トリニティが言った。「あなたのご主人は王子さまよ。間違いないわ」

ヘイリーがむせ、ナプキンで口をおおった。

わたしたちがテーブルで食後のコーヒーを楽しんでいると、呼び鈴が鳴った。夜に玄関の呼び鈴が鳴ることは珍しく、フレッドとヘイリーとわたしは驚いて顔を見あわせた。

「宅配便かも」わたしは言った。「〈ランズエンド〉で水着を買ったの」

そう言ったおかげで玄関に出て、のぞき穴から外に立っているロバート・ハスキンズ判事を目にしたのはわたしになった。

「トリニティはいるかな？」判事は〝こんばんは〟も言わずに訊いた。

「ええ」

「それじゃあ、これを」包みを差し出した。「トリニティに渡してもらいたい」

「じかに渡したら？」わたしは判事が横柄なのが気に入らなかった。

「メグだ」

わたしは普通の麻ひもで縛られた小さなボール紙の箱を見て、きのう一緒にお昼を食べた女性と何とか結びつけようとした。「メグ？」

「メグだ。トリニティに渡してくれ。わたしはメグが死んだことに一切関わっていないと伝えてほしい」

ポーチの薄明かりに照らされた判事は泣いているように見えた。「頼む」判事はくり返し、わたしは片手で箱を受け取った。

「ありがとう、ミセス・ホロウェル」ハスキンズ判事はうしろを向いて階段をおりていった。

わたしは判事が車に乗って走っていくのを見送った。

「水着だったの、ママ？」ヘイリーがうしろに立っていた。「開けてみて」

「メグよ」箱を掲げて娘に見せた。意外と重い。

「何ですって？」ヘイリーは箱の中身がとつぜん飛び出してくるかのように後ずさった。

「ハスキンズ判事がトリニティに持ってきたの。メグが死んだことに自分は一切関わっていないと伝えてくれって」

「本気で言っているの？」

「びっくり」

「そう、びっくりよ」

「朝になってから渡したら？　今夜、これ以上混乱させることもないでしょう」

「つまり、あなたが帰ったあとってことでしょ。馬鹿なことを言わないで、ヘイリー。あなたは一日じゅう、ひとの身体のなかを突っつきまわしているんでしょ。こんなのはただの灰よ」

「そうよね」

両手で持っている箱は温かい気がしたが、そんなことは自分の思いこみにすぎないとわかっていた。わたしが箱を居間に持っていくと、フレッドとトリニティもコーヒーカップを持って入ってきたところだった。

「何だったんだ？」フレッドは微笑んだ。「水着か？」

わたしの表情で、ふたりはちがうことに気がついたにちがいない。わたしはしばらくそのまま立っていたが、コーヒーテーブルの真ん中に箱を置いてから口を開いた。

「トリニティ、ハスキンズ判事があなたに渡してほしいって。メグよ。それから、メグが死んだことには一切関わっていないと伝えてほしいと言っていたわ」

トリニティは箱を見て、それからわたしを見た。それから、また箱を見た。

「メグの遺灰？」

「ええ」

次に起きたことは予想もしないことだった。トリニティ・バッカリューが気を失ったのだ。ヘイリーはトリニティがめまいを起こしたのだと考え、身体を支えようと手を伸ばして、そのまま下敷きになって床に倒れた。

「もう、ママったら」ヘイリーが息を切らしながら言った。「見て、これがママのしたことよ」

その後の数分間はめちゃくちゃだった。ヘイリーはフレッドとわたしに救い出されると、自分は平気だと言って、すぐにトリニティの脈拍を測って両目を見た。

「ソファに足をあげて」ヘイリーが言った。

「九一一に電話したほうがいい？」わたしは娘に訊いた。

「やめて！」トリニティが弱々しいが説得力のある声で答えた。「〈ジャック・ダニエル〉はどこ？」

ヘイリーを見ると、うなずいて了承した。わたしはキッチンへ駆けていき、バーボンを取ってきた。今度はグラスもなければ、おつまみを用意する時間もない。どちらも必要なかったけれど。戻ったときにはトリニティは身体を起こしてソファに寄りかかっており、瓶から直接バーボンをたっぷり飲んだ。

「ごめんなさい」わたしはトリニティに言った。「ごめんなさい」ヘイリーに言った。「ごめんなさい」フレッドにも言った。

フレッドが片手を伸ばして、わたしの口を押さえた。「しーっ」やさしく言った。「きみのせいじゃない」

もちろん、確かにそうだけれど、気持ちのどこかで、悪いことが起きるとすべて自分が悪いような気になった。この果てしない罪悪感はすべてメアリー・アリスのせいだ。ピクニックを計画して雨が降れば、それをわたしのせいにするのだから。いまの状況でヘイリーに〝見て、これがママのしたことよ〟と言われたのもよくなかった。

「ごめんなさい、ママ」ヘイリーが言った。

「ごめんなさい」トリニティが言い、もう一度瓶を持ちあげた。

テーブルの上の箱が急に〝ごめんなさい〟と話し出しても、いまなら驚かない。正直に言おう。罪悪感は世界じゅうの女子に共通する感情なのだ。

ヘイリーがトリニティの額に冷たいタオルをあてると、わたしたちは彼女をソファにすわらせた。フレッドがウイスキーの瓶をキッチンに戻しにいき、食器棚の扉が閉まる音がした。もう充分に飲んだろう。

「だいぶよくなったわ」トリニティが言った。「ときどき、こうなるの。気を失うのよ。医者は背が高すぎるからだって。血液が頭に充分にまわらないとか、そんなことらしいわ」

わたしが見ると、ヘイリーはうなずいた。「すばやく立ったときと同じ仕組みよ」説明した。

「ロバートは家に入って、わたしと向きあう気がなかったのね」タオルが顔を覆っているせいで、トリニティの声はくぐもっていた。

「すごく動揺していたみたい。泣いていたんじゃないかしら」

「春だからよ。ロバートは花粉症なの」

「いいえ。動揺していたわ」

「当然かもしれないわね」トリニティはタオルを折って、目にあてた。「いまになってやっと信じられた。メグは本当に死んでしまったのね」タオルをはずして箱を見た。「完全に信じられたわけじゃないけど」しゃっくりをして、身体を起こした。「悪いけど、ご不浄を貸してもらえるかしら」

「廊下の向こうよ」わたしは言った。「一緒に行きましょうか？」

「だいじょうぶ」トリニティはもう一度しゃっくりをして立ちあがり、少しよろけたが、廊下の向こうへ歩いていった。「だいじょうぶよ」くり返した。

フレッドとヘイリーとわたしは互いに見つめあってから、コーヒーテーブルには不釣りあいな箱に目をやった。

「ハスキンズ判事は本当に動揺していたわ」わたしは言った。「判事はメグの死には関係ないんじゃないかしら」

「自分の先祖が非嫡出子だったことを知られたからって、メグを殺したりしないだろう」フレッドはリクライニングチェアに腰をおろした。「そんなのはおかしい」

「でも、パソコンに入っている内容のことで殺した可能性はあるわよ。わたしはまだ調べる必要があると思っているわ」ヘイリーが言った。

「判事のオフィスに行ったとき、メグはパソコンを持っていなかったのよ。シスターおばさんとわたしに預けたんだから」

「でも、判事は盗もうとしたんでしょ。たまたまママが気づいて止めただけで」

「ちょっと待った」フレッドが言った。「メグは調査をしていたんだ。全部バックアップを取っていたんじゃないか」

「そうよね」ヘイリーが賛成した。「でも、パソコンにはすべてが残っているはず」

パソコンのことはふたりにまかせておけばいい。わたしはキッチンに入って食器洗い機に食器を入れはじめた。十分後に居間に戻ると、ヘイリーとフレッドはまだ何かのコンピュータ・プログラムの長所について話していた。

「トリニティは？」わたしは訊いた。「まだ戻ってないの？」

ふたりはぽかんとした顔でわたしを見た。わたしはあの百八十八センチの身体がバスルームの床にばったり倒れていることを覚悟して、廊下を走った。だが、バスルームは空っぽだった。そして真ん中の寝室を見て、その理由がわかった。トリニティ・バッカリューがベッドのはしからはしまでを使ってぐっすり寝ていたのだ。

あとから寝室に入ってきたヘイリーに毛布を渡されると、わたしはトリニティにかけて、靴を脱がせた。

「サイズ十三」ヘイリーにささやいて照明を消した。

7

ウーファーを朝の散歩に連れていったとき、トリニティ・バッカリューはまだ眠っていた。昨夜、来客用の寝室にフレッドのパジャマと新しい歯ブラシを置いておいたが、そっとのぞいたところでは、トリニティはそれに気づいたようだった。フレッドはもう一度眠るようにと言って、朝早く出かけていった。きのうは〈ユニヴァーサル・サテライト〉の問題をまったく話せなかった。ヘイリーが帰ったのが十時すぎで、フレッドはそのずっとまえに椅子で眠ってしまったからだ。でも〈ユニヴァーサル・サテライト〉から連絡があったなら、時間を見つけて話してくれただろう。

きょうは天気がよく、とても静かな朝だった。静かすぎる。アラバマに住む人間はまったく風がなく、暖かな三月の日に疑問を抱く。メキシコ湾の暖かさと湿気がとどまっているということだから。三月には避けられない冷たい北風が吹くと、竜巻警報が鳴りだすのだ。だが、そんなことはあとで心配すればいい。きょうは特別に美しい朝で、近所じゅうにフジの香りが漂い、ハナミズキとサクラの木が明るさを競っている。人間が知るかぎりの犬種の血をすべて受け継いだすばらしい雑種であるウーファーはどの犬、猫、あるいはリスが通ったのかを鼻で嗅ぎわけ、あとから通る動物に向けて自分のにおいをつけながら、散歩を満喫していた。

散歩から戻ったときには、トリニティはキッチンのテーブルにすわってコーヒーを飲んでいた。服は着がえていたが、髪はシャワーを浴びたあとで濡れている。「頭が痛くて」トリニティが言った。わたしは食器棚からアスピリンの瓶を出して渡した。

「お姉さんから電話があったわ。だから、わたしの投獄とあなたの親切のおかげで、ここにいると説明しておいた」アスピリン四錠を手に取った。わたしは水を渡した。「お姉さんからの伝言よ。彼はオオカミだって」

「オオカミ？　何それ」

トリニティはきのうと同じく、ニワトリのようにのけぞってアスピリンを飲みこんだ。

「オオカミよ」もう一度言った。

「シスターはゆうべデートした、年を取ったリチャード・ギアの話をしているのよね。あとで電話して詳しいことを訊くわ」

「いただくわ。それと、パジャマと歯ブラシをありがとう。鞄はまだ押収された車にあるはずだから」

「いいのよ」わたしはふたり分のボウルにレーズン入りブランを入れて、テーブルに運んだ。

「警察に連絡して、あなたの車の置き場所と返してもらう方法を訊かないと」

「少しまえに、友だちのジョージアナ・ピーチと話したの。ゆうべ遅くに戻ってきたそうよ。

わたしを迎えにきて、一緒に車を取りにいってくれるって」トリニティはシリアルを食べはじめた。「ありがたいことに、メグのことはわたしから伝えなくてすんだわ。メグの下で働いていた女性がきのうチャールストンまで連絡をくれたそうよ」

わたしはコーヒーテーブルにまだ箱がのっていることを思い出した。すると、あたかもわたしの考えを読んだかのように、トリニティが言った。「きょう、メグを連れて帰るわ」

わたしにはほかに言うべき言葉が見つからなかった。「本当に残念よ」

トリニティはうなずいた。そのあと、わたしたちは何も言わずにシリアルを食べた。窓の外では春がまた大きな一歩を進めていた。

沈黙を破ったのはトリニティだった。「パトリシア・アン、メグはとてもきれいな娘だったの。あなたにはおばあさんにしか見えないでしょうけど、若いときには信じられないくらい男性がふり返ったのよ」

「メグはいまでもきれいだったわ」

「そして、決然としていた」トリニティは微笑んだ。「ロバート・ハスキンズと結婚すると決めたとき、彼にはどうしようもなかったの」

「判事だって、いやではなかったのでしょう」わたしは立ちあがって、コーヒーを注ぎたした。「メグはどうして系譜調査に興味を持ったの？」

トリニティは砂糖入れに手を伸ばした。「昔からよ。南北戦争の頃、グランドホテルは病院だったから、フェアホープのそばに南軍の大きな墓地があったの。うちのすぐ裏にね。子どもの頃、その墓地でよく遊んでいたわ。北軍対南軍ね。あの小さくて白い十字架の、墓標の名前を選んで、そのひとの物語をつくるわけ。家族も勝手につくって。死んだひとを生き返らせるんだって、メグは言っていたわ。ベスは嫌っていたわね。ぞっとすると言って。それでも一緒に遊んでいたけど」

そのとき玄関の呼び鈴が鳴ると同時に勝手口が開き、メアリー・アリスが入ってきた。

「玄関のほうはジョージアナ・ピーチね」トリニティが言った。

「ふたりとも、あの高級ピーチを注文したの？」シスターが訊いた。「第三世界も豊かになりつつあるわよね」

「何のこと？」トリニティが訊いた。

「トリニティにはジョージアナ・ピーチという名前のお友だちがいて、そのお友だちがいま玄関にきているのよ」わたしはシスターに説明した。

「わたしが出るわ」トリニティは廊下に出ていった。

「ジョージアナ・ピーチ？」シスターは片方の眉を吊りあげて、わたしを見た。

「彼はオオカミだったの？」わたしも眉を吊りあげた。

シスターはくすくす笑った。「あとで話すわ」

廊下の向こうから女性の話し声が聞こえてきた。ジョージアナ・ピーチ、成熟と、官能と、大胆さと、四番街のストリップ劇場を思わせる風変わりな名前の女性がやってきたのだ。だが、実際に現れたのは小さな灰色の鳥のような女性だった。ミソサザエとか、ツバメとか。

その隣には三位一体（トリニティ）という名にふさわしいトリニティがそびえるように立っている。

互いの紹介が終わり、コーヒーが注がれ、わたしたち四人はキッチンのテーブルに落ち着いた。

「信じられない。本当に、信じられないの」ジョージアナ・ピーチはティッシュペーパーで涙をふいた。「メグにはずっと、さわらぬ神にたたりなしと言っていたの。あなたも知っているわよね、トリニティ？」

名前にふさわしく、マリリン・モンローのような吐息がまじるような声だった。だが、小鳥のような目はわたしのキッチンと庭をなめまわすように見た。この女性であれば、亡きおばの家のどこに株券があるか、残らず知っていたにちがいない。ジョージアナはわたしと視線があうと、目を伏せてコーヒーを見た。

「ええ、そうよね、ジョージアナ」トリニティが言った。

「メグは何か大きな案件を扱っていたわ。誰にも言わなかったけど」

トリニティが口をはさんだ。「ロバート・ハスキンズの非嫡出子認知書の件ね」

「もっと大きい案件よ」ジョージアナは言った。

「結婚パーティーにきていた女性がメグを恥知らずと呼んでいたわ」わたしは言った。「カミール何とかというひと」

「アチソン？」ジョージアナが訊いた。

「そんな感じの名前よ」

「メグはカミールを〈アメリカ革命の娘たち〉に加入させることができなかった。それでカミールは激怒したの。でも、追っていたのはもっと大きな案件」ジョージアナ・ピーチは目を閉じて指先を額にあてた。「考えさせて」

「ジョージアナには超能力みたいな力があるの」トリニティは誇らしげに言った。

ジョージアナは指をはずした。「ときどき見えることがあるのよ。でも、超能力があるのは兄のジョージ・ピーチだった。子どもの頃、ジョージはお仕置きをしようとする母から逃れて家の下にもぐったの。それで下水管か何かにさわった瞬間に雷鳴が轟いて。兄は白馬が駆け抜けたと言ったわ、はっきりと。そして感電死してもおかしくなかったところを引っぱり出されたのに、まったく無傷だった。そのあと、兄には見えるようになったの、未来が」

「ジョージ・ピーチという名前のお兄さんがいるの？」メアリー・アリスが訊いた。

「ええ。双子よ。ベトナム戦争で死んだの。でも、白馬の件があったから、兄が早死にすることはわかっていた。白馬は死を予言するというでしょう」また指先で額を押さえた。「ちょっと考えさせて」

「わたしはもう少しコーヒーを飲むわ。誰か、スイートロールが欲しいひとは？」

シスターも続いて席を立った。「変わり者ね」シスターがぽつりと言った。でも、わたしはそうは思わなかった。あの鳥の目に見逃されたものなど、このキッチンには何ひとつないのだから。

わたしは冷凍庫からスイートロールを取り出して、一分間電子レンジにかけた。そのとき電話が鳴り、シスターが出た。

「最高に楽しかったわ」シスターは十五歳の少女のようにくすくす笑った。「はい」わたしに受話器を渡した。「フレッドよ」

「どんな様子か確かめるために電話をしただけだ」フレッドが言った。長年の結婚生活でうれしいのは、通常のほとんどの会話で多くを語らなくても通じることだ。

「わたしは平気よ。いまスイートロールを出しているところ。あなたはだいじょうぶ？」

「これからアトランタに行ってくるよ。もうこれ以上〈ユニヴァーサル・サテライト〉の問題を引き延ばせない。原因を突き止めないと」

「気をつけてね」

「暗くなるまえに帰る。ところで、うちのお客さんはどんな具合だ？」

「平気みたい。いま、彼女のお友だちがきているの」

「それならよかった。遅くなるときは電話するよ」

「そうして。夕食にはごちそうを用意しておくから」

わたしたちは〝じゃあ、また〟と言いあって電話を切った。シスターは電子レンジからスイートロールを取り出し、尋ねるような目でわたしを見た。「フレッドが日帰りでアトランタに行くだけよ」わたしは説明した。

「プライベートジェットが必要ね、それなら三十分で着くわ」

「黙って」わたしはスイートロールを受け取って皿にのせた。「コーヒーを運んで」

テーブルに戻ると、ジョージアナはまた額に指先をあてていた。そして目を開けると、メグの命を奪ったのは男だと断言した。

トリニティはうなずいた。「ロバート・ハスキンズね。そうだと思っていたわ」

わたしはスイートロールをテーブルに置いた。「犯人の着ていたものは見えた？」

ジョージアナの小鳥のような目がわたしを貫いた。「いいえ」

「若かった？　それとも年寄り？」シスターは真剣に訊いた。そして腰をおろしてスイートロールに手を伸ばした。

「わからない」ジョージアナはささやくような声で答えた。「でも、男だったのは確か」

「ロバート・ハスキンズよ」トリニティはくり返した。

わたしもスイートロールを取った。ジュリア・チャイルドとマリリン・モンローにはさまれてすわっているなんて、少しばかり非現実的な体験だ。

「おいしい」ジョージアナは唇についたアイシングをなめた。

「ふたりにジョージ・ピーチとムーンパイの話をしてあげて」トリニティが言った。

ジョージアナは微笑んだ。「兄はムーンパイの世界チャンピオンだったの」

「全部最初から、話してあげてよ」トリニティは強く言った。

「ニューヨーク州のオネオンタでは毎年〝ムーンパイの日〟があって、ジョージ・ピーチはムーンパイが大好物だったわけ。だから何をおいても、オネオンタに行って、どんなことが行われているのか見ようということになって。催しのひとつがムーンパイ大食いコンテストだったのね。長いテーブルにバニラとチョコレートとバナナの三種類のムーンパイが置かれていたから、ジョージはがまんできなくなって」ジョージアナはコーヒーを飲んで、また続けた。「同じ種類のムーンパイばかりだと飽きるから、ジョージが三種類を混ぜて食べていたことは覚えているわ。そうしたら、もう！　あんなふうに食べるひとたちを目にしたのは初めてよ。パイのかけらは飛ぶし、〈Kマート〉の駐車場はマシュマロクリームだらけになるし。チューインガムを踏んづけてしまって、靴底からガムが延びているみたいな感じ。ジョージ・ピーチはとにかくムーンパイを詰めこんでいったの。わたしたちにはジョージの優勝だってわかっていた。ジョージと同じ十五個のムーンパイを食べたって主張した男のひとがいたけど、最後のひとつを飲みこんでいなかったから失格になったの。世の中には何でもできちゃうひとたちがいるのよね」

わたしたちはうなずいた。

「でも、ジョージは十五分で食べたのよね？」メアリー・アリスはそう言って、コーヒーカップを掲げた。「ジョージ・ピーチに乾杯」

「ジョージ・ピーチに」わたしたちもその言葉をくり返し、コーヒーを厳かに飲んだ。わたしがジョージアナを見ると、目に涙が浮かんでいた。ジョージアナに抱いていた謂れのない反感が、コーヒーの湯気のように消えた。

わたしたちは各々の考えや思い出にひたり、しばらく何も話さなかった。それから数分後、ジョージアナが椅子から立ちあがった。「トリニティ、車を取りにいく準備はできている？

そろそろ行かないと。三日もオフィスを空けていたから、仕事が山ほど待っているのよ」

「あなたはどこで働いているの？」シスターが訊いた。

「一年ほどまえに系譜調査会社〈ザ・ファミリー・ツリー〉を起ちあげたの。ふたりの女性が手伝ってくれているけど、ひとりはパートタイムだから忙しくて。メグもうちの仕事をやっていたの。ほかの調査員に依頼しなきゃいけない場合もあるけど、かなりの部分はメグがやってくれていた。もちろん、メグが個人的に引き受けていた依頼人もたくさんいたけど」ジョージアナは立ちあがりかけていたトリニティのほうを向いた。「トリニティ、メグは何の仕事をしていたの？」

「さあ」

わたしが代わりに答えた。「モービルのフィッツジェラルド家の件だと話していたわ。そうよね、シスター？　それとも、フィッツパトリックだったかしら」

メアリー・アリスは肩をすくめた。「覚えてないわ」

「メグは自殺じゃないと本気で信じているなら——わたしはそう信じているけど——メグが関わっていた件について調べてみるべきね」ジョージアナが緑色のセーターを着ると、肌が少し緑色っぽくなった。「もしパソコンを調べてほしいなら、わたしはメグがいつも使っていたプログラムの使い方を知っているから」

「パソコンはもうないの」メアリー・アリスが言った。「言わなかったかしら」

「ない？　ないって、どこへやったの？」トリニティはもう一度椅子にすわり直した。

「どういうこと?」わたしも訊いた。

「ないのよ。今朝、メグのほかの荷物と一緒にここに持ってくるつもりでベッドに置いておいたのに、持っていこうとして寝室に入ったら、パソコンがなかったの。ほかの荷物は残っていたんだけど。車のなかにあるわ」

「ちょっと待って」ジョージアナは腰をおろしてメアリー・アリスを見つめた。「整理させてちょうだい。あなたがいま話しているのはメグの小さなノートパソコンのことよね。革のケースに入ったパソコン」

「本物の革じゃないと思うけど」メアリー・アリスは言った。「それに、もうひとつの書類鞄もなくなってしまったの。というか、なくなってしまったみたい。朝になって忘れ物をしないように、全部まとめて置いておいたつもりなの。でも、アトランタでオペラを観る準備でばたばたしてたでしょう。だから、わかってもらえると思うんだけど、どこか別の場所に置いた可能性もほんの少しあるかもしれない。そうは思えないけど」

「勘弁して」ジョージアナ・ピーチは言った。つまり、メアリー・アリスの事情をわかるつもりはないという意味だ。「うちの会社の調査内容も入っているのよ」

「防犯装置を作動させていなかったの?」トリニティが訊いた。

「もちろん、作動させていたわ。それにアトランタから戻ったときには、異常はなかったのよ」シスターは両方のてのひらを上に向けて〝お手あげ〟という格好をした。「どこかにあるはずなの。でも、いま目を閉じたって、ベッドの真ん中に置いてあった書類鞄が浮かんでくるのよ」

わたしは言った。「警察に通報する？」

「家を隅から隅まで探してからね。こういう場合はぜったいに、二十代の警官がやってきたらキッチンの調理台にのっていた、なんてことがありそうだから」メアリー・アリスはてのひらで額を押さえた。「ああ、被害妄想に陥りそう」

「あなた以外に防犯装置の暗証番号を知っているひとは？」ジョージアナが尋ねた。

「パトリシア・アンと娘のデビーだけだけど、娘はいま新婚旅行でガットリンバーグに行っているわ」シスターがわたしのほうを見た。「ちなみに、今朝デビーから電話があったのよ、マウス。ジョギングに出かけたあとだったらしいわ。デビーが朝早くジョギングをするなんて信じられる？　でも、とても幸せそうだった」

わたしはにっこり笑った。「よかったわね。ヘンリーはいい子だって言ったでしょう？十一年生のときの飛び級のための英語の授業で、ヘンリーが書いた感想文を読めばわかるわ。あの子が書いた『ボヴァリー夫人』の感想文をまだ覚えているのよ。読んだ瞬間にヘンリーがよい夫になるとわかったわ。だって、エマの苦しみをちゃんと理解していたんだもの」

ジョージアナはほかの話に脱線したわたしたちを引き戻した。そしてトリニティのほうを向くと、メグのバックアップ用のディスクについて尋ねた。どこに保管していたの？

「わからない」トリニティは答えた。「メグのパソコンのことについては何も知らないの」

「このあいだハスキンズ判事が公園でパソコンを盗もうとしたわ」わたしは判事がパソコン

を抱えて逃げようとしたことをジョージアナに説明した。

「でも、ロバート・ハスキンズがうちにきたことは一度もないのよ」シスターが言った。

「つまり、パソコンはどこかにあるはずなのよ。きっと出てくる」

トリニティが立ちあがった。「そうね。だから心配していないわ。メグのお別れパーティーのときに持ってきてくれればいいから」

わたしたちは呆然としてトリニティを見た。

「グランドホテルでパーティーを開くつもりなの。うちは葬儀はせずに、お別れパーティーだけ開くのよ。南アラバマでは珍しくないわ。死ぬまえに準備するひともいるのよ」

わたしは目に涙が浮かんできた。フレッドが結婚式を〝生涯に一度のお祝い〟と呼んだことを思い出したのだ。確かに、結婚式はそのとおりだった。でも、人生を最後まで丸ごと祝うなんて、何と賢いのだろう。

「出席してくれるとうれしいわ」トリニティは言った。

わたしたちは日時を知らせてくれれば必ず出席すると答えた。

「主役をほめ称える機会はあるの？　パトリシア・アンとわたしは、このあいだの夜にメグのよいところについて話したものだから」

メグは清潔だった。シスターはそう言っていた。爪が真っ白なせいで、まるで偽物のようだと。グランドホテルで出席者全員にそう話しているシスターの姿が目に浮かぶ。

「そういう場合もあるし」トリニティは言った。「本当のことを話す場合もあるわ」皮肉っぽく微笑んだ。わたしたちも立ちあがった。「また、連絡する」

シスターはトリニティが車を取りにいくバーミングハムの車庫まで送っていくので、拘置所に入れられた話を残らず聞きたいと言い出した。バーミングハム警察についての噂は本当なの？　もちろん、まったくちがう。

「みんな、礼儀正しかったわよ」トリニティは言った。「インターステートの下で暮らしているひとなんて、カードゲームでうまくイカサマをする方法まで教えてくれたわ」

「つまり、こっちはもっと払わなきゃいけないっていうことね」シスターは言った。

ジョージアナは新しく手にした富にはそぐわない、古いベージュのプリマスで仕事に向かった。いっぽう残りのふたりはシスターのオープンカーに乗りこみ、屋根を開けて暖かい春の朝のなかに出かけていき、トリニティは青いフェルト帽を必死に押さえていた。そして、わたしはひとり歩道に残り、メグの遺灰はモービル湾にまかれるのだろうかと考えていた。

家に戻ると、なかはやけにがらんとしていた。結婚式のまえから、親戚の行事に付きものの来客があったり、やるべき用事があったりしたからだ。わたしはほっとしてため息をつき、朝刊を持って居間のソファに腰をおろした。

二面を開いたところで、初めてメグの死を報じる記事を目にした。月曜日にジェファーソン郡裁判所の十階から飛びおりて死亡した女性は自殺と断定されたと小さく記されている。女性はアラバマ州フェアホープ在住のマーガレット・マーチ・ブライアンさん、六十四歳。

た。ミセス・ブライアンは有名な系譜調査員で結婚式に出席するためにバーミングハムにきてい

どうやら記事を書いた人物はトリニティに話を聞いていないらしい。

わたしは次の面を見て、アカデミー賞で最有力候補となっているのは誰かという記事を読んだ。その裏面にはまたメグに関する小さな記事が載っていた。わたしは〈リッチーズ〉の靴の広告を見てから、また二面に戻った。

この記事が頭から離れなかった。メグの死がこんな数行の記事ですまされてしまうことが心に引っかかったのだ。とてもひどく。

〝メグは自殺するような気性じゃなかった〟トリニティはそう言っていた。

〝メグ・ブライアンがそんなふうに自殺するなんて信じられない〟フレッドもそう言っていた。

〝とてもレディがすることとは思えない〟ほかのふたりの言葉とともに、このメアリー・アリスの言葉が頭のなかで鳴り響いた。

わたしはもう一度新聞記事を読んだ。六十四歳の健康な女性が、やりがいを見出した仕事に意欲的に取り組んで成功していた女性が、うつ病にかかったことのない女性が、友人たちとおいしい昼食を食べ、元気そうに見えた女性が、とつぜん十階の窓から飛びおりることにした。さらに言えば、その女性は高い場所を怖がっていた。

それでも自殺だと信じるべきなのだろうか？

どうやら、警察は信じたようだけれど。ハスキンズ判事がうまく取り計らったから。

「首を突っこむんじゃない、パトリシア・アン」フレッドの声が聞こえてくる。アトランタへ向かっているフレッドの声が。やれやれ。いまは仕事だけで精一杯にちがいない。

わたしはため息をつき、電話機に手を伸ばして〈大胆、大柄美人の店〉にかけた。一連の出来事を鋭敏な感覚で聞いてくれる相手が必要だったのだ。トリニティも、ハスキンズ判事も、もちろんジョージアナ・ピーチも知らない聞き手が。

「〈大胆、大柄美人の店〉でございます」ボニー・ブルーが陽気に応えた。

「一緒に、お昼でもどう?」わたしは言った。

「あら、パトリシア・アン。ちょうど、あなたのことを考えていたのよ。きょうは授業はなし?」

「春休みよ」教師を退職したあと、わたしは地元の中学校で子どもたちに勉強を教えていた。それも、よりによって数学だ。長年英語のテストを採点してきたので、数学を教えるのはとても楽しかった。「お昼は取れそう?」

「ええ。〈グリーン&ホワイト〉はどう?」

「シダの葉が料理に入るし、首にあたってチクチクするわ」

「わかったわ、気難し屋さん。あなたが選んで。でも、一時間しかないから遠くには行けないわよ」

「わたしが〈ピグリー・ウィグリー〉で何か買っていくから、公園で食べるっていうのは?」

「いいわね。でも、マスタード入りのポテトサラダはやめて」

「わかった。一時でどう?」

「いいわ」

電話を切ったときには、少し気分がよくなっていた。ボニー・ブルー・バトラーと話すと、いつもそうだ。

そのあと来客用ベッドのシーツを換えて、大量の洗濯物を片づけた。それからスイートロールの残りを食べ、キッチンを片づけ、床にモップまでかけた。居間に掃除機をかけ、シャワーを浴び、お昼時の〈ピグリー・ウィグリー〉の駐車場に入るのに苦労して〈大胆、大柄美人の店〉に着くと、十分遅刻だった。ボニー・ブルーは店のまえで待っていた。

「ごめんなさい」

ボニー・ブルーは車をのぞきこんだ。「マスタードの入っているものは買ってこなかったでしょうね」

わたしたちは空いているコンクリートのテーブルとベンチを見つけた。わたしが持参した赤と白のビニールのテーブルクロスを広げているあいだ、ボニー・ブルーは食料品の袋の中身を調べていた。

「うーん、ポーランド風ピクルスね。大好きよ。それから、ベークドビーンズ」

「鶏の胸肉もひとつずつ買ってきたわ」わたしは言った。

「それから、ダイエットコークね。ありがとう、パトリシア・アン」

わたしたちは食べ物を皿に取って食べはじめた。あれだけスイートロールを食べたというのに、わたしはすごくお腹がへっていてびっくりした。

「とてもおいしいわ」ボニー・ブルーが大きな口を開けて胸肉にかじりつきながら言った。

「このお昼は名案だったわね」

わたしも同感だった。春休みのうえにとても暖かかったので、公園は駆けまわって遊んでいる子どもたちでいっぱいだった。わたしは食べながら、ぼんやりと子どもたちを見つめていた。

「ポテトサラダをちょうだい」ボニー・ブルーが言った。わたしは容器を渡した。

「あなたに聞いてほしいことがあるの」皿が空になり、容器のふたを閉めはじめたところで切り出した。

「なあに？　まだクッキーが食べたいの？」

「ちがうわ。わたしがあなたの判断を信頼しているのは知っているでしょう？」

「やめてよ、パトリシア・アン。今度は何をしたの？」

「何もしていないわ。まったくしていないの。それが聞いてほしいことなのよ」

「わかった。でも、あたしが言ったことを実行して、あたしに罪悪感を覚えさせないでよ」

「約束するわ。それじゃあ、しっかり聞いてね。ちょっと込み入った話だから。花婿の母親の席にいた、ヘンリーの親戚のすてきな女性を覚えている？　メグ・ブライアンという女性なんだけど」

ボニー・ブルーはうなずいた。「ええ。家族史の仕事をしているひとでしょう?」

「家族史の仕事を〝していた〟になってしまったのよ、ボニー・ブルー。過去形になってしまった。月曜日に裁判所から飛びおりて自殺したの。少なくとも、警察はそう発表している」

「何ですって?」

これでボニー・ブルーの注意を残らず引けた。わたしはお昼に仔牛肉のオレンジソース添えを食べたこと、ハスキンズ判事のこと、図書館とサイレンのこと、公園のこと、遺体のことを説明した。それからパソコンと、トリニティと、ジョージアナ・ピーチと、インターステートの下に住んでいる麻薬取締官のことも。

でも何より重要だったのは、わたしがメグ・ブライアンは自殺ではないと思っていることだ。

ボニー・ブルーは熱心に耳を傾けて、ときおりうなずいた。そしてやっと終わりに近づいたときには、考えこむようにひとさし指で上唇を叩きながら、遊んでいる子どもたちを見つめていた。

「警察に話してないの?」ボニー・ブルーはやっと口を開いた。

「ええ。警察とはハスキンズ判事が話したの。もちろん、トリニティ・バッカリューも。メグは判事に殺されたにちがいないと伝えたそうよ」

「警察に行って、メグは殺されたんだと思うと話したらどうなるかしら」

わたしはしばらく考えてみた。「警察は何もしないでしょうね。もう終わった件でしょうから」

「ということは、あたしはあなたがもう承知していることを言うために、おいしいお昼をごちそうになったってこと?」

「そうなるわね」

ボニー・ブルーは目を細めて、わたしをにらみつけた。「首を突っこまないことね、パトリシア・アン」

「そうするわ。約束する。わたしには関係ないことなんだから」

「そのとおり。しっかり覚えておいてよ」ボニー・ブルーは腕時計を見た。「もう行かなきゃ」

わたしたちはテーブルクロスに落ちた食べかすを払い、ゴミを捨てた。南からそよ風が吹いてくる。生暖かい。

「嵐になりそうね」ボニー・ブルーが言った。

8

そして、嵐はきた。〈ウェザー・チャンネル〉のレーダーは赤や黄色の点がところどころで光る濃い緑色の前線が、問答無用で西からバーミングハムに近づいてくる様子を映し出していた。フレッドは東から戻ってくるところで、到着は嵐と同時になった。フレッドがキッチンのドアを開けたとたんに、稲妻が空を走った。

「うわあ！」フレッドがキッチンに飛びこんできた。「竜巻警報が出ているのか？」

「ひどい雷雨になりそうよ。お帰りなさい」わたしはコンロのまえに立ち、フレッドが大好きな野菜タコスの具をかきまぜていた。

フレッドは近づいてきて、わたしのうなじにキスをした。「ただいま。いいにおいだな」

わたしはふり返って、フレッドを抱きしめた。夫は帰ってきた。もう嵐になっても平気。

「仕事はどうだった？」

「ああ」フレッドは上着を脱いで冷蔵庫からビールを出した。「何が問題なのかわかった。うちの会社が不始末をしでかしたわけじゃなかった。〈ユニヴァーサル・サテライト〉がリストラを進めていて、早期退職者を募っているんだ。それで、うちの仕事の大部分を発注してくれていた購買の担当者がそのなかに入っていた」テーブルについて外の嵐に目をやった。「風とともに去りぬさ」

わたしはタコスの具をうしろ側のコンロに置いて、テーブルのフレッドの向かいの椅子にすわった。

「ひとりは五十六歳だ」フレッドは言った。「もうひとりだって、そう年上ではないだろう。どちらも仕事ができる男だ。付きあいやすかったし」頭をふった。「ほかの会社も厳しいリストラをしそうだ。それで乗り切るんだろうな」

「そのひとたちはまともな退職金をもらえたの？　というか、どのくらいであれ、退職金はもらえたのかしら。だって会社はなにがしかのものは支払うべきでしょう」

「ふたりがもらっていた給料に見あうものは出なかったろうな。不当に扱われたのさ、パトリシア・アン」フレッドはビールを飲んだ。「まだ、続きがあるんだ」

「続き？」

「会社はふたりの後釜に女性を据えたのさ」フレッドは説明が書いてあるかのように、ビールの缶をじっと見た。「女性でもない。女の子だ。大学を出たてのね。自称、冶金学者だってさ！」

「まあ、すごい」わたしはぽつりと言った。

フレッドは怖い目でわたしをちらりと見た。わたしは何食わぬ顔で見返した。

「ひとりはわたしを〝おじさん〟と呼んだよ」フレッドは悲しそうに言った。

轟く雷鳴ととつぜんの咳がわたしの笑い声を隠してくれた。わたし自身のフェミニスト革命が最高潮にあった二十年まえであれば、テーブルの向こうの男性優位主義者に激高していただろう。でも、わたしも丸くなった。何よりもまず、フレッドは本当は女性を尊重しているし、古風なタイプでもない。家族のかかりつけの愛らしい女医さんとも（フレッドは彼女のことは〝女の子〟と呼んでいる。彼だって進歩しているのだ！）、〝女の子〟の歯科医ともうまくやっている。前回は知事選挙で〝娘っ子〟に投票さえしているのだ。わたしの知るかぎりでは、そう呼んだのは一度きりだったけれど。だから、フレッドがドアを開けてくれたり、歩道を歩くときに車道側を歩いてくれたりするときには「ありがとう」しか言わない。それに、フレッドが息子たちに同じことを教えてくれたことをうれしく思っている。

「ふたりは悪くなさそうだ」フレッドは続けた。「覚えなきゃならないことは山ほどあるが。仕事のあと、ふたりに何か飲みにいかないかと訊いて、コーヒー店に行ったよ。そんな話を聞いたことがあるか？　コーヒーだってさ。うすーいコーヒーだったよ。コーヒーの宣伝に出てくるフアン・バルデスはそうは言わないだろうがね。それで十分もすると、ふたりとも出ていった。ひとりは子どものお迎えで、ひとりはジムで運動だと」フレッドは土砂降りの雨を見た。「悪くないな。嵐より先に家に着くっていうのも」

「ふたりは有望みたい？」

「さあな。一週間かそこらしたら、わかるだろうさ」

電灯が明滅して、またついた。「ろうそくを取ってきたほうがよさそうね」

フレッドはビールを飲みほした。「とにかく、マルコムとカールがうまくやっていることを願うだけだ」

「マルコムとカール？」

「早期退職を余儀なくされた男たちさ」

わたしは立ちあがり、居間の物入れにろうそくを取りにいった。「明日、電話してみればいいじゃない。訊いてみたら？」

「いや、今夜電話してみるよ。ここに名刺があったはずだ」フレッドはわたしのあとから居間に入り、テレビをつけて〈ウェザー・チャンネル〉のレーダーを見た。「ひどいな。物入れに携帯用の蛍光灯はあるか？」

「はい、これ」わたしは蛍光灯とろうそく数本を渡した。おそらく、すぐに必要になるだろう。バーミングハムではたいした嵐でなくても、すぐに停電になってしまうのだ。

理由は簡単だ。ここはマツ、オーク、カエデ、サクラゲッキツなど、木々が多い街だからだ。そうした木の一本一本を大切にする人々の街なのだ。したがって、ここは住民が〈アラバマ電力〉といつももめている街でもある。一日数十回も電力会社のトラックが私道に入っていく。そして男たちがトラックから飛びおりて、電線に下がっている木の枝を切ろうとする。

すると、わたしたち住民が駆けつける。「ちょっと、どうかしているんじゃないの？　その木にはルリツグミの巣があるのよ！」と叫びながら。それがリスやフクロネズミやカケスのときもある。

「どこに？」男たちは枝を見あげながら木のまわりを歩く。

「二番目の枝が分かれているところのずっと先、上から二番目の枝にいるわ。ほら、見えるでしょう？」

そうすると、電力会社の男たちにもそれが見える。やさしいのだ。そして六週間後に出直してくると約束する。近所の電灯が消えるせいで、おそらく三週間後には戻ってくることになるだろうけれど。そして「まったく、電力会社ときたら！」と、わたしたちは文句を言うのだ。

けれども、これまでのところは平気だった。電灯は何度か明滅したものの、夕食を食べているあいだは持った。わたしはジョージアナ・ピーチのことを話し、トリニティが家へ帰ったことを報告した。それからお別れパーティーがあり、なかなかよい考えではないかと思うことも。

「お葬式は悲しすぎるもの」わたしは言った。

フレッドは三つ目のタコスにかぶりついた。「そういうものだろう」

「あら、悲しくなくてもいいはずよ」

「いや、悲しくていいんだ。葬式なんだから」

わたしはあまり筋が通っていないと思ったけれど、指摘はしなかった。本人が知ったら死にたくなるだろうけど、フレッドはときどきメアリー・アリスそっくりだ。

ベッドに入る頃には嵐は通りすぎ、小雨が間断なく天窓を叩きつづけた。気持ちのいい春雨だ。

翌朝ウーファーを散歩に連れていったときには気温はだいぶ下がり、ふわふわとした暗い雲がときおり太陽を隠していた。歩道はサクラやヨウナシの花でおおわれていた。だが、ハナミズキは嵐で散っていなかった。咲いた花がふえたらしく、ひと晩でさらに木が白くなったように見える。

「気持ちのいい朝ね」そう話しかけると、ウーファーも同意した。本当に気持ちがよく、わたしたちはいつもより長く散歩した。だから、家に帰ってきたときには、わたしもウーファーもかなり運動になったと感じていた。ウーファーはまっすぐ水入れまで歩いていき、わたしはコーヒーポットに直行した。するとと留守番電話のランプがついていたので確認した。電話をしてきたのはメアリー・アリスで、すぐにかけ直してほしいと言う。わたしは熱いシャワーをゆっくり浴びて居間のソファで丸くなってから電話をかけた。

「わたしよ」メアリー・アリスが出ると、わたしは言った。

「もう頭がこんがらがっているわよ、マウス。怖くてしょうがない。聞いたとき、ひとりごとを言っちゃったくらい。『ちょっと待ってよ。いったい何が起きてるの?』って。あんたはそう思わなかった?」

わたしは濡れている髪をかきむしった。「いったい、何の話?」

「ハスキンズ判事が殺された話よ、マウス。ほかに何の話があるっていうの」

一瞬、わたしは言葉をなくした。受話器を耳にぴったりつけると、シスターが言った。

「マウス？　どうしたの？　マウス？」

わたしはやっと、しどろもどろになりながら答えた。「ハスキンズ判事が殺されたの？」

「知らなかったの？　今朝のテレビはその話題で持ちきりよ」シスターはわたしが知らなかったことがうれしかったらしい。「すぐにそっちに行くから」それ以上詳しい話を聞けないうちに電話が切れた。

わたしはまだ開いていない朝刊に手を伸ばして輪ゴムをはずし、二十年以上まえに撮ったと思われるハスキンズ判事の写真を見た。見出しには『ロバート・ハスキンズ判事、殺害される』とある。添えられた記事は朝刊にまにあうように書かれたことが明らかで、詳しい内容はほとんど載っていなかった。ハスキンズ判事は昨夜遅く、自宅で射殺されているのが発見された。友人が発見して警察に通報したのだ。あとは判事の経歴が記されているだけで、〝高名〟という言葉が四度は使われている。

「裸だったらしいわ」数分後、メアリー・アリスが言った。「真っ裸で居間にいたそうよ。発見したのはジェニー・ルイーズというひと」

わたしたちは出窓のまえのテーブルにすわって、新聞のハスキンズ判事を見つめた。

「ジェニー・ルイーズ？　名字は？」

「芸名よ。ルイーズっていうの。〈ジジズ・ゴーゴー〉のストリッパー。額を撃たれていたんですって。ここよ」シスターは自分の額の真ん中を指さした。「一発だけ」

わたしはびっくりしてシスターを見た。「そんな話、どこで聞いてきたの？　新聞には判事が殺害されて、友人が発見したということしか書いてないのに」

「バディに聞いたのよ」

「バディ・ジョンソン？　時の翁？　プライベートジェットの？　どうして、彼がそんなことを知っているの？」

「小さい町なのよ、パトリシア・アン。バディにはコネがあるの。今朝、電話をかけてきて言ったのよ。『メアリー・アリス、このあいだの夜、きみはロバート・ハスキンズのことを話していたね。だから、詳しく知りたいだろう』ってね」

「彼はシスターがおかしなひとだということをもう知っているのね」

「ええ、まあ、知っているみたいよ。うぬぼれ屋さん。ねえ、もっと聞きたい？」

聞きたいと認めざるを得なかった。

「どうやら、ハスキンズ判事と奥さんは一年ほどまえから別居していたみたい。いちばんの原因は判事のムスコがジェニー・ルイーズにたくさん声を出させたから」

「声を出させた？」

「バディ・ジョンソンは紳士なのよ、マウス。悪くない言いまわしよね」

「覚えておくわ」

メアリー・アリスは顔をしかめた。わたしは微笑んだ。

「とにかく」シスターは続けた。「ゆうべジェニー・ルイーズが家に入ってみると――たぶん仕事が終わったあとだと思うけど――居間に判事が一糸まとわぬ姿で倒れていたわけ。最初、判事は自分のために準備万端なのだと思ったけど、そのあと頭に穴が空いていることに気がついたって。ジェニー・ルイーズはそう言ったそうよ」シスターはコーヒーカップをじっと見つめて考えこんだ。「きっと、死後硬直がはじまっていたのよね。言ってる意味、わかる？」

わたしはわかると答えた。「全部、バディから聞いたの？」

「死後硬直のことはちがうわよ、マウス」

「紳士ですから」

「だって、本当だもの。でも、ここにくる途中で考えたんだけどね」

「なあに？」

「トリニティがフェアホープにいてよかったなって。ハスキンズ判事の家に忍びこんで彼が姉を殺したって主張しているんだから、いちばんの容疑者になっていたはずでしょ」

「わたしも同じことを考えたわ」

「トリニティに電話して、判事のことを知らせたほうがいいわね。きっと知りたいでしょうから」

わたしは立ちあがって居間へ行った。「どこかに電話番号を控えていたはず」エンドテーブルの引き出しをのぞいた。「あったわ」メアリー・アリスに電話機と番号を渡した。「シスターから伝えて。でも、判事が亡くなったことだけでいいわよ。ジェニー・ルイーズに声を出させていたことは言わないで」

シスターはわたしをにらみつけてから電話をかけた。「あら、ちがった？　ジョー？　声がトリニティにそっくりだから。こちらはバーミングハムのメアリー・アリス・クレインです。トリニティに代わってくださる？」

「トリニティ？」すぐに会話がはじまった。

「いない？」少し間が空いた。「いいえ。きっと、こちらの勘ちがいね」今度の間は長かった。「ええ、トリニティならだいじょうぶ」シスターが爪をかんだ。「いいえ。心配しないで」また、間が空いた。「ええ、会えたら連絡するわ。そちらに着いたら、わたしに連絡してほしいって伝えてもらえるかしら。ええ、ありがとう」

メアリー・アリスは電話を切ってわたしを見た。「トリニティはきのう家に戻っていないみたい」

もう予想はしていたが、胃がぎゅっと絞られた気がした。

「車庫で降ろしたんでしょう？」

「ううん。車が返却されるまで待っていたのよ。最後に見たとき、トリニティはインターステートに乗って、二〇号線のほうへ向かっていったわ」

どちらもしばらく黙って、考えごとにふけった。そのあと、わたしは言った。「だからといって、判事の殺害にトリニティが関わっているとはかぎらない」

「もちろんよ」メアリー・アリスはネイビーブルーのタートルネックのシャツを着た腕を見つめた。「セロハンテープをちょうだい。バッバの抜け毛がすごいのよ」

わたしはキッチンのがらくたを入れてある引き出しを開けて、セロハンテープを渡した。

「でも、警察はトリニティを尋問するわよね」

「もしかしたら、トリニティは道に迷ったのかも」メアリー・アリスはセロハンテープを切ってシャツに貼りつけた。「ちょっと、頭のネジがゆるんでいるみたいだから」

「言葉に気をつけて」

「言っている意味はわかるでしょ。こっちに案内を頼んだかと思うと姿を消しちゃったり、誰にでも身長を訊いたり」

「もしかしたら、ほかの姉妹がそろって背が低いのかも。それで、あんなふうに訊くことでそのストレスに耐えているのかもしれない」

メアリー・アリスは自分の胸から視線をあげた。「ああ、もう！ あたしはいまシャベルなしで野原を掘っているようなものよ」

「トリニティがみんなの身長を知りたがるのは、たんに彼女特有の表現方法じゃないかってことよ、シスター。誰にだって、そういうところがあるでしょ」

「あたしにはないわ」シスターはまたセロハンテープを切り取った。

その言葉は受け流すことにした。「でも、道に迷ったりはしないわ。六五号線で迷子にはならないでしょう」

「なるわ。去年、ベル・シティの歯医者に行くつもりだったのに、インターステートで南じゃなくて北方面に乗ってしまってシンシナティかどこかに着いてしまった男のひとがいたじゃない？　歯医者がやっとそのひとを見つけて、ただで診察したって話。いい話だったわ」シスターはわたしにセロハンテープを掲げて見せた。「バッバにホルモン治療を受けさせたほうがいいかしら。どう思う？」

わたしは首をふった。「冬毛が抜けているだけよ。それに、トリニティはオハイオをうろうろしてなんかいないわ」シスターのまえの椅子に腰をおろした。「ねえ、わたしたちも警察に話を聞かれるかもしれないわね」

「あたしたちが？　馬鹿なことを言わないでよ」

「だって、トリニティを拘置所から出したのはわたしたちよ」

「あたしたちじゃないわ」メアリー・アリスはシャツからセロハンテープをはがすのをやめた。「あんただけよ」

「でも、警察だって馬鹿じゃない。メグ・ブライアンがハスキンズ判事と結婚していたことは把握しているはずよ。それに、メグはあなたの家に泊まっていたんだから」

メアリー・アリスがわたしの目をまっすぐ見て、あきれることにこう言った。

「パトリシア・アン、今度は何に首を突っこんだのよ」

わたしは姉を無視することにした。わたしがシスターを無視することは多い。だが、いまは姉妹で喧嘩をするより優先すべき考えが浮かんでいたのだ。もし、トリニティが三番目の被害者になっていたら？

「あり得ない！」わたしがその可能性を口にすると、シスターが言った。

「どうして？　三人とも、殺人犯が欲しがっている情報か何かを持っていたかもしれないじゃない」

「やめてよ、マウス！　想像を広げすぎよ。メグは自殺をした、判事はジェニー・ルイーズが原因で奥さんに射殺されて、トリニティは道に迷ったのよ」

「あまりにも偶然が重なりすぎているわ。いま、紙を持ってくるから」

「何のために？」

「知っていることを書き出すのよ」

「あたしは何も知らない」シスターはセロハンテープを豊かな胸に貼りつけた。

「馬鹿を言わないで」わたしは黄色いメモ帳と鉛筆を持ってきて、ソファのメアリー・アリスの隣にすわった。「ほら、見て」

人物を表す三本の棒を描き、その下にメグ、判事、トリニティと書いた。教師時代の習性が残っているのかもしれないけれど、紙に書き出すと考えがまとまるのだ。

「どうして判事を中心に書いたの？」メアリー・アリスが訊いた。

「判事が中心だと思うからよ。さあ、よく見ていて」トリニティからメグへと線を引き、〝姉妹〟と記した。それから判事からメグへと線を引き、〝もと夫婦〟と書いた。

「〝ずっと昔〟と付け加えて」

「書く場所がないわ」自分が書いたものを見て言った。

「ほかの関係を考えてみましょうよ。自由に連想して」

シスターはトリニティと判事の棒のあいだを指さした。「ここに線を引いて〝怒り〟と書いて」

わたしは線を引いたが、こう言った。「トリニティが怒っていたのは判事がメグを殺したと思っていたからよ。そして判事がメグを殺したのは、非嫡出子認知書のせいだと考えていた」わたしは線のところに〝非嫡出子〟と書いた。

「でも、判事だって系譜調査をしていたんだから、認知書のことは知っていたはずよ。それが原因で脅迫される心配はなかったと思うけど」

「系譜調査」そう書いたところで、思い出した。「メグのパソコンは見つかった?」

「ううん。家にはないわね。本当よ、マウス。家をひっくり返して探したんだから、ティファニーにも手伝ってもらって」

ティファニーというメイドを雇っているのは、わたしが知るかぎりではシスターだけだ。〈マジック・メイド〉社のティファニー。彼女はわたしが教鞭に立っていたときより、ずっと稼いでいる。それに、ブロンドが混じった髪に見事な体型をしており、いかにもティファニーらしい。本人によれば、体型は家の掃除のおかげで引き締まったということだ。それは怪しいけれど。とにかくティファニーは仕事ぶりも見事であり、その彼女が見つけられなかったのなら、パソコンはあの家にはない。

「重要なデータが入っていたのは間違いないのに」わたしは〝パソコン〟と書き、メグと判事から線を引っぱった。「ハスキンズ判事の家の防犯システムがシスターの家のものと似ていたら、判事が作動させることは可能？」

「どうかしら。暗証番号があるから」

「社会保障カードの番号の最初の六桁でしょう？」

「あんたとデビーしか知らないのよ」

「二番目に多く使われている暗証番号よ。いちばんは誕生日」

メアリー・アリスが身を乗り出した。「判事なら裁判所にある何かの書類で、あたしの社会保障番号を知ることが可能だと思う？」

「可能よ。陪審員の記録だって」

わたしたちは互いを見てにやりとした。

「でも、判事はメグの殺害には関わっていないわ」わたしは言った。

「どうしてわかるのよ？」

「だって、メグの遺灰を持ってきたときに本人が言ったのよ。トリニティにそう伝えてくれって」わたしは肩をすくめた。「あれはぜったいに嘘じゃなかった」

「いいわ」シスターはわたしの言葉を受け入れた。「また、メモに戻りましょ」

だが、そこで行きづまってしまった。たとえハスキンズ判事が何とかシスターの家に忍びこんで——確かに、それはあり得ることだが——パソコンやほかのファイルを持ち出したとしても、まだ大きな疑問が残る。どうして、そんなことをしたのかという疑問だ。わたしたちには系譜調査に関する知識がなく、盗んでまで欲しくなるほどの情報が何だったか、まったく想像がつかなかった。殺人を犯すほどの情報なのだ。

電話が鳴り、わたしは人物を表した棒をにらんでいるメアリー・アリスを残して席を立った。

「カールとマルコムはオーガスタでゴルフをしているよ」フレッドだった。「カールが留守番電話を確認して、わたしがゆうべ残したメッセージを聞いて連絡をくれたんだ」

「それじゃあ、早期退職で落ち込んではいなかったのね？」

「ああ、まったく。わたしも引退したらどうかと誘われたくらいだ」

「引退したい？」フレッドの声が少し残念そうに聞こえたのだ。

「早期退職をするには遅すぎると答えたよ」

「六十三歳なら遅すぎないわ。一緒に世界一周ができる」

「夢を見ていればいいさ。ときどき、州立公園に行くだけで充分だね」

「アラバマにはすてきな州立公園がたくさんあるものね」

「そのとおり」どちらもしばらく何も言わずに小さな望みについて思いを馳せていると、メアリー・アリスの金切り声が聞こえた。

「いまのは何だ？」フレッドが訊いた。

「シスターがきているの。ゆうべ、ハスキンズ判事が殺されたことは知っている？」

「ああ。それもあって電話したんだ。今回はお節介はするなよ、パトリシア・アン」

「心配しないで」

また、メアリー・アリスの金切り声が聞こえた。

「マウス！」

「いったい、何事なのか見てくるわ。愛しているわ、フレッド」

「わたしも愛しているよ。今度は言いつけを守るんだぞ」

「約束する」わたしは電話を切って居間へ戻った。「どうしたの？」

「玄関にパトカーが停まったわ」

「あら、本当！　だから、何？　きっとトリニティとメグについて訊きたいのよ。そう言ったじゃない」

「警官を見ると不安になるのよ」

「いつもスピード違反をしているから」

「してない！」

呼び鈴が鳴り、わたしは玄関に出た。ドアを開けると、見知った笑顔が待っていた。ボー・ミッチェル巡査だ。昨年のクリスマスまえに画廊で起こった悲惨な事件になぜかシスターと一緒に巻き込まれたときに知りあいになったのだ。

「パトリシア・アン、今度は何を企んでいるんですか？」ボーがにやりと笑った。「ふたりとも厄介なことばかり引き起こしますね」

ボーはクリスマスのときもぽっちゃりしていたが、さらに肉がついて、いっそうボニー・ブルーに似てきた。ボーの肌の色はもっと濃く、ボニー・ブルーのような銅色ではない。それに、ボニー・ブルーより二十歳ほど若い。それでも輝くような笑顔に加えて物腰もそっくりなせいで、とてもよく似ているのだ。ボニー・ブルーは〝自分の身体に満足している〟と言う。その力強さと自信がボーにもあるのだ。

「この近所にはあなたしか警察官がいないの？」わたしは訊いた。「どうして、いつもあなたと会うはめになるのかしら」

「たぶん、幸運なだけだと思います」

わたしたちは抱きあい、家へ入った。「メアリー・アリスが居間にいるの。爪をかんでいるわ」

「またスピード違反ですか」

「それに、駐車違反の切符も無視しているのよ、たぶん」

「やれやれ。そのうち、逮捕しますよ」

シスターはボーの声に気づくと、近づいてきてハグをした。三人分のコーラを運んでくると、わたしたちはキッチンのテーブルにすわった。

「それじゃあ」ボーが手帳を開いて口火を切った。「最初に裁判所から飛びおりた女性について聞かせてください」手帳を読みながら続けた。「メグ・ブライアン。おふたりは彼女と知りあいということですね。鳥になろうと決めたときには、あなた方を訪ねていたということですが？」

「メグは娘のデビーの結婚式に出席してくれたの。花婿の親戚だから」メアリー・アリスが説明をはじめた。

一時間後にはハスキンズ判事がメグの遺灰を届けにきたところまで話が進んでいた。わたしはピメントチーズ・サンドイッチをつくり、三人でそれを食べながらトリニティに連絡を取ろうとしたところまで話し終えた。

「トリニティはきっと無事だと、あたしは思っているけど」シスターが言った。

「ええ、無事です」ボー・ミッチェルが言った。「モンゴメリーのモーテルに泊まっていました」

「どうして、わかったの？」わたしは訊いた。

「もっと警察を信用してくださいね」ボーは手帳をめくった。「きのう、トリニティは扉に真鍮象嵌（しんちゅうぞうがん）の細工が施されているイギリス製石炭入れと一九五〇年代のテーブルクロスを購入しました。クロムの脚がついた化粧板のテーブルに昔よくかけていた、縁に果物の模様が描かれた白いテーブルクロスです。どんなものかおわかりでしょう？」

メアリー・アリスとわたしは顔を見あわせた。「うちにはいまでもあるわ」わたしは正直に言った。

「最近はよく売れるそうですよ」ボーはサンドイッチの残りを口に放りこむと、レモンクッキーに手を伸ばした。

「遠慮深い警官ではないわね」

ボーはにっこり笑い、クッキーを二枚取って立ちあがった。

「もう行かないと。おふたりとも気をつけてくださいね」

わたしが玄関まで送っていくと、ボーが急に真顔になった。

「パトリシア・アン、穴が空いた判事の頭も、現場から搬送されたメグの遺体も、どちらも無残なものでした。おふたりとも、ぜったいに事件に関わらないように。いいですね？」

「ねえ、待って。これまでの不幸なふたつの事件だって、たまたま巻き込まれただけよ」

「たまたま、ですか？」

わたしはにっこり笑った。

「動機はパソコンに入っている情報でしょう？」

「こうしましょう、パトリシア・アン。警察がつかんだ情報は教えられないけれど、インターネットで検索してあげます。何かわかったら教えてあげますよ」

「知ったふうな口をきくんだから」

ボーは心底おもしろそうに笑い、歩道を歩きはじめた。「サンドイッチをごちそうさまでした」ふり返って言った。

わたしの背後では、シスターが人物に見立てた棒を描いた紙を破っていた。

「とりあえず、トリニティは無事だったってわけね。仕入れをしていただけ」

メアリー・アリスは紙くずをゴミ箱に捨てた。

「あんたの推理なんてこんなものよね。ねえ、そのテーブルクロスがこの家にどのくらいあるのか見てみましょうよ」

9

わたしはリネン用クローゼットの奥をかきまわす気分ではなかったので、メアリー・アリスにそう言った。テーブルクロスはクローゼットの奥に入ったまま、価値を高めていけばいい。預金に利子がつくのと、何がちがうわけ？　テーブルクロスを買う人々は値上がりを見込んでいるのだろうか？

「そうとはかぎらないわよ」メアリー・アリスが言った。「郷愁を覚えて買ってるのよ。あたしのシャーリー・テンプル人形なんて、あんたがなくさなかったらどのくらい価値があがったかわからないわよね。赤い水玉模様のあの小さな白いドレスに、あの小さな赤い革靴。いまでもきのうのことのようにはっきり覚えている」

そろそろ話題を変えたほうがいい。わたしはデートのときのバディ・ジョンソンのオオカミみたいなふるまいについて、まだ話を聞いていないと言った。

メアリー・アリスは喜んで話してくれた。「第一にね」くすくす笑いながら話しはじめた。「オペラを観ているとき、脚をなでてきたのよ」

「自分の脚と間違えたのかも」わたしは言った。「脚が麻痺しちゃっているものだから」

シスターはハンドバッグを引ったくって立ちあがったが、あまりにも重いせいで「うっ」という声が小さくもれた。

「パトリシア・アン、あんたみたいなひとを何て言うか知ってる？　下品って言うのよ」そう言うと、足を踏みならしながら勝手口から出ていった。

ちょっと言いすぎたかもしれない。

わたしはキッチンを片づけ、ここ数日で起きたことをすべて思い返してみた。家族の歴史がそんな大ごとになるなんて、とても信じられない。人殺しをするほど悩むひとがいるなんて。ただし、ふたつの殺人事件にほかの動機があるとしたら、話はちがってくる。ふたつの事件に関連があるとしての話だし、メグが殺されたと仮定しての話だけれど。

わたしはゴミ箱に捨てられた紙きれをひろって、ジグソーパズルのようにくっつけた。トリニティが無事だったのはとてもよい知らせだけれど、それでまた全体像が変わってくる。

そのとき電話が鳴って、わたしはどきりとした。

「パトリシア・アン？　ジョージアナ・ピーチよ」

「ああ、ジョージアナ。その後、どう？」

「ええ、だいじょうぶ。そちらにトリニティから連絡があったかどうか知りたくて電話をしたの。ハスキンズ判事の気の毒な事件について話すつもりで電話をかけたら、トリニティの妹が彼女はまだバーミングハムから戻ってないと言うものだから」

「トリニティはアンティークを買うためにモンゴメリーに泊まったらしいわ」

「それじゃあ、トリニティと話したのね。つまり、ロバートのことは知っていると」

「それが、直接は話していないの。今朝、警察官がメグとトリニティについて訊きにきたの。その警察官からトリニティがモンゴメリーにいることを聞いたわけ」

「警察官?」息がもれるようなジョージアナの声がかすれた。

「メグは自殺ではないし、メグと判事の死には関連があると警察が気づいたのかも」

「なるほど」沈黙が続いた。

「ジョージアナ? もしもし?」とうとう、わたしは声をかけた。

「お姉さんはメグのパソコンを見つけた?」

「家にはぜったいにないと言っているわ。ほかの荷物も、もうひとつの鞄も」

「そんな……」ジョージアナは電話を切った。わたしは眉をひそめて受話器を置いた。すると、電話がまた鳴った。「ごめんなさい」ジョージアナはそう言って、また切った。

もう、たくさん。わたしは紙きれをゴミ箱に放り投げ、フレッドがクリスマスプレゼントにくれたラベンダー色のウインドブレーカーのスーツに着がえて、ショッピングモールへ出かけた。フレッドの誕生日が来週で、〈ブルックストーン〉でハンモックを見ていたのを知っているからだ。彼はそのくらいのものを手に入れてもいいはずだ。それに、わたしは家の外に出たかった。

ハンモックは在庫があり、〈ブルックストーン〉の男性が車まで運んでくれた。そのあとフレッドに贈るカードを選んでも、全部で五分しかかからずに散財は終了した。わたしはシスターのように何時間もショッピングモールを歩きまわるのが好きではなかった。シスターに言わせれば、想像力が欠如しているのだそうだ。わたしに言わせれば、足が痛くなるからだけど。どうせ歩くなら屋外を、できればウーファーと歩きたい。だから、何日も先延ばしにしてきた仕事がたまっている家へと急いだ。

そんなわけで、ショッピングモールから家まで最も速い道がレイクショア・ドライブだった。湖岸に位置しているわけではないけれど、とても美しい名前であり、緑の芝生が湖までなだらかに傾斜している邸宅が思い浮かぶ。実際、レイクショア・ドライブには美しい家が並んでいる。その通りにはサムフォード大学もあった。系譜調査に関するすばらしいプログラムと図書館を有するサムフォード大学が。

わたしはレイクショア・ドライブをゆっくり走りながら自問した。〝フレッドがハンモックより喜ぶ誕生日プレゼントは？〟

〝家族の歴史についての調査結果〟自分で答えた。〝ヘイリーも興味を抱くだろう。遺伝子を調べる必要があるのだから〟

〝でも、アイロンがけは？〟自分に問いかけた。

〝急ぐことはない〟わたしが答える。

アイロンがけをやらずにすむなら、どんなことでもするくせに。わたしはそう自らに言いながら、左折のウインカーを出した。

サムフォード大学は全米でも美しいキャンパスを持つ大学のひとつだった。もともと歴史ある名門校だったが、第二次世界大戦後に都会のキャンパスでは手狭になり、先見の明を持っていた人々が、すぐれた建築計画を実行できるシェイズ・ヴァレーに大学を移転させたのだ。建物も、木も、ベンチも、花も、すべてが優雅な全体に溶けこんでいる。わたしが立ち寄った日は、入口からの私道に並ぶブラッドフォードペアが満開だった。ラッパズイセンや真っ赤なチューリップもそこかしこに咲いている。だが、意外にも大学構内にはほとんどひとがいなかった。春休みだ。わたしはそう思い出し、図書館が開いていることを願った。

図書館は開いていた。駐車場にたくさん停まっている車を見ればわかった。わたしはジャガーとフォルクスワーゲンのあいだに、古いカトラス・シエラを停めた。ぴったりと。

系譜調査部門は三階にあった。エレベーターに乗り、案内表示どおりに左にまがって、左翼全体を占めているらしい系譜調査部門に入った。中央の机では、きれいなチアリーダータイプのブロンドの女性が《ブライド》誌を熱心に読んでいる。あまりに夢中になっていたせいで、わたしが話しかけると、飛びあがらんばかりに驚いた。

「記録を見たいんですけど」わたしは言った。

「はい。お手伝いが必要ですか?」きちんと育てられた南部の子どもの礼儀正しさに、わたしは気持ちよくなった。

わたしは図書館を見まわした。数人がマイクロフィルムを使って、テーブルで作業を進めている。また、壁に沿って並んだ席でパソコンを使って本を読んだり作業を進めたりしている人々もいる。

「家族の歴史について調べたいんですけど、あまり詳しいことがわかっていなくて」

「でしたら、喜んでお手伝いします」係の女性がにこっと笑った。

「わたしが引き受けるわ、エミリー」三十代前半の背が高くて優雅な女性が奥から机に出てきた。若葉色のワンピースを着て、黒っぽい髪をヘアクリップで簡単にまとめている。カールしたほつれ髪のおかげで、堅苦しくなりすぎずにすんでいる。その女性が微笑んだ。「わたしのことは覚えてらっしゃらないですよね、ホロウェル先生。キャスティーン・マーフィーです。ロバート・アレグザンダー高校で教えていただきました」

「キャスティーン・マーフィー？」わたしはその変わりように驚いた。

「はい、当時と何も変わっていない本人です」

「いいえ、すごく変わったわ」惚れ惚れとして、キャスティーンを見た。

キャスティーンはかすれたすてきな声で笑った。「コンタクトと化粧と、腕のいい美容師がいれば、すごい効果が生まれます」

わたしは首をふった。「それだけじゃないでしょう」

キャスティーンはまだわたしたちのあいだに立っていた、図書館の職員に目をやった。

「わたしは学校一のガリ勉だったの」そう説明した。「自分でも認めるわ」

係の女性は驚いた顔をした。「ミス・マーフィー、あなたが？」

「世界一だったかも。そうですよね、ホロウェル先生？」

「あなたは勉強熱心だっただけ」わたしは言った。「ガリ勉とはちがうわ」

「ホロウェル先生はかなりやわらかく言ってくださっているのよ」

ある意味では、そうかもしれない。近視で本を貪るように読んでいたキャスティーン・マーフィーはおそらくほかの生徒たちのガリ勉ランキングで上位に位置していただろう。ほかの女子生徒が短いスカートをはいて〈ギャップ〉で買い物をしていたのに対し、キャスティーンはリサイクル店の〈グッドウィル〉でふくらはぎの真ん中まで届くスカートを買っていた。そしてほかの少女たちが『ラブ・ストーリー――ある愛の詩』を読んでいるとき、キャスティーンはユングの『人間と象徴』を読んでいた。教師であれば、反抗的で一風変わっていて、主張がはっきりしている生徒は毎年見かける。けれどもキャスティーンはそういう生徒ではなかった。キャスティーンはたんに自分らしくしているだけで、わたしはそこを評価していた。

「あの子の両親は何をしているひとなの？」キャスティーンを初めて受け持ったとき、わたしはスクール・カウンセラーのフランシス・ゼイタに訊いた。

ふたりとも医師だとフランシスは答えた。キャスティーンは遅くなってから生まれたひとりっ子であり、両親は掌中の珠として育てたのだ。

卒業式でウィル・バトラー校長から卒業証書を渡されてもキャスティーンは簡単に「ありがとうございます」と言って受け取っただけで、そのときわたしはもっと深くキャスティーンを知っておけばよかったと思ったのだ。

そのキャスティーンが立派な身なりで愛想もよく、見るからに成功した様子で、美しいキヤシーに変身して目のまえに立っている。

「わたしも成長したんです」キャスティーンは言った。

わたしはとてもうれしくて微笑んだ。「ええ。本当ね」

「ホロウェル先生は少しもお変わりないですね。きょうは何をお探しですか？」

わたしは夫の誕生日祝いに、家族のことを調べてびっくりさせたいのだと説明した。そして、フレッドが覚えていた名前と、モンゴメリー出身であることを伝えた。

「それなら、だいじょうぶ」キャスティーンは言った。「モンゴメリーの記録はとてもすばらしいんです。郡庁舎は何度も火災にあっていて、郡の古い記録も焼失しています。でも、モンゴメリーの記録はアラバマがミシシッピ準州の一部だった時代まで遡れます。公有地払い下げの証書で。行きましょう。ご案内します」

エミリーは《ブライド》誌に戻り、わたしはキャシーのあとをついていった。

「記録は全部パソコンに入っているの？」わたしは不安になって訊いた。

「一部はパソコンです。でも、原本もありますから。パソコンの使い方がわからなくても問題ありません。もちろん、知っているほうが楽ですけど」パソコンの画面をじっと見ている女性のほうをあごで示した。「プロはほとんどパソコンを使っています。とても便利なプログラムが入っているので」

それでメグを思い出した。「メグ・ブライアンを知っている？」キャシーに尋ねた。

「ええ。よく知っています。とても優秀な系譜調査員でした。先生のお友だちだったんですか？」

「メグはうちの姪の結婚式に出席するためにここへきて亡くなったの」

「本当にびっくりしましたよね。メグは自殺するようなひとには見えなかったから」キャシーは左にまがって、書架を指さした。「ここにはモンゴメリーの人口調査記録、出生及び死亡記録、不動産取引の記録が収められています。年月日が棚の側面に記されていて、年代順に並んでいます。まず人口調査の記録から調べることをお勧めします。読みやすいし、ご家族がモンゴメリーに住みはじめた時期がはっきりわかりますから。出生日と死亡日で絞りこんでいくこともできます。ホロウエルという名字はそれほど多くありませんから、あまり手間はかからないと思いますよ。ご主人のお母さまの旧姓は何ですか？」

「ヘイリーよ。それで、娘をヘイリーと名づけたの」

「ヘイリーという名字もかなり楽ですよ」キャシーは一九〇〇年の人口調査記録を手に取った。「まず、これを見てみましょう」

わたしはキャシーについていってテーブルにすわると、人口調査記録を開いた。

「図書館員になったあなたと会えたなんて、とても幸せよ。あなたはいつも本を読んでいたでしょう」

「ああ、わたしはここで働いているわけではありません。プロの系譜調査員なんです。ここで調査をしていたら、先生が入っていらしたのが見えたので」キャシーは微笑んだ。「最初はコンピュータ関係の仕事に就いたんですけど、途中から系譜調査の世界に入って。まだ開拓の余地がある分野ですから。おもしろいです」

「メグ・ブライアンは食うか食われるかの世界だと話していたわ」

「ええ、そうとも言えます」キャシーは索引で指を滑らせていった。「あった。ここにノア・ホロウェルという名前があります。ご主人のおじいさまのお名前では？」

「ええ」キャシーが指している場所に目をやった。

「さあ、紙と鉛筆を出してください。ここからはじまりですよ」

三時間後、わたしはきょうの調査を終わりにした。肩がこり、パソコンで調べるほうが楽だと思い知った。あるいは、マイクロフィルムでもいいかもしれない。重い資料を持ちあげるのは重労働だった。それでもフレッドの祖父母が結婚した日がわかり、まだモンゴメリーのウエスト・デイヴィス通りに現存する家を買った日付も、そのために千四百ドルを支払ったということもわかった。ふたりの子どもたちの出生日と、一年半しか生きられなかった息子が死亡した日も。

肩さえこっていなかったら、まだ作業をやめなかっただろう。ひとつの事実が判明すると、次が知りたくなるのだ。ダウンタウンの図書館でメグを待っているとき、シスターとわたしはたまたま家系図の一員になった年を知った。そして、きょうの調査でわたしはいっそうおもしろさを知った。わたしの子どもたちは、この人々の遺伝子を受け継いでいるのだ。そして、この遺伝子はこのあとわたしの系譜の遺伝子と組みあわされていく。

そう思うと、畏敬の念を抱かざるを得なかった。わたしは椅子から立ちあがり、身体を伸ばし、肩をもんでから歩きはじめた。そしてひとつ目のテーブルで、見知った顔が本を読みふけっていることに気づいた。カミール・アチソン、結婚パーティーでメグを「恥知らず」と呼んだブロンドの女性だ。もしかしたら、メグが死んだことで、問題を引き起こしている厄介な祖先をなかったことにする方法を見つけたのかもしれない。

「ホロウェル先生？　役に立つ情報が見つかりましたか？」緑色のワンピースを品よく着こなしたキャシーが洗練された姿で、受付の机で花嫁予備軍（ブライド）のエミリーと話していた。

「ええ。ありがとう、キャシー。あなたに会えてうれしかったわ」

「わたしもです。もし系譜調査に興味をお持ちになって、助けが必要になったときには、いつでもお手伝いします。名刺をお渡ししておきますね」

「ありがとう。夢中になってしまいそうよ」わたしは正直に言った。そして車まで歩いていく途中で、名刺を見た。〈ザ・ファミリー・ツリー〉、キャシー・マーフィー。所在地は十八番通りで、電話番号がふたつ並んでいる。まさか、嘘でしょ！　キャシーが働いているのはジョージアナ・ピーチの会社だった。

家に着くと、留守番電話にヘイリーのメッセージが残っていた。フィリップと一緒に中華料理を持って夕食を食べに行くつもりだから、都合が悪ければ、連絡をください。

悪いはずがない。どうやら娘と何度も会っているらしい男性のことをもっとよく知りたかったのだ。

メアリー・アリスからも電話が欲しいというメッセージが残っていた。

「てっきり、わたしに腹を立てているんだと思っていたわ」メアリー・アリスが電話に出ると、わたしは言った。

「立てているわよ。でも、それとは関係ないことだから。メグのパソコンのバックアップらしいものが見つかったの」

「本当に？　どこにあったの？」

「車のグローブボックス。変じゃない？」

「本当にメグのものなの？」

「あたしにわかるわけないでしょ？　わかるのはそれがパソコンのディスクで、あたしのものじゃないってことだけ」

「でも、メグはどうしてそんなところに入れたのかしら」

「いい加減にしてよ、パトリシア・アン。あたしはティッシュペーパーが必要になって、グローブボックスに入っているだろうと思っただけ。それでグローブボックスを開けたらディスクが落ちてきたのよ。わかった？　ディスクだけがそこに間違って入ってしまったとは考えられないし」

「そんなこと、えらそうに言われなくてもわかっているわ」しばらく考えてから言った。「本当に変よね。グローブボックスにディスクを入れるなんて。どうして、そんなことをしたのかしら」

「あたしたちに見つけさせるため?」

「そうかもしれない」頭の隅っこで警報がかすかに鳴っている。「ねえ、いまひとり?」

「ええ。どうして?」

「だって、そのディスクはすごく重要なのかもしれないのよ。そのディスクの内容のせいで、メグは殺されたのかも。ボー・ミッチェルに電話して話したら?」

「もう、パトリシア・アンったら、心配性なんだから。警察に連絡してディスクを渡すつもりはないわよ。中身を知りたいもの」メアリー・アリスは少しためらってから続けた。「たぶん、あたしたちには何のことかさっぱりわからない系譜調査の内容ばかりだろうけど」また、少し間が空いた。「ねえ、あたしたちもパソコンを使えるようになったほうがいいんじゃない? ジェフ・ステートに高齢者のための教室があるのよ。いまなら夏の講座に申し込めるから、秋にはインターネットが使えるようになるわよ。わかる? eメールができるのよ」

メアリー・アリスが話しつづけているあいだ、わたしは考えをめぐらせていた。

「ねえ、聞いて。いい考えがあるわ。今夜、ヘイリーがフィリップ・ナックマンをうちに連れてくるの。フィリップは家族の歴史を調べていて、パソコンにも詳しいらしいわ。もしかしたら、彼なら手伝ってくれるかも」

「夕食は何?」

「ふたりが中華料理を持ってきてくれるそうよ。フィリップにパソコンを持ってきてもらえるかどうか、ヘイリーに訊いてみるわ。夕食のあと、何かほかの予定を入れているかもしれないし。また、あとで電話するわね」わたしは電話を切りかけて、また言った。「シスター？」

「なあに？」

「ディスクを持っていることは誰にも言わないで」

「もう、マウスったら！」

「わたしは本気よ！」

「わかったってば！　ああ、ヘイリーに鶏のアーモンド衣揚げを買ってきてと伝えて」

わたしはシスターとの電話を切ってから娘にかけた。ヘイリーが一度目の呼び出し音で出ると、わたしはディスクについて説明した。

「いいわよ、ママ」ヘイリーは言った。「フィリップなら喜んで手伝ってくれると思うわ。でも、いちおう確認させて」

ヘイリーはすぐに電話をかけ直してきた。「フィリップは手伝ってくれるそうよ。そのディスクはＩＢＭ用？　それともアップル？」

「ソニーよ」わたしはこのちょっとした情報を覚えていたことが誇らしかった。

「そうじゃなくて、そのディスクはどんな種類のパソコンにあわせてフォーマットされたもの？」

「ちがいがあるの？」

「フィリップにはわからないと伝えておくわ。確か、フィリップがよく使っているのはマックだったと思うの。で、ここでわたしが使っているのはＩＢＭ。だから、両方を持っていくわ」

わたしはヘイリーに礼を言って電話を切った。シスターの言うとおりだ。わたしたちもパソコンを使えるようになったほうがいい。

ウーファーがわたしを待っていた。わたしはポケットに犬用のおやつをいくつか入れて、散歩に連れていった。そして家に戻ると、フレッドの車が私道に入ってきたところだった。顔がほころんでいるところを見ると、何かよい知らせがあるらしい。

「アトランタの女の子たちがすごい注文をくれたんだ」フレッドはウーファーを軽く叩いてから、わたしにキスをした。「『おじさんがとてもすてきだから発注するのよ。奥さんにそう伝えてね』だってさ」

「発注のことは冗談でしょうけど」わたしもうれしくなってキスを返した。「あなたのことはすてきだと思っているはずよ」

フレッドは車のなかに手を伸ばして〈ゴディバ〉のチョコレートの箱を出した。

「きみのために（プール・ヴ）」

「チョコレート！　それも南アラバマなまりのフランス語まで！　たまらないわ」

「そうだろう。さあ、ウーファーを連れていって。寝室で待っているから」

わたしは言われたとおりにした。そして、フレッドも待っていた。ただし、ヘイリーとフィリップがやってきたときには、いかにも節度がありそうな夫婦に戻っていたけれど。

「ママ！」ヘイリーが廊下の向こうで叫んだ。「きたわよ」

「奥に入って」わたしは朝食を食べるテーブルで準備を進め、フレッドは外で鳥のえさ箱にえさを入れていた。

大きな袋から漂ってくる中華料理のおいしそうなにおいに続いて、ふたりがキッチンに入ってきた。

「こんばんは、ミセス・ホロウェル」フィリップ・ナックマンは片手にノートパソコンを持っていた。

「いらっしゃい、フィリップ。パソコンは居間のコーヒーテーブルに置いたら？」

「はい」

フィリップはカーキ色のズボンに、ネイビーブルーとカーキ色のストライプのニットシャツを着ていた。カジュアルな服装のおかげで、結婚式のときより若く見える。けれども髪はゴマ塩頭というよりかなり塩の割合が多く、ニットシャツを着ているせいでお腹が出てきているのがわかった。

ヘイリーは調理台に中華料理の袋を置くと、窓ガラスを軽く叩いて、父親に手をふった。赤いジャンプスーツを着ているせいで、腰がとても細く見える。

「冷蔵庫にビールとワインがあるわ」わたしは言った。

「フィリップ、ビールがいい？」ヘイリーが呼びかけた。

「ありがたい」

「よければ、ワインもあるけど」

「ビールにするよ」

ヘイリーが食器棚からグラスをふたつ出して、両方にビールを注いだ。わたしは仰天して、娘を見つめた。わたしがどんなに文句を言っても、娘はずっと缶から直接飲んでいたのだ。ヘイリーはプレッツェルを皿にのせ（フィリップが袋のまま食べるはずがない！）、グラスと皿をトレーにのせて居間へ持っていった。

フレッドは勝手口から入ってくると、冷蔵庫を開けて缶ビールを取り出した。わたしはグラスを渡した。「理由は訊かないで」

フィリップとヘイリーはソファで身体をくっつけてすわっていた。フィリップは飛びあがるように立ちあがって、フレッドと握手した。

「きみは耳鼻科のお医者さんだそうだね」フレッドは陽気に訊いた。

「ええ、そうです」

「診療時間は五時で終わっているのよ」ヘイリーが警告するような目で父親を見た。

「もちろん、わかっているさ」フレッドはフィリップに笑いかけた。「どうぞかけて、ドクター・ナックマン」

勝手口が開く音がした。「こんばんは！」メアリー・アリスだ。「もう一回外に出てノックしたほうがいい？」

「もちろん、そんな必要はないさ、メアリー・アリス」会社には注文が入り、家に帰れば歓迎され、そのうえヘイリーの恋人が耳鼻科医だと確認できたことで、フレッドの機嫌は最高潮だった。「さあ、入ってくれ」

「こんばんは、シスターおばさん」メアリー・アリスが居間に入ると、ヘイリーとフィリップが言った。ふたりが同時に挨拶したせいでびっくりしたけれど、フィリップがシスターを〝おばさん〟と呼ぶのは当然なのだ。何といっても、シスターはフィリップのおじと結婚していたのだから。結婚生活は十年続いただろうか？　彼はシャワーを浴びているときに心臓発作を起こして死んだんだっけ？　それは別のひと？　いや、やっぱりフィリップだ。世界一きれい好きな男だとシスターが言ったのだから。最後の最後まできれい好きだったと。

わたしはヘイリーより二十歳上で、お腹が出てきているフィリップ二世に目をやった。心臓病は遺伝だというけれど。

「こんばんは」メアリー・アリスはヘイリーとフィリップに投げキッスを送ると、フィリップに三枚の青いプラスチックのディスクを渡した。

「それは何だい？」フレッドが訊いた。

「メグ・ブライアンのパソコンのディスクよ。たぶん」メアリー・アリスが説明した。「あたしの車のグローブボックスに入ってたの。フィリップに読んでもらうのよ」

「もし、読めたらの話ですけど」フィリップはヘイリーのほうを向いた。「IBM用だ。きみのパソコンを使わないと」

「この件には関わらないはずじゃなかったのか」フレッドはわたしに言った。

「マウスじゃないの」メアリー・アリスはソファのフィリップの隣に腰をおろした。「何が入っているのか、あたしが知りたいのよ」

「食事を先にする？　それともディスクを先に見る？」

「一分くらいで終わりますよ」フィリップがビールをヘイリーに渡し、プレッツェルの皿を押しやると、メアリー・アリスはすぐさまひとつかみ取った。フィリップは小さなパソコンを引き寄せ、うしろに手を伸ばして電源を入れた。すると、パソコンがうなり声をあげてブーンという音を出しはじめた。

「どこか、悪いの？」

「いいえ。〝A〟の文字が出てくるのを待っているだけです」まもなくフィリップはパソコンの横側に青いディスクを入れ、何かを入力した。

「いま、何をしているの？」シスターが訊いた。

「〝Directory〟と打ち込んだだけです。うーん」

「どうしたの？」シスターが訊いた。シスターとヘイリーはソファのはしにすわって、パソコンの画面を見つめている。わたしも画面が見られる位置に移動した。

「八個のファイルが入っています。でも、ディスクはほとんど一杯のようですね」フィリップはとても印象的な画面を指さした。「オートエグゼック・ファイルがあって、もうひとつ〝ジニー〟という名前の大きなファイルがあります」

「メグは系譜調査用（ジニアロジー）のプログラムを組み立てているところだと話していたわ」わたしは言った。

「それなら、これが中心的なプログラムで、組み立てていたものでしょう」フィリップはまだふさふさとしている髪を片手でかきあげた。「見てみましょうか。方法がふたつあるんですけど、ソフトブート、ソフトブートして、何が起こるか見てみます」

ソフトブート。シスターとわたしはフィリップがやることを理解しているかのようにうなずいた。フィリップが何かを入力すると、これまでとはまったく異なる画面が現れた。「へえ、見てください。すごいグラフィックスだ」

その頃にはフレッドがわたしの肩の上からのぞいていた。「何をやっているんだ?」

「メグがつくったプログラムを見ているんだけど、どうなっているのかさっぱりわからないわ」

「なーんだ」メアリー・アリスが言った。「このディスクは使えないってこと?」

「しばらく、ぼくが作業しなければならないということです」フィリップが答えた。「ヘイリー、ディスクをもう一枚取って」

フィリップはそのディスクをパソコンに挿入して言った。「よし、今度のはちがいますよ。六十二個のファイルが入っていて、たぶんワープロソフトで作成されています」

「〈ワードパーフェクト〉を使って」ヘイリーが言った。「ハードドライブに入っているから」


フィリップがもう一度何らかの指示を入力した。「よし。これで見られますよ、ご婦人方」

ご婦人方にフレッドも加わったみんなで見ると、それは一月十二日にサウス・カロライナ州リッチバーグの誰かに宛てて書かれた、系譜調査に関する会報を求める手紙だった。

「六十二個のファイルが全部これなのかしら」わたしは言った。

フィリップは肩をすくめた。「これが系譜調査員の仕事ですからね。見つけられるかぎりの資料を残らず当たることが」三枚目のディスクを手にした。「次はこっちを見てみましょう」

画面に新しいリストが映し出された。「よし。このファイルにはすべて〝gen〟の拡張子がついています。きっと、メグが組んでいたプログラム〝ジニー〟でつくったものですよ」

「何が入っているのか見てちょうだい」メアリー・アリスが急かした。

「すぐには見られないの」ヘイリーが辛抱強く説明した。「最初に〝ジニー〟がどうやって動くのか理解しないと」

「手づまりってこと？」

「手紙が読めるわ」ヘイリーはにっこり笑った。

フィリップは一枚目のディスクをもう一度パソコンに入れて、じっと見た。「じつはうちにある大型のパソコンがＩＢＭなんです。ディスクを家に持って帰って、プログラムの動かし方を探ってみましょうか。ぼくもメグがどんなプログラムを組んだのか見てみたいし。そうしたら〝gen〟の拡張子がついたファイルを読めます」

「それなら手紙を印刷して、ママたちに渡すわ」ヘイリーは言った。「そうすれば、半分ずつ読めるでしょ。メグがおばさんに見つけてほしくてグローブボックスにディスクを入れたのなら、何か重要なことが入っているのかも」

「ママは今回のことには関わらない」フレッドが言った。「ママははずしてくれ」

フィリップが何かを入力すると、マンガの罵声のような言葉が画面に映った。

「見て、これ」メアリー・アリスが言った。「あたしのいまの気持ちにぴったり」

10

夕食はとても楽しかった。テーブルの真ん中に中華料理の箱を置き、その箱を順番にまわして料理を取った。でも、ナイフとフォークは〈ローズポイント〉だ。そのほうが行儀よくグラスに注いだビールにあう。ただし、ヘイリーとフィリップは何を食べているのか眼中にないようだった。それはとてもすてきだけれど、落ち着かない光景でもあった。

「彼のおじさんにそっくり」フィリップの車まで歩いていくふたりを見送りながら、メアリー・アリスが言った。

「年をくっているな」フレッドが賛成した。

「あたしのフィリップは《ピープル》の〝最もセクシーな男〟に選ばれたはずよ。あの雑誌のひとたちが彼のことを知っていたら。ああ、それで思い出したけど」メアリー・アリスは、この不穏な情報を理解できずにいるフレッドのほうを向いた。「バディが今度の週末にあなたたち夫婦と一緒にプライベートジェットでニューオリンズへ行きたいと言うの。土曜日の夜に食事をするだけだけど。一時間しか、かからないわ。すっごい飛行機よ。何よりもトイレがすばらしいの。マウス、ヨーロッパに行ったときの飛行機のトイレを覚えてる？　バディのジェット機のトイレは身体の向きが変えられるのよ」

残念ながら、ヨーロッパへ行ったときのトイレのことはよく覚えていると、わたしは答えた。ヨーロッパへ行ったのは、あれが最初で最後だったから。シスターと。向こうにいるあいだに、チェルノブイリ原発が爆発したのだ。それなのに、ちっとも驚かなかったのはなぜだろう？

「トイレにはすわる場所もあって、電話が使えるの。バディはよく電話をかけるんですって。お店は〈ギャラトワール〉でいい？」

「何ですって？」とつぜんレストランの話になったので、わたしはとまどった。

「〈ギャラトワール〉で食べたくない？　あたしはいまでもニューオリンズではあの店が好き。ソフトシェルクラブがたまらないのよね。バディはどこでもかまわないと思うんだけど。彼って、付きあうのがすごく楽な男性よ」

フレッドはとても楽しそうだと承諾した。だが、シスターが帰ると、バディが土曜日まで耐えてくれればいいがと言った。「できるだけメアリー・アリスをバディから離しておけよ」

「おもしろくない冗談だわ」わたしはそう言ったけれど、笑ってしまった。フレッドがまた冗談を言えるようになったのがうれしかった。

その夜、わたしはベッドから出て胃薬を探した。鶏のアーモンド衣揚げとエビチャーハンが胃にもたれている。それでフレッドを起こさないようにソファで本を読み、次に目が覚めたときは八時半だった。シンクに空のシリアルのボウルがあったということは、フレッドはとりあえず朝食を食べて出かけたということだ。コーヒーもいれてポットを〝保温〟にしてある。わたしはコーヒーをすばやく飲むと、辛抱強く待っていたウーファーを散歩に連れていった。

二日まえの雨で花粉は洗い流され、芝が伸びている。近所じゅうに響いている芝刈り機の音がその証拠だ。空に浮かんでいるのは飛行機雲だけで、ヴァルカンは力強い裸のお尻をこちらに向けている。近所のミツィ・ファイザーはもう庭に出て、花の手入れをしていた。

「もうかぶったほうがいいわよ」ミツィは顔に影を落としている大きな麦わら帽子を指さした。

「日焼け止めを塗ってきたから。SPF一〇〇だか何だか、そういうやつ」わたしは塀の向こうに身を乗り出した。「それは何という花？」

「シャクヤクよ、パトリシア・アン。普通の昔ながらのシャクヤク。もう退職したんだから、わたしのやっているガーデンクラブに入りなさいよ。南部に住んでいるのに、シャクヤクも知らないなんて信じられない」

「お恥ずかしいかぎり」ミツィとわたしは顔を見あわせて、にやりとした。

「第三木曜日。わたしは本気よ」

わたしは首をふった。「わたしはシャクヤクを知らないだけじゃなくて、カラジウムとクワズイモの区別もつかないの。みんなに追い出されちゃうわ。あなたが恥をかくのが落ちよ」

「そうかも。とんでもない噂が立ちそうね」ミツィは麦わら帽子を取って、袖で額を拭った。

「もうすっかり暑くなったわね。七月になったらどうなるのかしら」

「暑さについて考えないようにするのよ」わたしは脚に絡めていたウーファーの引き綱をはずした。

「アーサーもフレッドも引退すれば、夏は一緒に涼しいところに行かれるのに」

「確かに」

「でも、そんな可能性はこれっぽっちもなさそうね」

「すぐには」ウーファーは辛抱強くわたしの足の上で伏せをして待っている。「ねえ、フィリップ・ナックマンを覚えている？」

「メアリー・アリスの二番目のご主人？　ええ、すてきな男性だったわよね。どうして？」

「彼の甥のフィリップ二世がデビーの結婚式で花嫁の父親役をつとめたの。その話はしたと思うけど、覚えている？　まあ、それはともかく、ヘイリーはそのフィリップのことが好きみたい」

「まあ、よかったじゃない、パトリシア・アン！　トムが亡くなってから、ヘイリーはずっと落ち込んでいたから」

「わたしもよかったとは思うのよ。ただ、フィリップはヘイリーより二十歳も上なの」

「だから？　あなただって気に入っているんでしょ？」

「ええ、とても。奥さんを亡くしていて、お子さんたちはもう大きいの。耳のお医者さんだい」

「耳鼻咽喉科のお医者さまなの？　最高じゃない！　ヘイリーに結婚するよう伝えてちょうだい」

「その点はフレッドも喜んでいるわ」ミツィと微笑みあった。

「フィリップもヘイリーに夢中なの？」

「だと思うけど」

「それならいいじゃない。そんなに年の差が気になる？」

「うーん、ヘイリーと同世代なら年を取っても一緒に生きていけるのにってね」

「トムは同世代だったわ」ミツィが言った。「保証なんてないのよ、パトリシア・アン」

「そうよね」わたしが足を動かすと、ウーファーが立ちあがった。「ありがとう、ピール先生」

「あなたのためなら、ノーマン・ヴィンセント・ピール先生になって話を聞くわよ。いつでもね」

散歩を終えたときには心が軽くなっており、わたしはウーファーにおやつをやると、小さなソーセージをボウルに入れて腰をおろして新聞を読みはじめた。失敗だった。二秒でまたたく間に憂鬱になった。新聞の一面には射殺事件三件、航空機の墜落、それにインターステート五九号線での玉突き事故が載っていた。わたしは新聞を置いて、テレビで『ザ・プライス・イズ・ライト』を見た。数分もすると、気分がよくなった。司会のボブ・バーカーはミツイと同じように、わたしの気分を盛りあげてくれる。〝バッカー美人姉妹のひとり〟とTシャツの胸に書いてある太ったおばあさんがレクサスを勝ち取る頃には、すっかり元気になっていた。

「世界情勢がひどすぎるのよ」わたしはシャワーを浴びにいった。

バスルームから出たときには、留守番電話に三件のメッセージが入っていた。家の修繕を請け負いたいというどこかの会社と、話したいことがあるジョージアナ・ピーチと、ボニー・ブルーとお昼を食べるから、きたければきてもいいというシスターだ。

わたしは修繕会社のメッセージは消したが、ジョージアナのメッセージはもう一度聞き直した。かぼそい声は緊張して震えているようで、体調が悪いかのようだった。わたしはジョージアナが残した番号にかけ直したが、応答したのは留守番電話だった。行きちがいだ。

メアリー・アリスにかけ直すと、土曜日の夜のために新しい服を買いに〈大胆、大柄美人の店〉に行くのだけれど、あんたも新しい服が必要よと言う。

「わたしは赤いスーツを着るわ」

「あの赤いスーツはお尻のところがテカってるし、肩パッドが大きすぎ。もう、あんな大きな肩パッドがついた服を着ているひとはいないわ」

「〝着ているひと〟はいないかもしれないけど、わたしは着る」

「あたしたち、どっちも感じがよくないわよね。結婚式に着てきた服はどう？」

「かしこまりすぎるわよ。言ったでしょ。赤のスーツを着るって」

「わかった。しょうがないひとね」少し間が空いてから、メアリー・アリスが続けた。「ボニー・ブルーとは〈ブルームーン〉でお昼を食べるの。迎えにいったほうがいい？」

「きょうの午後は忙しいの」本当のことを言えば、腹が立っていた。赤いスーツの何が悪いのよ。

「何をする予定？」

「約束があるの」嘘だ。

「お医者さん？　マウス、具合が悪いの？　どこが痛いの？」シスターの声はひどく心配そうで、わたしは良心が痛んだ。ほんの少しだけ。

「お医者さんじゃないわ。身体は何ともないの」

「それじゃあ、弁護士？　何か厄介なことに巻き込まれた？」

「いいえ。どんな問題も抱えていないわ。ただ図書館に行くだけ」正直に言った。

「図書館で約束があるの？　図書館でどんな約束をしているのよ？」

「プログラムの話をしようと思って」これも嘘だ。頭に真っ先に浮かんだことを口にしただけだ。

「プログラムって何の？」

ああ、もう。シスターに嘘をつくと、よけいに厄介になるだけだと、いつになったら学習するのだろう。六十年ではまだたりないらしい。

わたしは何とかシスターを納得させて、絡まった糸から脱出した。そしてお昼のためにピーナッツバターとバナナのサンドイッチをつくり、きのうメモした紙を持ってサムフォード大学の図書館へ向かった。

チアリーダータイプのエミリーは、きょうは《ハウス・ビューティフル》を読んでいた。エミリーはわたしに気づくと、ミズ・マーフィーはきょうもきていて、閲覧室にいると教えてくれた。ミズ・マーフィーをお呼びしますか？

わたしはエミリーにお礼を言い、その必要はなく、これからモンゴメリー郡部門で調べ物をすると伝えた。

「わかりました」エミリーは身を乗り出し、巨大なマホガニーのテーブルに飾られた華麗なジョージ王朝風の花を描いた絵を指さした。「お好きでしょう、ミズ・ホロウェル？」

「ちょっと凝りすぎかしら」

「うーん、そうですか」エミリーは絵をじっくり見た。「わたしはけっこう好きなんですけど」

どこかの若い男性は財布のひもを締めたほうがよさそうだ。

わたしはきのう作業した場所を見つけると、テーブルにノートを置いた。するとひとつ向こうのテーブルでカミール・アチソンが本を読みふけっているのが見えた。わたしは彼女の正面の席にすわり、自分の行動に自分でも驚いた。

カミールはわたしを冷ややかに見て、また視線を本に戻した。

「メグ・ブライアンについて教えて」わたしは小声で言った。

「あなた、誰?」グリーンの目が値踏みするように見た。

「パトリシア・アン・ホロウェルです。土曜日の姪の結婚式にいらっしゃいましたよね」

「ああ、ええ。デビーは交響楽団協会のために無料で仕事をしてくれたから。わたしはそこの理事なの。デビーはとてもいいひとだわ」

「ええ、とても。メグ・ブライアンはどうかしら?」

「恥知らずね。結婚パーティーのときもそう言ったし、その考えはいまでも変わらない。自殺したんですって? 当然よ。正直に言うと、もしも度胸があったら、わたしが窓から突き落としたかったわ。でも、そんな度胸はなかった」カミール・アチソンの冷ややかな表情は変わらなかった。「それで、答えになった?」

「メグはあなたの家族の歴史を調べていたのよね?」

「結果は最悪だったけど」カミールの顔が真っ赤に染まった。「自分で悪影響を抑えられたのは幸いだったわ」もう一冊、本を出した。「もういいかしら、ミセス・ホロウェル」

わたしは立ちあがってもとのテーブルへ行きかけて、もう一度ふり返った。「ごめんなさい、あとひとつだけ」言いながら、『刑事コロンボ』を思い出した。「本当はメグが自殺したとは思っていないんでしょう?」

カミールがグリーンの目を険しく細めた。「自殺じゃないことを祈るわ。殺したいと思っているひとがいて当然だもの」

これで訊きたかったことを訊き、答えも得られた。わたしはもうひとつのテーブルへ戻ってノートを開いた。ノア・ホロウェルとウィノーナ・ヒューズ・ホロウェル。ふたりに関する資料を読むことも、ふたりが人生でしたことを目にするのも楽しかったが、自分がカミール・アチソンのように取り憑かれたように熱中する姿は想像できなかった。〝食うか食われるかの世界〟メグ・ブライアンの言葉が頭でこだました。

わたしは作業に取りかかった。《モンゴメリー・ニュースペーパー》の死亡欄では、南北戦争のあいだに、オスカー・ホロウェルとジェイムズ・ハロウェルとバーナード・ハロウェルの名前を見つけた。オスカーはアンティーテム運河で死亡。ジェイムズとバーナードは近隣の住民の怒りを買って殺されていた。意外なことに、この死亡原因は多く、当時はこうした争いが珍しくなかったらしい。ジェイムズとバーナードの名前は〝ホロウェル〟ではなく〝ハロウェル〟となっていたが、とりあえず書きとめておくことにした。

「ホロウェル先生、お探しのひとが見つかりましたか？」キャスティーン・マーフィーがニットのワンピースを着て隣に立っていた。ワンピースのサンゴ色が肌を輝かせるだけでなく、身体の曲線を強調している。確かに、キャシーは〝成長〟していた。

「きょうは、いっそう決まっているわね」わたしは言った。

「ありがとうございます」歯も真っ白だ。「何か、お手伝いしましょうか？」

わたしはハロウェルという名前の男たちを指さした。「少しちがうんだけど」

「そのくらいのちがいだと、一世代か二世代まえに共通の先祖がいる可能性があります」

「おもしろいわね。このふたりは南北戦争じゃなくて、ご近所との諍いで亡くなったらしいわ」

「当時は政治に対する考え方のちがいで、尋常じゃない暴力沙汰が起こったようです。ふたりは北軍の味方をしたのか、あるいは味方をした誰かをかばったのかもしれませんね」

「暴力沙汰なんて、現代のことかと思っていたけど」

「歴史を学んでいると、そうでもないですよ」キャシーは身ぶりで合図してきた、近くのテーブルの男性に手をふった。「依頼人のひとりです。ちょっと話を聞いてきますね」

「今週、ジョージアナ・ピーチに会ったの。あなたの名刺を見たら、彼女の会社で働いているようだったから」

「ジョージアナはやさしいひとです。ただ、きょうは体調が悪くて休んでいて、まだチャールストンにいます。それに、パートタイムで手伝ってくれていた女性が病気の親戚の介護で急に辞めることになって。それで、わたしがあちこち駆けまわっているんです」

「ジョージアナの具合がひどくないといいけど」

キャシーは首をふった。「きっと、ただのウイルス性のものだと思います」

エイズもウイルス性の病気だけれど、指摘はしなかった。わたしは記録に戻り、オスカー・ホロウエルの妻がノヴァリーン・テイトだとわかった部分からまた読みはじめた。ノヴァリーンがわたしのひいひいおじいさんの姉か妹だったら、フレッドとわたしは遠い親戚なのかもしれない。南部ならあり得そうな話だ。わたしはノヴァリーンについて調べることとノートに書いた。この名前なら探すのは難しくないはずだ。

しばらくすると頭が痛くなりはじめたので、モンゴメリー郡の一八五〇年の人口調査記録を閉じて身体を伸ばした。そして腕時計に目をやり、もう三時半近くになっているのを見て驚いた。あたりを見まわすと、わたしが入ってきたときとほとんど変わらないひとたちが熱心に作業している。勤勉なひとたち。だが、カミール・アチソンはもう帰ったのか、あるいはわたしのそばを避けたのか、そのどちらかのようだった。

キャシーの姿もない。おそらく〈ザ・ファミリー・ツリー〉に戻ったのだろう。エミリーは年配の紳士の背中からのぞきこむようにして、本を指さしている。おじいさんはうれしそうだった。

きょうの陽射しは暖かい。夕食はカンタロープとチキンサラダにしよう。それと〈シスター・シューバート〉のオレンジロール。わたしはお腹を鳴らしながら〈ピグリー・ウィグリー〉へ向かった。ピーナッツバターのサンドイッチはもうとっくに消化されている。

そんなわけで、わたしはキッチンに入るとき、エンジェルフード・ケーキを口に詰めこんでいた。デザートにするつもりだったけれど、お腹がへっているのだから仕方ない。そのとき電話が鳴り、買い物袋を置いた。

「もしもし」何とかがんばって声を出した。

「パトリシア・アン？」

ジョージアナの震える声が聞こえてきた。

「まあ、ジョージアナ」

「何だか声がちがうみたい」

「ケーキが口に入っているの。ちょっと待ってて」わたしはケーキを飲みこんだ。「もう平気。今朝は留守にしていてごめんなさい。具合はどう？」

しばらく沈黙が続いた。「わたし、おかしくなっているのかもしれない」

「何ですって？　どうして、そう思うの？」声の調子からジョージアナが本気で言っていることも、ひどく怯えていることも伝わってきた。

「お宅にうかがって、少し話してもいい？　助けが必要なの」

「病院に行ったほうがよくない？　わたしが付き添うから」

「そうかもしれない。でも、そのまえにあなたのところへ行ってもいい？　メグのことなの」ジョージアナは付け加えた。

「運転できそう？」

「数分で着くわ」

わたしは食品をしまい、鶏胸肉をサラダにするために茹ではじめた。ジョージアナがおかしくなった？　メグのことで？　わたしはエンジェルフード・ケーキをちぎって口に入れた。

呼び鈴が鳴ったときには、動揺しているジョージアナ・ピーチを迎える覚悟はできていた。けれども十歳も年を取り、顔が蒼白でやつれ、見るからに具合が悪そうな女性を目にする覚悟はできていなかった。

「入って」わたしはジョージアナの細い腕を取った。「ここまで運転してくるなんて。あなたの家まで行ったのに」

「だいじょうぶよ」ジョージアナは弱々しく言った。「ブランデーはある？」

「バーボンなら。それから、ワインも」

「バーボンがいいわ」ジョージアナは居間のソファによろよろとすわり、指先で額を押さえた。「ストレートで」

わたしは急いでキッチンに入り、バーボンを持ってきた。トリニティと同じように、ジョージアナはグラスを上に向けると、ひと息でバーボンを飲みほした。

「ありがとう」ジョージアナは小声で言った。「すぐに具合がよくなるわ」

「お医者さまのところへ行く？」

ジョージアナがグラスを掲げ、わたしはバーボンを注ぎたした。こんなにしょっちゅう、うちのソファで年配の女性が倒れたら、五本目の〈ジャック・ダニエル〉の黒を買っておいたほうがいいかも。

ジョージアナは今度はバーボンをひと口飲んでは、グラスが水晶玉であるかのようにのぞきこんだ。「誰かが残酷な冗談でわたしをからかうの。ぞっとするほど残酷な冗談よ。それとも――」またグラスをのぞきこんだ。「わたしは死んだひとと話せるのかも」

わたしはジョージアナの隣にすわった。「いったい、何の話？」

ジョージアナはため息をついた。「きのう、具合が悪くなったの。たぶん、サウス・カロライナの会議でウイルス性胃腸炎か何かに感染したのよ。とにかく——」身体をぶるりと震わせた。「わたしは留守番電話をセットして、一日ほとんど寝ていたわけ。それでゆうべは、メッセージを確認するのを忘れていた」

沈黙が続き、わたしはとうとう促した。「それで？」

「今朝になっても胃の具合は悪かったけど、人手不足だから会社に出る必要があった。それで玄関に歩きかけたところで、留守番電話のことを思い出したの」ジョージアナはグラスに残っていたバーボンを一気に飲んで、小さく咳をした。そして、またしばらく黙りこんだ。

「それで？」わたしはふたたび言った。話を聞き出すのがたいへんだった。

「メグからメッセージが入っていたの。『助けて！』って」

「メグ・ブライアン？」

ジョージアナの目に涙が浮かんだ。「言ったのよ、『助けて！』って」

「ちょっと待って」わたしは何とか論理的な説明をつけようとした。「出張から帰ったとき、留守番電話は確認した？　あなたが出張に出ているあいだに、メグが残したメッセージかもしれない」

ジョージアナはうなずいた。「メッセージはきのう録音されたものよ」

「それなら、声を聞きちがえたのよ」

「あれはメグだった」ジョージアナはエンドテーブルに置いてある電話機に手を伸ばした。

「あなたにも聞こえるかどうか試してみて」暗証番号を入れて耳をすませた。「はい」受話器を差し出した。

「土曜日の十二時三十分」女性の声が告げた。「こられなかったら電話して」次のメッセージに切りかわり、小さいし焦っているようだが、とてもはっきりした声が聞こえた。「助けて！」

わたしはあまりにもびっくりしたせいで、受話器を落としそうになった。

「聞こえた？」ジョージアナが言った。「本当にひどい。残酷ないたずらよね。だって、幽霊は機械にメッセージを残したりできないでしょう？」

「もう一度聞くにはどうしたらいいの？」

「四を押して」ジョージアナはバーボンの瓶に手を伸ばし、もう一杯注いだ。「あなたにも声が聞こえて本当にほっとしたわ。かわいそうなメグが惨い死に方をしたせいで、天国とこの世のあいだでさまよっているのだとしか思えなかったから。『嵐が丘』でキャシーが荒地をさまようみたいに。わたしに助けを求めながら、『ジョージアナ！　ジョージアナ！』って」

わたしは四を押して、ジョージアナの手が届かないところにバーボンの瓶を遠ざけた。

「助けて！」声がささやいた。

「メグの声にそっくりでしょ？」ジョージアナは泣きだした。「誰がこんなことをしたのかしら」

「こんなことをしたって、何のこと?」メアリー・アリスが〈大胆、大柄美人の店〉とパリジャン百貨店の袋をたくさん抱えて、居間の戸口に立っていた。「ジョージアナ、どうしたの?」

「これを聞いて」わたしは四を押してからシスターに受話器を渡した。シスターは買い物袋をソファに置いて受話器を受け取った。

そして耳にあてた。ジョージアナとわたしはじっとシスターを見つめた。「誰を、どう助けたらいいの?」メッセージを聞き終えると、シスターが言った。

「誰の声かわからない? メグ・ブライアンよ」ジョージアナが説明した。

「本当に? メグは何をしてもらいたかったの?」

「ぜんぜんわかってないわ」わたしは買い物袋をひろいはじめた。「このメッセージはきのう録音されたのよ」

「それじゃあ、メグじゃないわよ」シスターはジョージアナのほうを向いた。「メグだって言ったのはあなたでしょ」

「最初はそう思ったの。『嵐が丘』のキャシーみたいに、メグが『ジョージアナ! ジョージアナ!』って呼びながら天国とこの世のあいだをさまよっているんだろうって」

シスターはバーボンの瓶をちらりと見た。「ねえ、ジョージアナ、たぶん間違い電話よ。それに『嵐が丘』のキャシーが呼んだのは『ヒースクリフ!』よ」

「わかってるわ!」

「でも、メグの声に似ていた」わたしは言った。

「ばかばかしい！　ふたりともこんなところにすわって、想像力を働かせすぎるから」シスターはパリジャン百貨店の包みを手にした。「マウス、いいものを買ってきてあげたわよ。あのお尻がテカテカの赤いスーツを着ていくと言い張るなら、このスカーフをすればバッチリだから」スカーフを虹のように椅子にかけた。「それに、ブラウスも二枚買ってきたから。サイズは六のプチよね。そうでしょう？」

ジョージアナはほかの話をする気分ではないようだった。「誰がこんないたずらをしたのかしら」前かがみになり、腹のまえで腕を組んだ。

「警察に話したほうがいいかもしれない」わたしは一枚目のブラウスを手にした。ところどころに赤とネイビーブルーの色がちりばめられた、オフホワイトの美しいシルクのブラウスだ。「とてもきれいだわ、シスター」

「そう思ったのよ。あの赤いスーツに映えるわよ」メアリー・アリスはジョージアナの隣に腰をおろした。「ジョージアナ、電話をかけてもう一度聞かせて」

シスターが受話器を耳にあてているあいだ、わたしは二枚目のブラウスに見とれた。セージグリーンのシルクで、これまでは赤に似あう色だとは思っていなかったけれど、見た瞬間に最高の組みあわせだとわかった。そして値札を見た。「ちょっと、もう！」

シスターは片手をあげて黙るようにと合図した。「ちがうわ」電話を切って断言した。「きっと、あの映画みたいに、子どもがあちらこちらに電話してまわっているだけよ。ほら、男が誰かを殺して、ほかのひとたちに現場を見たぞと言われる映画」

「本当にそう思う？」ジョージアナは額をもんだ

「最初に声を聞いたときは、メグは死んでいなくて、わたしに助けを求めているんだって思ったの。それであわててしまったのよ。でも、メグが危ない目にあっていて電話をかけられる状況なら、わたしではなくて九一一にかけるだろうって自分に言い聞かせた。そのあと、この声がわたしにしか聞こえないなら、メグの魂がこの世から離れられずにさまよっているのだと考えたわけ」

シスターがわたしの目を見た。「マウス、コーヒーはある？」

「オレンジロールもあるわよ」

「いいわね。ジョージアナ、コーヒーとオレンジロールを持ってくるわ。いい？」

ジョージアナはまだ額をもみながらうなずいた。シスターはわたしのあとからキッチンへ入ってきた。

「どう思う？」シスターが小声で訊いた。

「何のこと？」

「メグの声だと思う？」

「わかるはずないじゃない。ちがうって言ったのはシスターでしょう」

「でも、メグの声ってことがある？」

「ないわね」

「そうよね。じゃあ、この件はおしまい。コーヒーメーカーのスイッチを入れたら、ブラウスを着てみて」

「あんな高いものは買えないわ」

「あたしは買える。土曜日の夜は野暮ったい格好をしてほしくないのよ」

「自分が優雅に着飾るから」

わたしたちが居間に戻ると、ジョージアナ・ピーチはソファで横になっていびきをかいていた。わたしは毛布をかけた。

「あんたって、変なひとを引きつけるわよね、パトリシア・アン」わたしの両手はシスターに買ってもらったブラウスでふさがっていたので、殴りつけるのは無礼だと考えた。

11

　フレッドから電話があり、〈Aテレビ〉から急ぎの注文が入り、アテネ運送が製品を引き取りにくるまで帰れないと言う。

「何時に帰ってくるの？」わたしは訊いた。

「また、あとで電話するよ。ジョージに〈サブウェイ〉でサンドイッチか何かを買ってきてもらうから」

「あなたにはターキーで、マヨネーズは少なめにするよう頼んでとジョージに言ってね。もし、あるなら無脂肪で」

　ベッドのはしにすわっていたシスターが目を剝いた。「ちょっと、パトリシア・アン」わたしが電話を切ると、言った。「〝あなたにはターキーで〟」わたしの声をまねた。

「黙って」

「〝マヨネーズは少なめにするよう頼んで、あるなら無脂肪で〟」

　わたしは歯ブラシを投げつけた。メアリー・アリスは避け、歯ブラシは壁にぶつかった。

「見てみなさい」シスターが言った。「漆喰がはがれたじゃない」

「わたしがやったんじゃないわ」わたしはブラウスを着るために眼鏡をはずした。「そうでしょ？」

「はがれたのはちょっとだけよ。セージグリーンのほうを先に着てみて」

「高すぎるわ」文句は言ったけれど、手はもう伸びていた。

シスターがベッドの上で身体を伸ばした。「夕食は何？」

「チキンサラダよ。食べていって」ブラウスを頭からかぶった。「ドライクリーニングじゃないとだめね。高いクリーニング代を払うのっていやなのよ」

「汗をかかなきゃいいわ」

「おふたりさん？　そこにいるの？」ジョージアナの声が廊下から聞こえた。

「奥にきて。寝室にいるから」シスターが答えた。

ジョージアナがわたしのブラウスのような顔色で戸口に立った。

「バスルームは向こうよ」わたしはあわてて指さした。

ジョージアナが背中を丸めて消えていった。

「〈ジャック・ダニエル〉を見張ってないと」シスターが言った。

「ウイルス性の病気なのよ」

「まきちらさないでくれるとありがたいわ」シスターがブラウスを見た。「いいじゃない。胸のドレープが好きだわ。あんたでもおっぱいがあるように見える。ジャケットも着てみて」

わたしは仰せにしたがった。

「次はもう一枚のブラウス」

今度も仰せにしたがった。ジョージアナがバスルームからよろよろと戻ってきた頃には、どちらのブラウスももらうことにした。一枚は母の日のプレゼントで、もう一枚は株主総会か何かでシスターが来月ラスベガスに行っているあいだに猫のバッバの様子を見にいくことへのお礼にしてもらえばいい。わたしはそうシスターに伝えた。

「どうして、たんなる……親切心だと呼びたくないのか、理解に苦しむわ」

わたしはシスターの足をつかんで、ぎゅっとつぶした。思いきり強く。メアリー・アリスは悲鳴をあげた。

「喧嘩しているの？」ジョージアナがまた戸口に立っていた。

「いいえ」ふたりで同時に答えた。

「気分はよくなった？」わたしは訊いた。

「だいぶね。でも、すぐに帰ったほうがよさそう。お騒がせしちゃってごめんなさい。あの声を聞いたときどんな気持ちになったか、とても説明できないくらいだったの」

「わたしも震えあがったもの」わたしは言った。

「いたずらよ」メアリー・アリスは立ちあがり、わたしがつぶした足におずおずと体重をかけた。「家へ帰って、胃腸薬でも飲んで、ぐっすり寝ることね」

「ええ、そうね」

「送っていきましょうか？」

「だいじょうぶ」

わたしは居間からジョージアナのハンドバッグを取ってくると、メアリー・アリスと一緒に玄関まで送った。

「教え子があなたの会社で働いているの」ジョージアナに言った。「キャシー・マーフィーよ。きのう、サムフォード大学でキャシーに働いてもらえて幸運だわ」ジョージアナはてのひらで額を押さえた。「ここ数日、わたしが出張だったり体調を崩したりしたせいで、キャシーはふたり分働かなくてはならなかったの。それに、もうひとりの会社を手伝ってくれていたハイジ・ウイリアムズが急に退職することになって。親戚がとつぜん倒れて。こういうとき、メグを頼りにしていたんだけど」

「明日になれば具合がよくなるわ」わたしは言った。「しっかり寝て」

「そうね。ありがとう」ジョージアナは歩道を歩いていった。

「胃腸薬は〈ペプトビズモ〉が効かなければ〈エメトロール〉を飲むといいわ」シスターが叫んだ。

ジョージアナがうしろを向いて手をふった。

「だいじょうぶだと思う？」わたしは不安だった。

「もちろん」

けれどもジョージアナは車まで歩いていくあいだもふらついており、とても安心はできなかった。「わたしがジョージアナの車を運転するわ。シスターも車でついてきて」わたしはジョージアナの名前を呼んで走っていった。

ジョージアナのアパートメントまでは遠くなかったが、代わりに運転することにしてよかった。ジョージアナは助手席で震えており、わたしは医者に診てもらったほうがいいのではないかともう一度尋ねた。

「だいじょうぶだから」ジョージアナは言い張った。「ただのウイルス性胃腸炎よ。それに胃が悪いときに考えなしにバーボンを飲みすぎたせいね」

「わたしが飲ませたのが悪いのよ」罪悪感、ああまた罪悪感。

ジョージアナはアラバマ大学バーミングハム校近くの新しい住宅街に住んでいた。一階がオフィスで二階が住居になっている魅力的なテラスハウスだ。それに、とても実用的。

「以前からこういうアパートメントに憧れていたの」わたしは歓声をあげた。

「とても便利よ。階段をおりていけば、職場に着くんだもの。アラバマ大学バーミングハム校の図書館にも近いし、ダウンタウンの図書館に行きたければ二十番通りの路面電車に乗ればいい」ジョージアナはテラスハウスの各戸の駐車スペースがある広い路地に入るよう、わたしに指示した。メアリー・アリスの車もうしろに停まった。

「どんなにお礼を言ってもたりないわ」ジョージアナが言った。

「いいのよ」わたしはジョージアナに車の鍵を渡した。「また、連絡するわね」

「お医者さんに診てもらったほうがいいんじゃないかしら」メアリー・アリスの車に乗りこむと、わたしは言った。

「ジョージアナの手足を縛って大学病院の救急救命室に引きずっていくのを手伝えってこと?」

「黙って。こういうアパートメントっていいと思わない? 一階にオフィスがあるなんて」

メアリー・アリスはうなずいた。「確かに、すてきね」

「ずっと、ちょっとした商売をはじめたいと思っていたの」

「商売って、どんな?」

「さあ。家庭教師サービスとか、編集とか、わからないけど。三十年働いてきたから、いまだに喪失感が抜けないのよ」

「ボランティアの授業をふやせばいいのよ」

「そうかも」

ヴァルカンの横を通って山を越えているあいだ、わたしたちはどちらも静かだった。わたしはヘイリーとフィリップのことを考え、パソコンのディスクで何か見つけただろうかと思った。それからデビーとヘンリーと、おとぎ話のような結婚式のことを。ゲロゲロ・ルークのことも思い出した。簡単な手紙を書いて、会えてうれしかったと伝えよう。何といっても、親戚にはちがいないのだから。

「双子は元気にしている?」わたしはシスターに訊いた。「デビーを恋しがっていない?」

「元気よ。あたしが毎日行って一緒に時間を過ごして、いいおばあちゃんをしているもの。リチャルデーナを休憩させるために。きょう、フェイが〈バジービー〉の引っぱりまわすおもちゃでメイを叩いて、頭にコブをつくらせたの。それで〝反省タイム〟を取ったんだけど。遊びに戻ったとたんに、メイがやり返したってわけ。それでフェイにもコブができて、また見分けがつかない双子に戻ったわ」

「姉妹は喧嘩しないものだって、ちゃんと説明した？」

「もちろん、したわよ」メアリー・アリスは真剣に答えた。

車がわたしの家がある通りに入ると、あたりの庭には白いハナミズキの花が咲いていた。

「あたしが何を考えているか、わかる？」シスターが訊いた。

「なあに？」わたしは早春の黄昏どきの穏やかな風景に見とれた。

「あの電話の声は本当はメグだったってこと」

わたしは何も答えなかった。ときおり、わたしさえ静かにしていれば、シスターの放った言葉がそのまま蒸発してなくなることがあるのだ。

だが、今回はちがった。

「マウス、聞いてる？」

「ええ、残念ながら」

メアリー・アリスはわが家の私道に車を入れて停めた。「で、あんたはどう思う？」

「シスターがついにおかしくなったと思っているわ。ずっと誰かのいたずらだって言い張っていたじゃない」

「ジョージアナを動揺させたくなかったからよ。それに、ずっと考えていたんだけど」メアリー・アリスは車のドアを開けた。「さあ、車から降りて。チキンサラダを食べましょうよ。八時に美術館の理事会があるのよ」

わたしは六十年間やってきたように、メアリー・アリスのあとを歩いた。

「ちょっと待って。いったい、何の話？」

わたしたちはキッチンに入った。シスターは重いハンドバッグを椅子にかけると、別の椅子を引き出してすわった。

「あんたが夕食の支度をしているあいだに、ずっと考えていたことを話すわ」

「わかった。聞かせて」

「メグ・ブライアンはまだ生きているのよ」

わたしは手を洗ってペーパータオルでふいた。

「それじゃあ、裁判所で死んだのは誰？」

「ホームレスの女ね。誰からも探されないことを殺人犯は知ってたわけ」

「なるほど」わたしは冷蔵庫から鶏肉とセロリを出した。「じゃあ、判事はどうやってメグだということにできたわけ？」

「その女性は十階から落ちたんでしょう？」

「メグのハンドバッグと服は？」

「ホームレスの女が盗んだのよ」

「そのとき、たまたま殺人犯が通りかかったわけね。ハンドバッグと服を盗んでいたときに」

「そうよ。で、メグを誘拐したの」

わたしはセロリを刻んだ。「どうして？」

「メグの系譜調査プログラムを盗んで〈マイクロソフト〉のビル・ゲイシーに大金で売り払うためよ」

「ゲイツよ、シスター。ビル・ゲイツ。ゲイシーは連続殺人犯よ」

「そう、ゲイツよ。母親思いのやさしい青年だったのよね。いやね、パトリシア・アンったら。誰のことかわかっているくせに」

わたしはマヨネーズを加え、イタリアン・シーズニングミックスをふりかけた。「殺人犯はメグをどこに連れ去ったの？」

「ヴァルカンの足もとの丘に洞穴があるのを知っているでしょ？　若い子やドラッグの売人が入らないように警察がふさいだんだけど、テレビで見たかぎりでは、まだ簡単に入れるのよ。誰かを隠すには最適な場所だから、きっとあそこに連れていったのよ」

「洞穴に電話があるの？」

メアリー・アリスはしばらく考えてから答えた。「誘拐犯がポケットに入れていた携帯電話を使ったのよ。犯人が眠っているあいだに、そっと取って」

「シスター、あなたって賢い」

メアリー・アリスはにっこり笑った。

わたしはテーブルにチキンサラダを運んだ。「アラバマ大学の小説クラスを受講したんでしょ？」

「デビーから聞いたの？」

「聞かなくたってわかるわよ」ふたり分の皿とフォークを並べ、シスターと自分のあいだにクラッカーの袋を置いた
「ねえ」わたしは椅子を引いて、腰をおろした。「その筋書きには大きな難点があるわ。もしプログラムのありかを話していたら、メグはもう殺されている。でも、話していないとしても、メグは殺されている」

メアリー・アリスはスプーンを使ってサラダをたっぷり取った。「何もかも完璧にはいかないものよ」

わたしがひと口もサラダを食べないうちに、電話が鳴った。かけてきたのはヘイリーで、ワープロソフトのファイルをすべて印刷したが、どれもただの手紙で、フィリップはまだ系譜調査プログラムの作業に取りかかれていないという。

「何か、おもしろそうな手紙はあった？」わたしは訊いた。

「まったく。系譜調査の関係者宛の手紙ばかりだから」少し間が空いてから、ヘイリーが続けた。「たとえば、いまいちばん上にあるのは〈サザンヒストリカル・プレス〉宛で目録を

求めているわ。次はメグが加入しようとしていた〈ヘリテーズ・クエスト〉という団体宛。全部、そんな感じ。持っていったほうがいい？　フィリップと映画に行く予定だから、途中で寄ってもいいけど」

「そうね、お願い。映画は何を観るの？」

「さあ、知らない」くすくす笑う声が聞こえる。

「うちの娘はいま恋に夢中よ」電話を切ってからメアリー・アリスに伝えた。

「夢中になれるひとがいるなら、それが最高の相手よ」

「そうね」わたしは腰をおろして、やっとチキンサラダを口にして考えこんだ。「あの子、だいじょうぶよね？　フィリップと付きあって。トムを亡くしたことで、ヘイリーも死んでしまいそうだったから」

「だいじょうぶよ」メアリー・アリスはもう一度チキンサラダに手を伸ばした。「あたしのフィリップは世界一やさしくて、穏やかなひとだった。ベッドで愛しあっているときだって『メアリー・アリス、もっとやさしく。もっとやさしくしてくれ』って。フィリップ二世も同じタイプよ」

「そんな話までしてくれて、どうもありがとう」わたしは言った。

「どういたしまして」

カエルの面に水とはこのことだ。

「すごく退屈よ」ヘイリーは大きな茶封筒を差し出した。「ざっと見ただけで居眠りしそうになっちゃったくらい」

「ありがとう。何の映画を観にいくのか、わかった？」

「ビデオを借りることにしたわ。フィリップはよくレンタルで古い映画を観るの」

それはそうだろう。フィリップは古い映画のほうがよくわかるだろうから。でも、そんなことは言わなかった。「楽しんでいらっしゃい」

わたしは封筒を持って居間に入ると、じっくり読むためにソファに腰をおろした。最初の手紙は昨年十月の日付で、アイルランドの協会の資料の第九巻を注文するものだった。これは何も問題なし。二通目は日付は同じだが、系譜調査協会図書館のソルトレイクシティへのクリスマス調査ツアーに関する情報を求める手紙だった。そして次はジョージア州コウェタ郡にある判読不能の墓碑のリストを求めるもので、意味がわからなかった。判読不能なら、どうやってリストにするの？　メグは詐欺か何かの調査をしていたのだろうか？　その手紙はわきに置いて、次の手紙を読んだ。

それはアラバマ州ポイントクリアの墓地に祖先が埋葬されている女性に宛てた手紙で、ドイツ系の名前のつづりについて尋ねている。まぶたがどんどん重くなってきた。

そのとき電話が鳴って目が覚めた。わたしは腕時計に目をやった。九時だ。フレッドにちがいない。

だが、ちがった。「パトリシア・アン？」聞きちがえようのないトリニティ・バッカリューの声だった。

「今晩は、トリニティ」

「パトリシア・アン、ジョージアナ・ピーチの具合がひどく悪いの。死んでしまうかも」

「何ですって？」わたしはまだ半分眠っていた。「ジョージアナが？　彼女なら、午後はうちにきていたのよ。シスターと一緒に家まで送っていったの」

「とてもひどいのよ。死んでしまうかも」トリニティがもう一度くり返したせいで、わたしはだいぶ目が覚めた。

「どうして、そう思うの？　あなたは、いまどこ？」

「いまはフェアホープで、少しまえにジョージアナに電話して、メグのお別れパーティーの計画について相談したの。そうしたら『トリニティ、いまは話ができないの。すごく具合が悪くて、死んでしまうかも』と言うのよ。だから九一一に電話しなさいと言ったら、もうしたって」

このときにはもう完全に目が覚めていた。「九一一には電話したのね？　誰か、連絡を取ったほうがいいひとはいる？」

「ジョージアナにはお姉さんがいるんだけど、電話をかけても出ないの。ジョージアナのところにいるといいんだけど」

「様子がわかったら連絡するわ。いい？」わたしは居眠りしたときに読んでいた手紙のはしにトリニティの電話番号を書き取った。

ああ、どうしよう。わたしは何をすべきか考えた。ジョージアナが住んでいる場所であれば、緊急に手当てする必要があれば、大学病院に運ばれるだろう。わたしは大学病院の電話番号を探してかけ、ジョージアナ・ピーチが運びこまれていないかどうか尋ねた。だが、驚いたことに、応対した女性は電話を切った。もう一度電話をかけ直したときには、何が問題なのか気がついていた。

「ある女性についてお尋ねします」わたしは言った。「名前はジョージアナ・ピーチです。自分で九一一に電話をしたので、もしかしたらそちらの救急救命室に運ばれてくる途中かもしれません。確認してもらうことはできますか？」

「こちらに到着するまでは確認できません。患者さんの名前がジョージアナ・ピーチというのですか？」

「そうです。ジョージアナ・ピーチ」

「まあ、珍しい」

「またあとでかけます」わたしは言った。

救急隊がまだジョージアナの家にいるか、ジョージアナが病院に運びこむほどの状態ではなかった可能性もないわけではない。わたしはジョージアナの家の番号を見つけて、電話した。呼び出し音が二度鳴ったあとカチッという音がして、またちがう呼び出し音が鳴った。

「こちらは〈ザ・ファミリー・ツリー〉です」ジョージアナの声が答えた。「ただいま応答できませんが、メッセージを残していただければ、できるだけ早くご連絡いたします」

「留守番電話か」わたしはぶつぶつ言った。

「どうしたんだ?」フレッドが疲れてはいるが、上機嫌な顔でキッチンの戸口に立っていた。

「留守番電話って大嫌い」

フレッドはリクライニングチェアにすわった。「今夜は二時間で一カ月分の経費を稼いだぞ」

「すごい。食事をする時間はあった?」

「ターキーを食べたよ。きみの言いつけどおりに」

「何か、食べる?」

「そうだな。少しゆっくりしてからでいい」フレッドは電話を指さした。「誰にかけようとしていたんだ?」

わたしはトリニティから電話があり、ジョージアナの具合が悪いらしいと聞いたことを説明した。「大学病院に運ばれたんだろうと考えたんだけど、まだきていなかったの。トリニティの話ではジョージアナにはお姉さんがいるんだけど、そのお姉さんも電話に出ないって」

「それなら、ジョージアナと一緒にいるんだろう」フレッドは立ちあがって伸びをした。「シャワーを浴びてくるよ」そう言って廊下を歩いていこうとしたが、ふり返って戸口から顔をのぞかせた。「あのひとのことは心配いらないさ。きっと平気だから」

二日続けて仕事でいいことがあったおかげで、フレッドには何でもわかるらしい。

わたしは数分待ってから、またアラバマ大学病院の救急救命室に電話をかけた。今度は電話に出た女性が、ミズ・ピーチはいまちょうど運びこまれたところだと教えてくれた。

「誰かが付き添っていますか？　お姉さんとか」

「ちょっと待ってください」相手が電話から離れた。「デリア！　ミズ・ピーチには付き添いがいる？」

デリアの声は聞こえなかったが、どうやら「誰？」という返事があったようだ。

「ミズ・ピーチ！　さっき運ばれてきた女性！」女性が電話に戻ってきた。「いないようです。いまのところは」

「ありがとうございました」ジョージアナの〝〈ザ・ファミリー・ツリー〉でございます〟という声を聞いて、あることを思いついた。そしてハンドバッグからキャスティーン・マーフィーからもらった名刺を出した。そこにはキャシーの自宅の電話番号が載っていた。ジョージアナの下で働いているのであれば、お姉さんか誰か、連絡すべきひとを知っているにちがいない。

わたしはついていた。留守番電話ではなかった。キャシーのはきはきした声が聞こえた。

「もしもし」

「キャシー、パトリシア・アン・ホロウェルよ。あなた、ここ一時間以内にジョージアナと話した？」

「ホロウェル先生、ジョージアナとはきょうの午後に話をしました。でも、どうしてですか？　何かあったんですか？」

「ジョージアナはいまアラバマ大学病院の救急救命室にいるの。トリニティ・バッカリューが電話をしたら、具合がひどく悪いから九一一に電話をしたと話したみたいで」

「ジョージアナが具合が悪くて、自分で九一一に電話した？」

「それでアラバマ大学病院に運ばれたの。わたしが知っているのはそれだけだけど、誰も付き添っていないらしくて。誰に連絡すればいいかわかる？」

「そんな……信じられない。ちょっと待ってください。考えます」

「ジョージアナにはお姉さんがいると、トリニティが話していたけど」

「ええ。マーサ・マシューズという名前です。でも、ローガン・マーティン湖畔に住んでいるので」キャシーはしばらく何も言わなかった。「昔住んでいたところに、いまでも親しくしているお友だちがいるんですけど、名前が出てこなくて」また、しばらく沈黙が続いた。

「心臓発作でしょうか？」

「わからない」

「ジョージアナはひとりで暮らすべきじゃなかったんです。わたしが病院へ行って様子を見てきます。それでいいですか？」

「ええ、ありがとう。あとで電話をちょうだい」

電話を切ると、フレッドが居間に戻ってきた。お気に入りのネイビーブルーのシルクのパジャマを着て、濡れた髪をうしろになでつけている。パジャマは二年まえにサテンのシーツと一緒にクリスマスに贈ったものだった。贈ったときはとてもセクシーで、くすぶっている炎を燃え立たせるにちがいなく、とてもいい考えに思えた。でも、そうでもなかった。フレッドはベッドに入るたびに、反対側から滑り落ちてしまうのだ。結局、サテンのシーツはリネン用クローゼットの奥にしまいこまれた。

「まだ電話していたのか？」フレッドが訊いた。

わたしはジョージアナの会社で働いているキャシー・マーフィーについて話し、彼女が様子を見にいってくれることになったと説明した。「わたしの教え子だったの」最後にそう付け加えた。

「ときどき、バーミングハムの人間は残らずきみの教え子なんじゃないかと思うよ」

「何か、文句があるの？　毎年百四十人の生徒に教えて、それを三十年続けてきたのよ。教え子がたくさんいて当然よ」

「悪かった。文句があるように聞こえたか？　ちょっと疲れているだけなんだ」

「ミルクでも飲んで」教え子は四千二百人にのぼる。そのほとんどを気にかけているし、そのほとんどがきちんと成長している。

フレッドは歩き方のコツが決して身につかない寝室用スリッパで、よろよろとキッチンへ入っていった。「きみもミルクを飲むかい？」

「いらない」また、電話が鳴った。トリニティだ。わたしはジョージアナがアラバマ大学病院に運ばれ、キャスティーン・マーフィーが様子を見にいったことを伝えた。「何かわかったら、また連絡するわ」

　フレッドは夕刊を持ってリクライニングチェアにすわったが、すぐに眠ってしまった。わたしはメグのパソコンに入っていた手紙をもう少し読んでみた。ヘイリーの言ったとおりだった。退屈きわまりない。手紙を封筒に戻して小説を手に取ったけれど、集中できなかった。

　十一時半に、キャシーから電話があった。ジョージアナは穿孔性潰瘍で、緊急手術を行う予定だという。

「いらしていただく必要はありません」わたしが病院に行こうかと言うと、キャシーは言った。「きていただいても、そばにすわって心配することしかできませんから」

「でも、あなたのそばにいられるわ」

「わたしなら平気です」

「お姉さんとは連絡がついた？」

「電話はしているんですけど、誰も出なくて」

　わたしは少しためらってから訊いた。「ジョージアナの病気はどのくらい悪いの？」

　キャシーも少しためらってから答えた。「かなり悪いみたいです」

「手助けが必要になったら連絡してね」

「はい」

　フレッドは目を覚まし、話を聞いていた。「悪いのか？」

「手術をするらしいわ。穿孔性潰瘍ですって」わたしがバーボンを飲ませたせいで！

「病院に行ったほうが気が楽になりそうか？　車を出そうか」

「わたしにできることは何もないみたい」

それでもトリニティに電話をかけ、ベッドに入り、フレッドの呼吸が寝息に変わったあともわたしは眠れず、ジョージアナのことを、何ごとも見逃さない目をした小鳥のような女性のことを考えていた。双子の兄のジョージ・ピーチと、ムーンパイの話を。そして子どもが安心できる毛布をつかむように、フレッドのシルクのパジャマに手を伸ばして、そのはしをつかんだ。

近所では犬が月に向かって吠えている。それに応えて別の犬が吠えると、今度はウーファーまで吠えた。若い頃のように大きな声で、夜に向かって吠えているのだ。

「いい子ね」起きていって静かにさせなければならないことも、明日ミツィや近所の人々に安眠を妨げたことをあやまらなければならないこともわかっていながら、そう言った。「いい子ね、ウーファー」

12

翌朝、病院に電話をかけると、ジョージアナは重体で、手術後の集中治療を受けていると知らされた。そして通話を切ったとたんに電話が鳴り、病院から聞いたばかりのことをキャシーから知らされた。

「悪性ではありませんでした。でも、腹膜炎を起こしていて。結腸にも穴があいていたそうです。抗生物質を投与されていますし、もちろん鎮痛剤で眠っていますけど」

「助かる見込みは?」

「医師たちは、見込みがあると言っています。それしか言えないみたいですけど」

「こんなに急に悪くなるなんて信じられない。キャシー、あなたはいまどこにいるの?」

「いま家に着いたところです。二時間ほど寝たら会社に出ます。今回のことはそれほどとつぜんではないんです。ジョージアナは少しまえから体調がよくなくて、わたしたちは病院に行くよう勧めていましたから。でも、ジョージアナは何でもないと言って聞かなくて」

「何か手伝えることはない? 電話番でもしましょうか?」

「ありがとうございます。でも留守番電話で、ジョージアナは体調が悪いので、わたしからできるだけ早く折り返し連絡をする、とだけ流すつもりです。系譜調査の仕事で楽なのは、急ぎの用件がないことですから」

「確かにね」わたしはジョージアナの姉には連絡がついたのかと尋ねた。

「いえ。きっと遠くに出かけているのでしょう」

「ジョージアナはあなたみたいな社員がいてくれて幸運よ。さあ、もう寝てちょうだい」

「ありがとうございます、ホロウェル先生」

わたしは電話を切って、次はトリニティにかけた。

「あの茹でピーナッツを食べきってしまったのよ」詳しいことを説明すると、トリニティは言った。「ジョージアナみたいに茹でピーナッツを食べるひとなんて見たことないわ。『そんなにピーナッツばかり食べていたら、胃がはち切れてしまうわよ』ってよく注意したのよ。でも、道ばたで〝茹でピーナッツ〟という看板を見たら、ジョージアナは車を停めて買わずにはいられなかった。アラバマのどこにいたって『ヘンゼルとグレーテル』みたいに、ピーナッツの殻を追っていけばジョージアナにたどり着くんだから」トリニティは少したらってから、引っかかりのある声で訊いた。「ジョージアナはよくなるの？」

「お医者さんたちは見込みはあると言っているそうよ」わたしは正直に言った。

「ジョージアナまで失うなんて耐えられない」

「きっとだいじょうぶよ」ずいぶんと確信に満ちたしっかりした声が出た。ただし、本当はそんなふうに感じていなかった。

次に、ジョージアナのことを伝えるために、メアリー・アリスに電話した。だが、シスターはもういなかった。たぶん、孫娘たちの世話をするために、デビーの家へ行ったのだろう。デビーの家に電話をすると、ベビーシッターのリチャルデーナが出た。

「こんにちは、ミセス・ホロウェル。ええ、いますよ。いま結婚式でお会いしたお気の毒な女性が誘拐されて、ヴァルカンの足もとにある洞穴に監禁されている話を聞いていたんです。本当にお気の毒ですよね」

「誰も誘拐されていないし、洞穴にも監禁されていないのよ、リチャルデーナ」

「でも、ミセス・クレインはそうおっしゃいましたよ。あの小柄ですてきなヘンリーの親戚の方でしょう？ ノミみたいに小さなおばさん。あんな女性をそんなふうに扱うなんて」

「リチャルデーナ、ミセス・クレインはちょっとおかしいのよ。シスターに代わってもらえる？」

「わかりました。でも、あの洞穴には何があるのかわかりませんよ。人間の遺体とか。そんなものがあるんですよ。わかりゃしませんよ」

「メグはそのなかのひとりじゃないわよ、リチャルデーナ。シスターに代わって」

「あたしよ」

「ちょっと、シスター」メアリー・アリスが電話に出ると、言った。「どうして、あんなめちゃくちゃな作り話をリチャルデーナにするのよ」

「誰がめちゃくちゃだなんて言うの？」

「わたしよ。ねえ、聞いて。ジョージアナ・ピーチが本当に病気になってしまったの」トリニティからの電話と、ジョージアナの手術と、キャシーから聞いた病状について説明した。

「困ったわね」メアリー・アリスは言った。「バーボンのせいだと思う？」

「茹でピーナッツといい勝負ね」

「茹でピーナッツって？」

「いいの、忘れて」メアリー・アリスのうしろから、フェイとメイが互いにしかわからない双子語で話している声が聞こえてくる。「デビーとヘンリーはきょう帰ってくるの？」

「ええ。それより、さっきのは何？ 茹でピーナッツ？」

「ジョージアナ・ピーチが好きらしいの」

「あたしも好きよ。フロリダに行くときは必ず、ヤカンを持っている線路のわきのおじいさんから茹でピーナッツを買うために、わざわざフロラーラに寄るくらい。お医者さんは茹でピーナッツのせいでジョージアナは胃が悪くなったと考えているの？」

「いいえ。それに、ヤカンを持っているのはおじいさんであって、線路じゃないわ」

「誰がおじいさんが線路を持っているなんて言ったのよ？」

「それじゃあ、またね、シスター」わたしは電話を切った。こんな話をするには時間が早すぎる。

ウーファーはあまり散歩に行きたくなさそうだった。昨夜の近所の犬たちとの合唱が数時間続いたせいで、もう少し寝ていたいようだ。

「だめよ」ウーファーが小屋から出たがらないと、わたしは言った。「自分で勝手に吠えたんだから、そのしっぺ返しは受けないと」

そうは言っても、歩くペースはウーファーにあわせた。わたしたちは一ブロック歩き、歩道の縁石にすわって休憩し、フジの香りを楽しんだ。そして家の私道に戻ると、ボー・ミッチェルの乗った白黒のパトカーが隣に停まっていた。

「おはようございます、パトリシア・アン」

「おはよう、ボー。うちにきたの？　それともただの巡回？」

「巡回です。あなたとウーファーがオリンピックに向けて訓練しているのを見かけたので」

「うちでコーヒーでもどう？」

ボーは腕時計に目をやった。「少しだけなら。署に連絡だけさせてください」

「キッチンにいるわ」わたしはウーファーを庭に入れて、コーヒーをいれた。ボーが入ってきたときには、電子レンジから甘いパンを取り出しているところだった。

「ちょうど、食べたいと思っていたところです」ボーが言った。

わたしはコーヒーを注ぎ、ボーと一緒にキッチンのテーブルにすわった。

「ハスキンズ判事の件は何か進展があった？」わたしは訊いた。

「わたしの知るかぎりではないですね。判事が高級絨緞（じゅうたん）を血で汚したと言って、奥さんが文句を言っていましたけど。だから、奥さんが犯人ならいいのにって思っているんですけどね。三十歳くらいで、貞操観念の薄そうな女性です」

わたしは感心してボーを見つめた。「貞操観念なんて言葉を聞いたのは何年ぶりかしら」

「祖母がよくそう言っていたんです。『ボー・ピープ、あの娘には貞操観念ってものがないのかね。次から次へとちがう男に尻尾をふって』って」

「判事の奥さんは次から次へとちがう男に尻尾をふっていたの？」

「ええ、かなり」

「判事がメグ・ブライアンと結婚していた姿が想像できないのよね」わたしは言った。「メグはそういうタイプの女性ではないから」それで思い出し、ジョージアナ・ピーチの留守番電話にメグに似た声で「助けて」と録音されていたことをボーに伝えた。

「あなたも聞いたんですか？」

「ええ」わたしはジョージアナの訪問と病気について説明した。「確かにメグの声そっくりだったのよ。シスターはメグは死んでいなくて、誰かに誘拐されてヴァルカンの足もとの洞穴に監禁されているんだって言うの」

ボーは鼻を鳴らした。「あの洞穴に監禁するのは、渋滞しているハイウェイ二八〇号線の真ん中に監禁するようなものですよ」

「洞穴はふさがれているのかと思っていたけど」

「ふさがれています」ボーはカップを掲げて、コーヒーのお代わりを望んだ。「そのメッセージを聞いてみたいですね」

「まだジョージアナの留守番電話に入っているけど、どうやって聞けばいいのかしら。電話は〈ザ・ファミリー・ツリー〉のオフィスに転送されるから、キャシー・マーフィーならわかるかも。でも、違法なんでしょう？ 電話の盗聴か何かの罪になるのよね？」

「さあ、どうでしょう。わたしは白黒のパトカーに乗って、住民の方々に安心感を与えているだけですから」ボー・ミッチェルは考えこむようにコーヒーを見つめた。その不満げな口調が意外だった。

「あなたは本当はどんな仕事がしたいの？」

「殺人や売春の捜査です」

「まあ」

「真剣に取り組める仕事がしたいんです」

わたしならそんな事件にはぜったいに関わりたくないけれど。

ボーは手帳とペンを取り出した。「〈ザ・ファミリー・ツリー〉ですか？」

わたしはうなずいた。「ジョージアナ・ピーチの会社で、キャシー・マーフィーは助手。系譜調査の会社よ」

「それで生計を立てているんですか？」

「どうやら、かなりいい生活ができるみたい」

「キャシー・マーフィーという名前ですね？」

「正式な名前はキャスティーンだけど。高校でわたしが教えていたの。電話帳に番号が載っているけど、いまは寝ているわ。ジョージアナに付き添ってひと晩じゅう起きていたから」

わたしはボーがメモをする様子を見守った。「メッセージが事件に何か関わりがあると考えているの？」

「どういう関わりがあるのかはわかりません。メグは間違いなく死亡していますから。ぜったいに間違いなく」ボーはペンをポケットにしまった。

「メグと判事の死には何か関係があると思っているの？」

「それもないと思います。判事は撃たれていますから、容疑者は塀のなかに入れられていた人間かも。そのなかには判事に尻尾をふったひともいますし」

「でも、判事は破産手続き専門だったのよ！」

「それでも同じです。どんな問題であれ、人間は裁判沙汰になるとひどく腹を立てますから」ボーのベルトにぶら下がっているポケットベルが鳴った。ボーは音を切った。「電話をお借りできますか？」

「どうぞ」わたしは調理台へ歩いていくボーを見送った。体重が五キロほど余分だけれど、それでも健康そうだし魅力的だ。それに何といっても賢くて働き者だ。

「〝ガラスの天井〟？」ボーの電話が終わると、わたしは訊いた。

「いいえ。ヴァルカン・パークウェイでひき逃げです」ボーはそう答えたあと、わたしの言葉の意味に気がついて笑った。「〝ガラスの天井〟のせいで望みの仕事に就けないのかという意味ですか？　それより、一トンの煉瓦のほうがぴったりかも。でも、わたしたち女性でも望みの仕事をすることは可能です。ただ、死ぬ気でがんばらないとだめですけど。心配しないでください、パトリシア・アン。きょうはほんの少し自分がかわいそうになっただけですから」ボーはコーヒーを飲みほして玄関へ向かった。「誘ってくださって、ありがとうございました」

「いつでも寄ってちょうだい」ボーはパトカーのほうへ歩いていった。これからひき逃げの現場へ向かうのだ。それなのに、まだ殺人や売春の捜査がしたいなんて！

そのあと家の片づけをすませると、ヘイリーが印刷してくれたメグの手紙を取り出した。そして読みはじめてからディスクの件をボーに伝え忘れたことに気がついた。メアリー・アリスの車のグローブボックスに放りこまれていたことを知ったら、興味を抱いただろう。ボーなら居眠りせずに読むこともできるかもしれない。それだけでも、わたしとはちがう。

わたしはキッチンのテーブルへ手紙を持っていき、分類することに決めた。会社宛の手紙はひとつ目の山、個人宛の手紙はふたつ目の山、そして三番目の山にはメグ自身に宛てて書いたメモだ。ひとつ目の山がいちばん高く、いちばん退屈そうだった。ちらっと見たところでは、ほとんどが会報や目録や絶版本の注文だ。ふたつ目の山のほうがおもしろそうだったが、注意深く読む必要がありそうだ。そのなかには〈アメリカ南部連合の娘たち〉や〈アメリカ革命の娘たち〉、そして〈アメリカ革命の息子たち〉といった団体への推薦状もある。また、受け取ったひとが驚くような内容の手紙もあり、メグの書き方には遠慮がなかった。ある女性への手紙には〝あなたのおばあさまは姦淫の罪で教会に訴えられ、有罪であると宣告されています〟とある。また〈アメリカ革命の娘たち〉への入会を望む女性には、その女性の曾祖母が黒人と白人の両親のもとに生まれている事実を告げている。わたしは思わずにやりとしてしまったが、すぐに真顔になった。南部の人々のなかには、いまだに自分たちの家系には白人以外の血は一滴も混じっていないと信じ、もしそうでなければとんでもない問題が生じると考えているひとが多いのだ。そういう人々は、白人だけの家系にほかの血が混じっていると言う人物が現れたら殺そうとするだろうか？　世の中にはもっと狂ったことが起こっているのだから。

個人宛の手紙はまだ残っていたが、それはあとまわしにして、先にメモを見た。その多くは日付だったが、メグにしかわからない記号で書かれていた。たとえば、九月十日の下には〝花嫁ではない。クロムウェル、クロップウェル。ジェンキンズはオーケー。要確認〟とある。これに問題はないだろう。次に最近の日付、三月十日を見た。〝ウイリアムズ、マーフィー、ロバート。ウイリアムズ、マーフィー、ロバート、マーフィー、ロバート、マーフィー。ジョージアナ？　トリニティ？〟とある。

何のことかはわからなかったが、重要な気がした。ウイリアムズ以外は知っている名前だからだ。ウイリアムズというのは誰だろう？　わたしはメモをにらんだ。ウイリアムズ、マーフィー、ロバート。そして思い出した。キャシーとジョージアナと一緒に働いているもうひとりの女性の名前がハイジ・ウイリアムズだった。そうなると、これは〈ザ・ファミリー・ツリー〉の従業員と、ハスキンズ判事とトリニティに関する、クエスチョンマーク付きのメモということだ。

メグは〈ザ・ファミリー・ツリー〉の案件を調査していたとジョージアナは話していた。つまり、これは全員が調べていた案件についてのメモなのかもしれない。でも、ロバートという名前が出てくるのはなぜだろう？　ウイリアムズ、マーフィー、ロバート。このメモも疑問が残る手紙と一緒にわきに置いた。その手紙のなかには、祖先のなかには南部で焦土作戦を展開したシャーマン将軍がいると報告したカミール・アチソン宛のものもあった。わたしは残りの手紙を封筒に戻した。これはあとで読もう。シスターに手伝ってもらってもいい。

そのあとシャワーを浴びて出ると、電話が鳴っていた。長年の友人で、わたしが教員人生の大半を過ごし、いまも恋しく思っているロバート・アレグザンダー高校にまだカウンセラーとして勤めているフランシス・ゼイタからだ。

「結婚式のことを聞かせて」フランシスは言った。「ぜったいに出席したかったけど、船旅は去年の九月から計画していたから。あなたも一緒にこられればよかったのに、パトリシア・アン。ダンスパーティーまであったのよ。でも、いまは結婚式のことを残らず聞かせて。デビーのウエディングドレスはどういう感じだった？」

「まるでダイアナ妃のようだったわ。フレッドなんてあまりの白さに目がつぶれそうだなんて言ったのよ」

「ブライズメイドのドレスは？」

わたしは長いお喋りに備えて、ベッドに腰をおろした。そして電話を切る間際になって、キャスティーン・マーフィーを覚えているか訊いてみようと思いついた。

「もちろん、覚えているわ。元気だといいけど」

「それが、二日まえにばったり会ったの。プロの系譜調査員として、ジョージアナ・ピーチという女性が経営している〈ザ・ファミリー・ツリー〉という会社で働いているわ。とても優秀な調査員みたい」

「キャスティーン・マーフィーが系譜調査員？」

「いまはキャシーと名乗っているみたい」

「両親が亡くなったあと、どうしているのか心配していたのよ」

「ふたりとも亡くなったの？」

「キャスティーンが大学生のときよ。デスティンの海岸で雷に打たれて」

「何という不運かしら。まったく知らなかったわ」

「あなたがメアリー・アリスとヨーロッパに行っていた夏だったかも」

「きっとそうね。あの夏は記憶から削除してあるから」

「とにかく、わたしの記憶が正しければ、両親は破産宣告を受けたばかりだったはず」

「嘘でしょう？　ふたりとも医師だったわよね？」

「信じられないでしょう？　フロリダでの不動産投資に失敗したとかいう話だったわ」

「かわいそうに。あの子は一文なしで残されてしまったの？」

「多少の保険金はおりたかもしれないわね。それも財産に含まれるのかどうかは知らないけど」

「でも、いまは無事に暮らしているようよ。会ってみるといいわ、フランシス。すてきな女性になったから。とても思いやりがあるし。ゆうべはジョージアナ・ピーチが入院している大学病院でひと晩じゅう付き添っていたのよ。キャスティーンが働いている会社の女性が重病で入院したの」

「そのキャスティーンというのは、本当にあのキャスティーン・マーフィーと同一人物なの？　まわりのことなんて何も気にせずに、本ばかり夢中になって読んでいた子が？」

「生徒にはときどきびっくりさせられるわよね」

「しょっちゅうよね。ありがたいことに」

わたしたちは近いうちにお昼を食べる約束をして電話を切った。わたしはピーナッツバターとバナナのサンドイッチをつくり、腰をおろしてテレビのクイズ番組を見た。そして番組が終わると、図書館でフレッドの家族について調べを進めることにした。そして出かけるまえに病院に電話をかけた。ジョージアナの病状は変わらなかった。

意外なことに、今回はチアリーダータイプのエミリーはレポートらしきものを書いていた。まわりに数冊の本を広げて、黄色いリーガルパッドに何ごとかを書きつけている。「こんにちは、ミセス・ホロウェル」エミリーが顔をあげてにこやかに言った。

「忙しそうね」

「〝二十一世紀の作家〟クラスの課題なんです。アドリエンヌ・リッチという名前を聞いたことがありますか？」

「ええ。立派な詩人よ」

エミリーは広げている本を身ぶりで示した。「みんな、そう言っています。じつはいま彼と一緒にダイビングにはまっているんです。彼はグレートバリア・リーフで潜ったことがあるんですけど、わたしはパナマ・シティで潜ったことしかなくて。それはともかく、この女性が『廃墟に飛びこむ（ダイビング・イントゥ・ザ・レック）』という本を出しているのを知って、この作家についてレポートを書きたいって思ってしまったんです。何か学べるんじゃないかと思ったから。わかります？」

「何も学べなかった？」

「だって全部、詩なんですよ！」

「ほら、学んだことがあったじゃない」

エミリーはにっこり笑った。「本当だわ」

「あのへんにいるから」またノートに向かったエミリーを残して、モンゴメリー部門へ移動した。その途中で、数人と会釈しあった。この三日間で、わたしも系譜調査員の一員に、彼らの仲間になったのだ。いつ頃から〝食うか食われるか〟の世界がはじまるのだろう？　他人の家系図（ファミリー・ツリー）の枝を揺らしてからだろうか？

わたしがモンゴメリー郡西部と南北戦争の記録で見つけた、フレッドの大おじさんのおじいさんは南北戦争で戦うことを拒んだ。そしておそらくは暴力で脅して南軍のために戦わせようとした兄弟に追われたあげく、崖からアラバマ川に飛びこんだ。結局、長い髪が木の枝に引っかかって首の骨が折れた。彼が死んだあたりのアラバマ川の湾曲部は、不運なほど強い髪を持った青年の名前を取ってダニエルズ・ベンドと呼ばれているのだ。

その話を読んで、わたしは聖書に記されている反逆の息子、アブサロムを思い出した。そしてティッシュペーパーを取り出して洟をかみながら、ほかの息子たちからその話を聞かなくてはならなかった母親に思いを馳せた。おそらく、ほかの息子たちは自分たちが責められないように、うまく話をつくったことだろう。気づくと、エミリーに肩を叩かれていた。

「ミセス・ホロウェル、キャシー・マーフィーから電話が入っています」

「ありがとう」わたしはまだダニエルの話から抜け出せないまま、席を立った。ダニエルにだって、自分の政治信条に沿って生きる権利があったはずよね？　でも、その問いに対する答えはわかっていた。ダニエルにはきょうだいがいたのだ。メアリー・アリスもすぐにわたしを川まで追いつめるだろう。それで、わたしは木に吊るされるのだ。

「この電話を使ってください」エミリーは開いたままの本の向こうから受話器を渡してきた。わたしはジョージアナの容態が急変したと告げるための電話ではないかと考えて、おずおずと電話に出た。

「容態は安定しています」わたしの考えを察して、キャシーはすぐさま言った。「ホロウェル先生のことをずっと呼んでいるそうです」

「わたしを？　なぜ？」

「わかりません。容態を確かめるために電話をしたら、看護師からジョージアナがずっとパトリシア・アンに会いたいと言っていると。ジョージアナにはほかにパトリシア・アンという知りあいがいるとは思えませんから、先生に間違いないと思います。だから、わたしから先生に連絡すると看護師に言ったんです」

「看護師さんたちも、わたしがジョージアナに会いにいったほうがいいと思っているということ？」

「先生のご都合がつけば。ジョージアナがすごく動揺しているので、先生に会えば、少し気持ちが楽になるのではないかと考えているみたいです」

「わたしが何の役に立つのか想像もつかないけど、喜んでお見舞いにいくわ。一時間につき五分間だけ許可されるのよね？」

「お名前を告げてください。そうしたら病室に入れてくれるはずですから」

「わかったわ。家に帰ったら電話をするわね。あ、ちょっと待って。どうしてここにいることがわかったの？」

キャシーは笑った。「調べ物にすっかり夢中になっていましたから。それじゃあ、失礼します」

わたしはエミリーに受話器を返した。「ありがとう。どういうわけか、ジョージアナ・ピーチがわたしを呼んでいるらしいわ」

「重い病気だと聞きました。早く回復されることを祈っていると伝えてください」

わたしはノートとハンドバッグを持った。きょう判明した情報は大おじの祖父の話だけだった。だが、これまで見つけた結婚や出産や死亡の記録より、ずっと重要な情報に思えた。ダニエルズ・ベンド。大好きな話だ。

明るい春の陽射しから大学病院の駐車場に入るのは、まるで暗い洞穴に潜るような感じだった。わたしはヘッドライトをつけ、目が慣れるまでそろそろと車を進めた。そしてやっと四階のエレベーターから一ブロックかそこら離れた場所に空きスペースを見つけた。車から降りて鍵をかけ、車を停めた場所を注意深く覚えた。この車の欠点はありふれていることだから。そこそこの古さの中型車で、色は青とグレーの中間、すぐにほかの車に埋もれてしまうのだ。

わたしはエレベーターまで歩き、病院と渡り廊下でつながっている〝連結階〟までおりて、病院内を歩いてやっと七階の術後集中治療室を見つけた。そして長い廊下を歩いてナースステーションに着いた。

「わたしは――」息を切らしながら、そばに立っていたかわいらしいブルネットの看護師に話しかけた。「――パトリシア・アン・ホロウェルといいます。ジョージアナ・ピーチという患者がわたしに会いたがっていると聞いたのですが」

「かわいらしい名前ですよね？」看護師が微笑んだ。「ジョージアナ・ピーチ」かみしめるように、もう一度言った。「ジョージアナ・ピーチ」

わたしは看護師の名札を見た。デラ・デロング。

「あなたの名前だってすてきよ。頭韻を踏んでいて」

「結婚するまえはデラ・ジョーンズでした」

「それだってすてき」

「デラ・デロングほどではないですけどね」

この会話がどこに行き着くのか、さっぱりわからなかった。「ええっと、ミズ・ピーチですけど、会えますか？」

「確認してきます。容態しだいなので」

看護師が長々と話さなかったことに感謝した。わたしが壁ぎわのマスタード色のビニールの椅子に腰をおろして呼吸を整えているあいだに、看護師は〝面会謝絶〟と表示されている両開きの扉の向こうに消えていったが、すぐに戻ってきた。「入っていただいてかまわないようです」

わたしは怖々と集中治療室に入った。どんなにがんばっても、そしてどんなにヘイリーに笑われても、病院が回復するための場所だとは思えない。ひとつにはあの蛍光灯のせいで、誰もが死にかけているように見えるからでもある。それに、あの消毒薬のにおいも。

「ミセス・ホロウェルですか？」看護師がまるで自宅の応接間に迎えるかのように明るく微笑みかけてきた。「ミズ・ピーチがずっと待っていたんですよ。鎮静剤を投与されていますが、あなたがいらしたことはわかるでしょう」

「具合はどうなんですか？」

「何とか持ちこたえている状態です」

わたしはその答えをよい意味に受け取った。そして、それ以上は何も訊かず、看護師について、カーテンで囲まれているベッドが両側に並んでいる部屋に入った。看護師の背中をじっと見つめ、右も左も見なかった。ヘイリーはこんなところで毎日どうやって過ごしているのだろう？

「こちらです」看護師がカーテンを開いた。「ミズ・ピーチ？　起きられますか？　ミセス・ホロウェルがいらっしゃいましたよ」

ジョージアナを生き返った死人のようだと言ったとしても、かなりやさしい表現だろう。いたるところにチューブやワイヤーがつながれ、肌はよくかんだチューインガムのような灰色だった。

「ミズ・ピーチ？」看護師はジョージアナの肩を軽く叩き、わたしがベッドわきの金属の椅子にすばやく腰をおろしてもまったく気にしなかった。

「なあに？」ジョージアナの唇はひび割れ、動かすのが辛そうだった。

「ミセス・ホロウェルがきています。ずっと名前を呼んでいたでしょう」

ジョージアナの目が開いた。「パトリシア・アン？」

わたしはジョージアナの指を握った。ここだけがワイヤーにつながれていなかった。氷のように冷たい。「わたしよ、ジョージアナ。きっとよくなるわ」こんな状況では嘘をつくしかない。

「少しのあいだ、ふたりきりにしてあげますね。でも、疲れすぎてはいけませんよ、ミズ・ピーチ」看護師はカーテンの隙間をすり抜けていった。

ジョージアナがこれ以上疲れることなんてないだろう。

「ハイジ」ジョージアナが言った。

「パトリシア・アンよ、ジョージアナ。きっとよくなるわ」

「ハイジを探して」

「ジョージアナ、ハイジって誰？」そう答えたとたん、思い出した。「あなたの会社で働いているひと？　あなたが入院しているあいだ、ハイジにキャシーを手伝ってもらいたいの？」

「ハイジを探して」

「わかったわ。仕事のことは心配しないで。身体のことだけ考えて」

ジョージアナの頬を涙が伝った。「ロバートが死んでしまった」

「ロバート・ハスキンズ判事？」

「心から愛していた」

「みんなもよ」嘘ばっかり！　ハスキンズ判事に魅力を感じる女性なんて、世界じゅうに何人いるだろう？

すると、声に出さなかった疑問にジョージアナが答えた。「ロバートは女性が大好きだった。心から愛していたのよ」

なるほど。それなら理解できる。そういう男性を何人か知っている。とても少ないし、ありがたいことにフレッドはちがうけれど。その手の男性も悪くないかもしれないが、わたしは好みがはっきりしているひとのほうが好き。

「ロバートがメグを殺したの」

「ハスキンズ判事がメグを殺したの」

「わたしが悪いんじゃない。わたしはロバートを愛していただけ」

モニターがビーという音を発した。看護師がカーテンから顔を出した。「面会は終了です！」看護師は何ごとも起きていないかのように朗らかに言った。

わたしが指を放すと、ジョージアナがわたしの手首をつかんだ。

「パトリシア・アン、ハイジを探して」

「探すわ」わたしは約束した。「きょう、これから探すから」

この状況であれば、どんな約束もしただろう。もちろん、このときは自分がどんなことに足を踏み入れたのか、まったくわからなかったのだが。

13

駐車場まで長い道のりを歩いていくあいだ、ジョージアナの〝ロバートがメグを殺したの〟という言葉がタイムズ・スクエアのビルのネオンサインのように、頭のなかでくるくるとまわっていた。ぜったいにちがう。メグはあんな百年まえの非嫡出子証明書のために命を落としたわけじゃない。

「判事がメグを殺したんだって、あたしはずっと言ってたじゃない」メアリー・アリスが言った。家に帰る途中にシスターの家に寄ると、サンルームでシスターとボニー・ブルーが両手足を床についていた。サンテラスにはボニー・ブルーの父で、アラバマで有数の民族芸術家であるエイブラハム・バトラーの明るく陽気な絵が飾られている。

「嘘ばっかり。メグはヴァルカンの足もとの洞穴にいると言っていたくせに」

「そりゃあ、そう考えていたときもあったけど」シスターは顔の代わりに黒い円が描かれた天使が綿花畑らしきものの上を飛んでいる、小さな絵を掲げた。「これがいいわ、ボニー・ブルー。個性的よね」

「そうね。父さんは天使に興味を持ったみたい。スイカを食べている天使がホットケーキのようなものを売っている絵もあるのよ。ちょっと待って……」ボニー・ブルーは椅子に立てかけてある絵のほうへすばやく移動した。「このなかにあったと思うんだけど」

「ふたりとも、何をしているの？」判事に関する驚愕のニュースも、床で這いまわっているふたりの女性には、あまり効果がなかったらしい。このふたりの大柄な女性だって、いつまでも這いつくばっているわけにはいかないのに。

「ヘンリーとデビーへの結婚祝いを選んでいるのよ。一枚選んで包装紙でくるんでウエディング・ベルをつけておいたのに、父さんがガールフレンドにあげちゃったものだから。ああ、これよ」ボニー・ブルーが一枚の絵を引っぱり出した。「教会でスイカを切っている天使たちの絵」

シスターとわたしは同時に笑い、同時に「すごくすてき」と言った。

「それじゃあ、この絵に決める？」ボニー・ブルーが絵を掲げて見つめた。「ローラースケートをしている天使たちの絵もあるけど」

「スイカを切っているほうにするわ。ヘンリーとデビーはきっと大喜びね」メアリー・アリスが請けあった。

「でも、天使には顔がないのよ。見て」

それはわたしがこれまで見たなかで、最も楽しい絵だった。田舎の教会の庭に置かれたテーブルのまわりに、白い式服姿の七人の黒い天使が集まっているのだ。テーブルにはスイカがいくつかのっていて、天使はそれぞれ切ったスイカを持っていたり、手を伸ばしたりしている。そのうしろの木では、ブランコに乗っている天使もいる。「お父さんの才能を信じなさい、ボニー・ブルー」わたしは言った。「お父さんはちゃんとわかって描いているんだから」

「確かにね。この絵でとんでもないお金をもらっているんだから」ボニー・ブルーはひどくびっくりした顔をした。「でも、天使たちがどうやってスイカを食べているのか、わかる？口が見える？」

「天使には口がいらないの。魂で食べるんだから」シスターが両手をあげた。「ねえ、助けて、マウス」

「天使じゃなくて残念ね」わたしはぶつぶつ言った。「天使なら魂で立ちあがれるのに」シスターの両手をつかんで引っぱりあげた。だが、実際にはそれほど力がいらなかった。「アクアビクスが効いているんじゃない？」やさしく言った。

「うるさいわね」メアリー・アリスが手を貸そうとしてうしろを向くと、ポピー柄のカバーの椅子のほうへ這っていたボニー・ブルーが自力で立ちあがった。「あたしだって、やればできたわよ」シスターが言った。

ボニー・ブルーは天使の絵をコーヒーテーブルに立てかけると、ほかの絵を片づけはじめた。「そのミズ・ピーチという女性は集中治療室にいるのよね？　もしかしたら、薬のせいで自分が何を言っているのかわからなかったのかも」

わたしは感動した。ボニー・ブルーはちゃんとわたしの話を聞いていたのだ。

「でも、わたしのことはわかったわ」

「もう一度、最初から話して」メアリー・アリスが言った。

わたしはアラバマ大学病院の集中治療室が駐車場からひどく遠かったことから話しはじめた。

メアリー・アリスはわたしの真似をして、教師のように片手をあげた。「ジョージアナが話したことだけでけっこう」

「ジョージアナは『ハイジを探して』と三度言ったの。それからハスキンズを愛していたということと、彼がメグを殺したのだとも。そのときモニターが鳴って看護師が戻ってきて、病室を追い出されたの」

「ハイジって誰よ?」シスターが訊いた。

「ジョージアナの系譜調査会社〈ザ・ファミリー・ツリー〉で働いている、もうひとりの女性よ。覚えている? ハイジは病気の親戚の介護をするために辞めたって、キャシーが話していたの」

「キャシーっていうのは?」

「ああ、そうよね。まだ会っていないのよね。正式な名前はキャスティーン・マーフィーで、わたしの教え子だったの」

シスターはうめいた。フレッドと同じで、バーミングハムの住民全員がわたしの教え子ではないかと思っているのだ。わたしはシスターの反応を無視した。

「キャシーも系譜調査員なの。〈ザ・ファミリー・ツリー〉でジョージアナと一緒に働いているわ。サムフォード大学の図書館で二度会ったの。フレッドの誕生日プレゼントにするために、家族の歴史を調べているものだから」シスターの不躾(ぶしつけ)な反応を予想していたけれど、返ってきたのはハスキンズ判事に関する質問だった。

「ジョージアナはハスキンズ判事がメグを殺したとはっきり言ったの？」

「ええ」

「それじゃあ、ハスキンズ判事は誰に殺されたの？」

「知るわけないでしょ。奥さんかもしれないじゃない。すぐに尻尾をふるひとらしいから」現ハスキンズ夫人についてボー・ミッチェルから聞いたことを伝えた。

「尻尾をふる女がみんな人殺しだったら、男はとんでもない目にあうわ」ボニー・ブルーは言った。

シスターも付け加えた。「ハスキンズ判事の奥さんは遺産をたっぷり相続するんじゃない？」

「それで、ヴァルカンの足もとの洞穴に隠すのよね」わたしはシスターの手が届かない場所に逃げた。「判事にお金があるのかどうかなんて知らないわ」

「ねえ、ちょっと待って」ボニー・ブルーはこの話の行き着く先を見て取った。「パトリシア・アン、そのお気の毒な女性が真っ先に頼んだのは何だった？」

「ハイジを探して」

「それなら、その頼みを聞くべきよ」

「そうよね。キャシー・マーフィーなら、ハイジの居場所を知っているだろうから。電話をしてみるわ」

「あたしは〈フード・ワールド〉へ行かなきゃ。バナナが一キロ一ドルなのよ。信じられる？」ボニー・ブルーは絵を集めはじめた。メアリー・アリスとわたしも手伝った。ボニー・ブルーは胡散くさそうに、天使の絵を見た。「天使はバナナを食べられないわよね？」

わたしとメアリー・アリスは、ヘンリーとデビーはぜったいに絵を大切にするはずだと請けあった。

わたしたちが廊下を歩いていくと、メアリー・アリスが玄関のドアを開けた。すると、まるで待ちかまえていたかのように、青いケープと青い帽子を身に着けたトリニティ・バッカリューが外に立っていた。

「ジョージアナのことできたの」トリニティは言った。「どこにいるのかわからなくて」

玄関は大女三人と、たくさんの絵と、わたしでいっぱいだった。

「あなた、身長はいくつ？」シスターに紹介されると、トリニティがボニー・ブルーに訊いた。

「高いわ」ボニー・ブルーが答えた。

ふたりはぜったいに気があうにちがいない。

ボニー・ブルーが絵を車に載せるのを手伝っているあいだ、トリニティは〝ご不浄〟を使っていた。そしてわたしたちが家に戻ったときには居間の窓のまえに立って、景色に見とれていた。「本当にきれい」そう言うと、ふり返った。「きょう、ジョージアナから連絡があった？」

「じかに会ったわ」わたしは言った。「いま大学病院に入院しているの。まだ集中治療室にいるわ。病状は深刻だけど、いまは落ち着いている」モニターが鳴ったことを思い出し、こっそり指を交差して祈った。

「面会できるのね？」

「一時間に五分間だけ。わたしが面会できたのは、ジョージアナに呼ばれたからなの。ジョージアナの会社でパートタイムで働いている女性を探してほしいと頼まれたのよ」ジョージアナが口にした、ほかのことについては言わずにおこうと決めていた。それなのに、シスターがもらしてしまった。「ハスキンズ判事がメグを殺したと言ったらしいわ」

「だから、まえにも言ったでしょ」トリニティは帽子を脱いで、短い白髪頭を片手でなでつけた。

「コートも預かりましょうか？」シスターが申し出た。「コーラか何か、飲む？」

「いいえ、ありがとう」トリニティはわたしのほうを見た。「面会時間は何時？　ぴったりの時間に五分ずつ？」

わたしはそうだとうなずいた。

「それなら、もう病院へ行くわ。ジョージアナは親友だから」

「よかったら、今夜はここに泊まって」シスターが言った。「モーテルのチェックインを気にしなくていいでしょ」

わたしはトリニティと一緒に車へ行き、大学病院への道順を教えた。

「二〇号線？　お尻を出した鉄像のそばね？」

「ええ、そう」トリニティの車が私道から出ていくと、わたしは玄関から首だけ出して、自分も帰ると叫んだ。

「ちょっと待って！」メアリー・アリスが怒鳴り返した。「〝ブラック・カウ〟をつくっているから！」

子ども時代の最高のごちそうだ。わたしが急いでキッチンに戻ると、シスターが大きなグラスに入れたバニラアイスの上にコーラを注いでいた。

「どうしても食べたくなっちゃって」メアリー・アリスが言った。「あの天使たちだって食べられないと思うわよ」グラスをわたしのほうに押しやり、アイスティー用のスプーンを差し出した。保温パッドにのった猫のバッバがいぶかしげに見つめている。「あなたの分は床に置いてあげるから」

シスターはバッバに言うと、アイスクリームをすくってボウルに入れてコーラをかけ、バッバを床におろした。バッバはあたりを見まわし、ごちそうに興味津々なのがばれないように時間をかけて食べた。わたしたちもカウンターのスツールに腰かけた。

「いい考えね」わたしは言った。「〝ブラック・カウ〟なんて何年も食べていないわ」

シスターはスプーンで泡をすくって味わった。「うーん。ねえ、高カロリーのものって、どうしてこうおいしいのかしらね？」

「わたしたちが喜んで食べるようによ」

「あたしがいま何を考えているか、わかる？　この世には楽しむためだけに創られたものが存在するのよ。たとえば、アイスクリームとか、セックスとか」またアイスクリームと泡をすくった。「ジョージアナ・ピーチはハスキンズ判事を愛していたと言っていたのよね？」

「それはジョージアナが言っていたことよ。とりあえず、愛していたとは言っていい。でも、そう言ったからって、本当に愛していたとはかぎらない。そこには差があるわ」

「大きな差よね」

「ジョージアナはハスキンズ判事は女性が大好きなひとだったとも言っていたわ」

「ああ、なるほど」

猫のバッバがごちそうを食べ終えて、複雑な毛づくろいをはじめた。

「ジョージアナが判事を殺したんだと思う？」メアリー・アリスが訊いた。

「ジョージアナがハスキンズ判事を殺した？　あり得ないわ」

「どうしてよ？　ジョージアナは長年ハスキンズ判事を愛してきたのよ。それなのに最初はメグを選び、そのあともあらゆる女たちを選んで、ジョージアナを足蹴にしてきた。きっとハスキンズ判事に、あなたがメグを殺したことは知っているけど、愛しているから誰にも話さないと言ったのよ。それなのに、判事は笑ったんだわ。それで堪忍袋の緒が切れたってわけ。判事の銃を奪って、バン！　判事は倒れて、ジョージアナの靴にも血が飛び散った」

「もう、やめて」わたしは穏やかに言うと、グラスを傾けてコーラフロートの泡を口のなかへ流しこんだ。

メアリー・アリスが立ちあがった。「ちゃんと書きとめたほうがいいわよね。血が飛び散るところが気に入ったわ。いいと思わない？」

「白いキャンバス地の靴にしてね。教師が喜ぶから」わたしは手の甲で口を拭った。「電話帳はどこ？」

「ここよ」シスターは引き出しから出して渡してくれた。「鉛筆はどこかしら」

「わたしのハンドバッグに入っているわ」わたしは電話帳の〝ウイリアムズ〟の欄を開いた。ハイジ・ウイリアムズという名前でそのまま載っている可能性は低かったが、もしかしたらツイているかもしれない。やはり、そうはいかなかったけど。〝H・ウイリアムズ〟が数軒あり、〝H〟にほかのイニシャルがついた名前がさらに数軒あった。どれもハイジの可能性はある。あるいはハイジは夫の名前で載せているのかもしれない。そうなると、バーミングハムの電話帳にはウイリアムズの欄が五ページあるのだ。

「女性も自分の名前で電話帳に載せるべきよね」メアリー・アリスに向かって叫んだ。

「あたしのは載ってるわ」シスターは叫び返すと、ノートと鉛筆を持って戻ってきて、またカウンターに腰かけた。「靴は白じゃなくて茶色でもいい？　まだイースターまえだから」

「白よ」わたしは切って捨てた。そしてバーミングハムじゅうのウイリアムズの電話番号を眺めて、かりに奇跡的にハイジを見つけられたとしても、いったい何を話せばいいのだろうかと考えた。「ジョージアナ・ピーチから探すよう頼まれたんです」と言ったら、ハイジは「どうして？」と訊くだろう。そうしたら、何と答えればいい？「わたしにわかるもんですか」

「わたしはどうしてハイジ・ウイリアムズを探すよう頼まれたのかしら」メアリー・アリスに言った。「電話帳には五ページもウイリアムズという名前が載っているのよ」

メアリー・アリスが顔をあげた。「死にかけている女性に約束したんでしょ」

「死にかけてなんかいないわ。ただ、危険な状態にあるだけよ」

「ここに書いておくわ。死に際の願いは尊重されるべきだ」

「誰の言葉？」

「ママがいつも言ってた」

「ママは一度もそんなことは言わなかったわよ」バッバが毛づくろいを終えてカウンターに飛びのった。「ねえシスター、バッバを保温パッドにのせていると、そのうち火事になるわよ」

シスターはノートに書きこんでいた手を止めた。「飛び散った血が大きな赤い花の形をしていたことにする」

「どれだけ大きな靴なの？」

「小さな赤い花にする」鉛筆をノートの上で滑らせた。

「ハイジ・ウイリアムズの電話番号は〈ザ・ファミリー・ツリー〉の書類に記録されているにちがいないわ。キャシーがオフィスにいるかどうか電話をかけてみる。きっとキャシーならわかるでしょうから」

「小さなアネモネにするわ」シスターが言った。「アネモネなら知っているひとが多いわよね？　バーベナのほうがいい？」

わたしは肩をすくめ、電話帳の後半にあるビジネス欄を見た。「こちらは〈ザ・ファミリー・ツリー〉でございます――」ジョージアナの声だ。

「残念！」次はキャシーの番号を探してかけた。こちらも留守番電話だ。わたしは連絡が欲しいというメッセージを残した。

「ねえ、聞いて」メアリー・アリスがノートを掲げて読みはじめた。「彼は驚いて彼女を見た。弾丸があけた穴が三つめの目になった。彼が倒れると、サイズ七・五の〈ケッズ〉のスニーカーに庭のアネモネのような血が広がった」

「サイズ七・五の〈ケッズ〉のスニーカー？」

「登場人物に関する描写をうまく溶けこませたほうがいいって先生が話してたのよ。ほら、登場人物が鏡を見て、いちいち映ったものについて語るのはいやでしょ」

「どうして？」

「ありふれているから」

「そんなことないわよ。でも、三つめの目という表現は気に入ったわ」

「ありがとう。わたしも気に入っているの」シスターはノートを惚れ惚れと眺めた。

「さあ、夕食の支度をしないと」わたしはスツールから滑りおりた。「〝ブラック・カウ〟をごちそうさま」

「ブランズウィック・シチューを少し持っていかない？　エルクス慈善保護会で買った冷凍庫に、まだ入っているのよ。そうすれば、あとはコーンブレッドを焼くだけでいいでしょ」

「ブラウンズウィック・シチューは大好きよ。フレッドも天国にきたんじゃないかと思うかも」シスターがエルクス慈善保護会で買ったのは冷凍庫ではなくて、シチューだということは指摘しなかった。

シスターはわたしを車まで送り、私道を出るときには手をふってくれた。わたしは手をふって立っているシスターを見ると、ブレーキを踏んで車をバックさせた。「今夜の予定は？」シスターが急に寂しそうに見えたのだ。この大きな家をばたばたと歩きまわるシスター。フレッドのような夫はいない。猫のバッバだけ。

メアリー・アリスはにやりとした。「バディがくるの。〈バイ・リクエスト〉で夕食を取って、お風呂で映画を観るの」

「あっそう」わたしはアクセルを踏みこんだ。

ウーファーの散歩から帰ると、電話が鳴っていた。「フィリップがプログラムを読むことができたの」ヘイリーだった。「ノートパソコンにコピーしたから、もう少ししたら一緒にそっちに行くわ。いい?」

「ええ。夕食に誘いたいところだけど、ブランズウィック・シチューしかないのよ」

「ああ、気にしないで。〈ザ・クラブ〉を予約しているから。その途中で寄るわね」

「内容について、フィリップは何か言っていた?」

「ううん。読めるようになったと言っただけ」

「ヘイリーは幸せみたい」電話を切ったときに、ちょうど部屋に入ってきたフレッドに伝えた。「もう少ししたらパソコンのディスクを持って、ふたりで一緒にくるわ。フィリップが系譜調査プログラムを読めるようにしてくれたらしいの」

「よかったな」フレッドが抱きしめてくれた。

わたしはフレッドのあとをついて廊下を歩いた。「シャワーを浴びたほうがよさそうだ」

「きょう、大学病院へ行ったの。ジョージアナ・ピーチが会いたがっていると言われたから。集中治療室に入っていて、かなり悪いみたい。かわいそうに」

「ジョージアナはきみに何の用があったんだ?」

「ジョージアナの下で働いていたハイジ・ウイリアムズという女性を探してくれって。でも、メグを殺したのはハスキンズ判事だなんてことを言ったのよ」

フレッドはシャツのボタンをはずしてベッドに放った。「薬でぼうっとしていたんだろう?」

「ええ、でも――」

「それなら、気にしないでいいんじゃないか」フレッドはズボンの尻ポケットに手を入れて封筒を取り出した。「ジャジャーン！」

「なあに？」

「開けてみてくれ！」

封筒の外側には〈トラベル社〉とある。封筒を受けると、なかにはメキシコとカリブ海の船旅のパンフレットが数冊入っていた。

「今夜じっくり検討しよう」フレッドは言った。

わたしはパンフレットを扇のように広げた。「頭がついていかない。きのうは会社が倒産しかけていたのに、きょうは船旅に行けるの？」

「この国はあまりいい国じゃないからな」フレッドは笑いながらわたしの背中を軽く叩くと、シャワーを浴びにいった。

わたしは手にしたパンフレットを見つめた。わくわくしていいはずなのに、何だか子どものひとりが門限を破ったときのような気持ちだった。あまりにも心配したせいで、ひっぱたいてやりたい気分なのだ。それでも叩いたりせずに、もうひとつのバスルームに行き、トイレの水を流した。フレッドが使っているシャワー室から悲鳴が聞こえてきた。こっちで水を流したせいで、湯が熱くなったのだ。これでだいぶ清々した。

わたしたちが夕食を終えたところへ、フィリップとヘイリーがちょうどやってきた。キッチンのテーブルを片づけ、フィリップがノートパソコンを置いて電源を入れた。

「プログラムの使い方を説明します」フィリップが言った。「これがメグがつくっていた中心となる家系図です。きちんとほかのシステムも参照していますが」

わたしたちはパソコンがうなり声をあげて立ちあがるのを待った。すると、画面に〝メグ・ブライアン、ジーニアスI〟という文字が現れた。

「メグがプログラムにつけた名前です」フィリップが説明した。「ぼくがコピーしましたから、〝gen〟という拡張子がついているファイルはすべて見られます」

「でも、見方がわからないわ」

「こうするんです。最初に〝Alt〟キーと〝F〟キーを押さえます。いいですか？　さあ、次は何をしたいですか？　選択肢を見てください」

画面には二十個ほどの選択肢が並んでいる。

「何をしたいのかわからない」

「それなら、ただ移動していくだけでもいいのよ」ヘイリーが言った。「カーソルを下に動かしていって、ママが見たいものが明るくなったら〝Enter〟キーを押せばいいの」

「何が見たいかなんて、どうしたらわかるの？」

「それじゃあ、誰かの家系図を見てみましょうか。エフレイム・ベイツを選んでみますね」

フィリップがどこかのキーを押すと、ベイツ家の家系図が現れた。そして、ほかのキーを押すと、今度はアルファベット順の名前の一覧表が現れた。フィリップが名前を選ぶと、その名前が明るく表示される。「メグがジョン・ハーヴィー・ベイツについて調べたことを読んでみましょう」

ジョン・ハーヴィー・ベイツはアラバマ州ラウンズ郡の農民で、三人の妻とのあいだに十三人の子どもをもうけた。一八七〇年に八十二歳で死亡。

「すごいな」フレッドがわたしの背中越しに言った。

「アチソン家があるかどうか見て」わたしが言った。

フィリップは快く注文に応じてキーを叩いた。「三人いますね。ひとりがカミール・アチソン、もうひとりがカミール・ジョンソン・アチソン、そして参照としてカミール・ヴィクトリア・ジョンソンがいます」

「その三人の家系図を見られる？」

「ええ。最初にカミール・アチソンを見てみましょう」

ベイツ家のときと同じ構成の家系図が現れた。見ていくと、すべての婚姻関係、子ども、死亡時期が記されている。人生なんて、それだけあれば充分だ。

「ほかのカミールでも見られる？」

「はい」アチソン家の家系図が消え、代わりに頭に〝カミール・ジョンソン・アチソン〟とある家系図が現れた。一見、まったく同じように見える。

「メグはどうしてこの女性について三つの名前で登録したのかしら」ヘイリーが言った。

「この女性はアチソンという名字の男性と結婚したから、子どももアチソンという名字になった。でも、この女性の旧姓はジョンソンなんです。だから、メグはジョンソン家についても調べなければならなかった」

「ああ、そうよね」ヘイリーは言った。「ママの旧姓はテイトで、ホロウェルではないものね」

「女が名字を変えなければならないのはいやだわ」わたしは文句を言った。

「きみは喜んで変えたじゃないか」フレッドが言ったが、みんなに無視された。

「もう一度最初から教えて」わたしはフィリップに頼んだ。「家系図を出すにはどうしたらいいのか、具体的に説明して」

「わかりました。一度、この家系図を消しますね。ぼくがここに書いた手順にしたがってやってみてください」

わたしは息を殺して〝カミール・アチソン〟を正しく選んだ。三人の観客から拍手が沸き起こった。「おしまいにするときはどうすればいいの？」

フィリップが手を伸ばして教えてくれた。

「これだけ覚えておいてください」帰るときに、フィリップが言った。「何をしてもプログラムは壊れません。それに、すべてコピーしてありますから、万が一すべてを消してしまったとしても平気です。だから、とにかくやってみてください」階段をおりながらふり返った。

「ぼくが書いた手順どおりに」

「すごく、いいひと」玄関を閉めると、わたしはフレッドに言った。

「それに耳鼻咽喉科の医者だ。さあ、船旅のパンフレットを見ようじゃないか」

パンフレットを見ると、旅行プランはどれもよさそうだった。わたしたちは候補を三つに絞り、十時のニュースを見て、ベッドに入った。だが、フレッドが寝つくとすぐに、わたしはパソコンが置いてあるキッチンのテーブルへ戻った。そして〝カミール・ヴィクトリア・ジョンソン〟のファイルでおもしろいものを見つけた。けれども、このファイルを消して、ほかの〝アチソン〟ファイルに移動しようとしたときに、何か間違ったキーを押してしまったらしく、画面に〝致命的な失敗（フェイタル・エラー）〟の文字が現れた。注意を引かずにはいられない言葉だ。

わたしはすぐにパソコンの電源を落として、プラグも抜いた。

「フレッド」ベッドに滑りこむと、隣の夫にささやいた。「高いパソコンを殺しちゃったみたい」

「だいじょうぶさ」フレッドがいびきの合間に答えた。

14

翌朝キッチンへ入っていくと、フレッドがパソコンのまえにすわり、コンピュータの専門家のようにキーを叩いては画面を見つめていた。「パソコンを殺したと言っていた気がするが、だいじょうぶだ」

「何をしているの？　わたしが言ったことをよく覚えていたわね？　いびきをかいていたのに」

「フィリップが書いてくれた手順どおりにやっているだけだ。見てごらん。ダレル・ダナウエイはキャロル・ファーガソンと結婚。長男にシャンクと名づけた。ダレルとキャロルは好きだが、シャンクよりましな名前があったろうに」

わたしはテーブルに行き、画面をのぞきこんだ。「どうやってやったの？　ゆうべは〝フエイタル・エラー〟って出ていたのに」

「男は生まれつき、機械と相性がいいんだ」

「わたしが女だからパソコンをだめにしちゃったと言いたいの？」

「そんなところだ。コーヒーをいれておいた」

「コーヒーメーカーとも相性がいいみたいでよかったわ。言っておきますけど、わたしだってフィリップの手順どおりにやったのよ」コーヒーを注いでテーブルに戻った。フレッドはじつに楽しそうにパソコンをいじっている。

「ほう」フレッドが楽しそうに言った。「だんだん、よくなっていくぞ。シャンクは娘にシャンクレットと名づけている」

「嘘でしょう！」

「本当だ。これを見てみろ」

「シャンクレット・ファーガソン」画面を見て啞然とした。

「こいつはすごいな」フレッドは専門家のようにカーソルを動かしている。

「お願いがあるんだけど。カミール・ジョンソン・アチソンのファイルを開いて」

「よし」フレッドは何も問題がないかのようにファイルを開いた。自慢げな男と、その整頓された頭の憎たらしいこと！「次は何だ？」

「家系図を遡っていって。わたしが見たいものは一八六〇年代か七〇年代だと思うの」

フレッドは家系図を追っていった。

「ゆっくりね」そう言ったあと、こう叫んだ。「待って。これよ」フレッドの肩の向こうの画面を読んだ。「クロヴィス・リード・ジョンソンとエリザベス・アン・シャーマンが結婚」

「それで？」

「彼女の父親は誰？」

「書いてないな。クロヴィスとエリザベスには六人の子どもが生まれたとしか書いてない」

わたしはコーヒーを置いて、フレッドの肩越しに画面を見た。「今度はカミール・ヴィクトリア・ジョンソンを見て、同じ年代まで追っていって」

フレッドはフィリップの手順にしたがって、ほかのファイルを画面に出して細かく見ていった。「ここだ。クロヴィス・リード・ジョンソンがエルザベス・アン・シャーマンと結婚。でも、こっちには彼女の両親が書いてあるぞ。父親はウイリアム・T・シャーマン」

「略歴でそのひとの名前を探して」

フレッドは生まれてからずっとやっているかのように、慣れた手つきでキーを叩いた。「これだ。ウイリアム・テカムセ・シャーマン、一八二〇年、オハイオ生まれ、ジョージア州での〝海への行進〟で有名な南北戦争当時の将軍」顔をあげてにやりとした。「こりゃあ、驚いた！」

わたしはうなずいた。「カミール・アチソンはシャーマン将軍の何に当たるのかわからないけど、とにかく子孫なのよ。どうやら、カミールはその結果が不満だったみたい」

「あの南部の婦人団体か何かに入ろうとしていたのか？」

「〈アメリカ革命の娘たち〉よ。お気の毒に」口ではそう言ったが、わたしもにやにや笑っていた。皮肉とはこのことだ。

「こんなに有名な祖先なら、知っていそうなものなのにな」

「悪名高いという意味でしょう？」わたしは腰をおろしてコーヒーを手にした。「クロヴィスのお母さんがキルトサークルで、息子がシャーマン将軍の娘と結婚したって自慢すると思う？　あり得ない。そういう話は埃がたたないうちに早く隠そうとするものよ」

「エリザベスの母親も娘がクロヴィスと結婚することを自慢しなかったんだろうな」

「たぶんね。でも、何だかおかしくない？　ミドルネームのない〝カミール・アチソン〟のファイルで、エリザベス・シャーマンの両親を探してみて」

フレッドは腹立たしいほどのすばやさで注文に応じた。「よし。クロヴィスとエリザベスとウイリアム・T・シャーマンだ」

「そのファイルで、ウイリアムの略歴を見て」

「よし。ウイリアム・トーマス・シャーマン、一八二〇年、サウス・カロライナ生まれ、南部連合軍の兵士として戦い、シャイローで負傷。レベッカ・オドネルと結婚。六人の子どもが生まれる。生涯グリーンヴィルに居住。職業は仕立屋。一八八六年に死去」フレッドが顔をあげた。「何だ、これ？　このふたりはちがう人間なのか？」

「わからない。でも、メグ・ブライアンがカミール・アチソンにどっちの情報を渡したのかは知っているわ。そしてカミールは問題を解決したと話していたから、彼女が手に入れたのは二番目のファイルね」

フレッドは画面を見つめた。「どっちが正しいんだ？」

「おもしろいと思ったのは、ふたつの情報が存在していることなの」コーヒーを飲みながら考えこんだ。「クロヴィスとエリザベスの略歴には何と書いてあるの？」

フレッドがパソコンに命令を入れると、クロヴィス・リード・ジョンソンは農民兼バプテスト派の牧師であり、一八七〇年から一九〇五年に死去するまでアラバマ州ジェファーソン郡マウント・オリーヴで暮らしていた。エリザベスの略歴はなかった。

「アラバマの小さな町のバプテスト派の牧師の妻？　それじゃあ、父親がシャーマン将軍だなんて話すはずないわ」

「もし、本当にシャーマン将軍だったらな」フレッドが椅子をうしろに引いた。「おもしろい作業だが、仕事に行かないと。パソコンはこのままにしていくか？　フィリップが書いてくれた手順どおりにキーを叩けばいいだけだから」

「ええ」〝フェイタル・エラー〟が手ぐすねを引いて待っているのを知りながら答えた。

フレッドが顔を近づけてキスをした。「行ってくるよ」

「行ってらっしゃい、おじさん」

フレッドはにやりとすると、勝手口から出ていった。アトランタ出張の効果にはびっくりだ。

わたしはフレッドが立った席につき、クロヴィス・ジョンソンの略歴をもう一度読み直した。マウント・オリーヴはバーミングハム郊外であり、バーミングハム公立図書館になら記録がある。

わたしはシリアルを入れたボウルを持ってきてテーブルにすわり、カミール・ジョンソン・アチソンの二種類の家系図について考えた。ウイリアム・T・シャーマンは珍しい名前ではない。簡単な名前の組みあわせだ。だが、そんな考えはあっという間に頭から消えた。家系図にシャーマン将軍の名前が出てきたのは偶然ではない。南北戦争が終わってまだ百四十年あまりであり、南部の時間で考えれば、ついきのうと同じことだ。このあたりには北軍のグラント司令官の写真が使われているという理由で五十ドル札を持ち歩かない頑固者がいまだに二、三人いるし、リンカーンの写真が使われている五ドル札はなおさら人気がない。メアリー・アリスはわたしと同じく、正当な通貨であればどんなお金であれ大歓迎だが、そういう頑固者のためにクレジットカードがあってよかったと話している。

結局、カミール・アチソンの家系図にウイリアム・テカムセ・シャーマン将軍が載っていたのは間違いだったのだろうか？　ぜったいにあり得ない。南部の系譜調査員であれば、その名前はゴリアテを倒した石のように、額の真ん中に命中しただろうから。

わたしはシリアルを食べ終えると、ミルクを飲みほし、コーヒーのお代わりを注ぐために立ちあがった。そしてカップいっぱいに注いでくると、テーブルに戻ってノートパソコンを見つめた。どういうわけか、何か重要なことを発見したのはわかっていた。それが何なのかを知るには、パソコンについても系譜調査についても充分な知識がたりないことも。

電話が鳴り、受話器を取った。

「パトリシア・アン？」トリニティだ。「起こしたんじゃなければいいけど」

「だいじょうぶよ。ジョージアナの様子はどう？」

「変わらないわ。でも、わたしのことはわかってくれた」

「メアリー・アリスの家にいるの?」

「いいえ。病院よ。五分間のお見舞いのとき、ジョージアナがわたしを見て喜んでくれたみたいだったし、病状がかなり悪いから帰りたくないの」

「病院に泊まったの? 疲れたでしょう!」

「ええ。でも、ジョージアナと一緒に働いているキャシー・マーフィーというきれいな娘さんがきてくれたし、しばらく付き添ってくれると言うの。彼女にジョージアナのアパートメントに行ったらどうかと勧められたわ。新しいアパートメントには泊まったことがないんだけど、病院に近いのは知っているし。ジョージアナもかまわないと思うのよ」

「もちろんよ。鍵はあるの?」

「キャシーが持っているの。ちょっと二、三時間寝てくるわ」

「そうして。目が覚めたら電話して。何か食べ物を持っていってあげる」

「ありがとう」

電話を切ろうとしたところで、トリニティが呼んだ。「パトリシア・アン?」

「なあに?」

「ジョージアナがハイジという名前のひとをあなたが見つけたかって、何度も訊くの。誰のことを話しているのか、わかる? すごく興奮しているみたいで」

「〈ザ・ファミリー・ツリー〉で働いていた女性なんだけど、まだ電話番号がわからないの。ただ、キャシーは知っているんじゃないかと思うのよ。実は、きのうそのことを訊きたくてキャシーに電話をして連絡が欲しいというメッセージを留守番電話に残したんだけど、まだかかってこないの。あなたから訊いてくれる？」

「わかった。またあとで電話するわね」

わたしはコーヒーを飲み終え、スウェットスーツに着がえると、ウーファーを散歩に連れていった。太陽は明るく輝き、湿度は低く、まさに理想的な春の朝だ。ミツィはもう庭に出て、蔓を這わせているピースという品種のバラの様子を見ていた。ウーファーとわたしは立ち止まってミツィに話しかけた。

「つぼみがいっぱいできたわ」ミツィが説明した。「あとはひどい寒ささえぶり返さなければだいじょうぶなんだけど」

「わたしも全力で祈るわ」わたしは歩道を歩きかけたところで、ふり返った。「ミツィ、あなたは南北戦争のことをどう思っている？」

ミツィが微笑んだ。「眠れない夜を過ごしたりはしないわ」

「シャーマン将軍が自分のずっと昔の祖先だとわかったら？」

「別に何とも思わないわ。ただ、秘密にはしておくわね」ミツィはにっこり笑って続けた。「それとも、北に引っ越すかしら。どうして？　シャーマン将軍があなたの祖先だとわかったの？　わたしは引っ越さなきゃならない？」

「知っているかぎりでは、そんなことはないけど。わたしは自分の家系図にどんなひとがぶら下がっているかなんて知りたくないわ」

「それなら、通りの向こうに目を向けないほうがいいかも」

わたしが顔をあげると、メアリー・アリスの車が近づいてきた。

「ずいぶん早いお出ましね」ミツィが言った。

「本当に。悪いことが起きてなければいいけど」

メアリー・アリスはわたしに気づくと、車を歩道に寄せて窓を開けた。「頭が混乱しちゃってるのよ」シスターは言った。「乗って」混乱しているようには見えなかった。緑色の麻のジャケットを着ているし、化粧だって完璧だ。

「無理よ。ウーファーがいるもの。いったい、どうしたの？」

「ミツィが聞きたがらないような話なのよ」

「あら、聞きたいわ」ミツィは興味津々で言った。

「第一に、バディはゲイかも」

「バディはゲイじゃないわ。九十歳なのよ」

ミツィの眉が吊りあがった。

「それに」わたしは続けた。「オペラのときはガツガツきたんでしょ。かわすのがたいへんだったって言ってたじゃない」

「それは本当よ。でも、ゆうべは一緒にお風呂に入ったのに何もなかった」

「たぶん、暑さとお湯のせいよ。お風呂は男の身体におもしろい現象を起こすらしいから」

「ビルはいつもお風呂のなかがいちばんよかったわ」

「バディは血圧の薬を飲んでいるのかも。心臓の薬も」

「飲んでるわ。それに低脂肪・高炭水化物ダイエットをしているくせに、話してもくれなかった。自分の分の食事を持ってくるものだから、チキン・テトラッツィーニを全部押しつけられちゃって。はい」シスターは鍋を差し出した。「誰かに食べてもらいたくて」

「まあ、ありがとう」

「そのあと、結婚を申し込まれたの。だからこう答えたわ。『バディ、あなたがアラバマで二番目にお金持ちなのは知っているわ。ちゃんと調べたから。でも、あたしは愛のために結婚する』って」

「そうしたら、バディは何て？」

「正直に話してくれたことに感謝する、できればきみに言い寄ることを許してほしいって」

「きみに言い寄る？」

「ええ、あたしに言い寄るって」

「これも、何もなかったお風呂での話なの？」

「ええ」

「うーん。もしバディがゲイなら、どうしてシスターに結婚を申し込んだりするの？」

「カモフラージュ？」

ミツィが塀から身を乗り出した。「わたしはバラを見るために外に出てきただけだと思って」

「いまから、どこへ行くの？」

「〈ビュイック〉にティファニーを迎えにいくのよ。彼女の車が故障してしまったの。ところで、ゆうべトリニティ・バッカリューから連絡がなかったんだけど。あんたのところにはあった？」

「少しまえにね。ジョージアナ・ピーチの容態が変わらないから、ジョージアナのアパートメントに泊まるって。病院に近いのよ」

「うちにも電話をかけてきたのかもしれないわね」

「たぶん、電話がかかってきたときは、お風呂で忙しかったのよ」

「よしてよ！」シスターが窓を閉めるボタンを押した。わたしは危ういところで手を引っこめた。

「結婚しなさいよ！」ミツィは両手を口のまわりにあてて、走っていく車に叫んだ。「ちょっと、パトリシア・アン」わたしに言った。「アラバマで二番目に金持ちで、心臓が悪い九十歳？　すごいわ！」

「勝手に計算していなさい」わたしは鍋を持ち、ウーファーを連れて帰った。

そのあとベッドを整え、目立つ埃だけざっと掃除機をかけて最低限の家事をすませてからキッチンのテーブルにすわって、パソコンを見つめた。ここに入っているものについて、どうしても知りたい。それならパソコンの電源を入れて、必要な情報を取り出さないと。こんな小さな黒い箱なんて怖くない。男性には生まれつき機械をうまく扱う能力があるだなんて、そんなの嘘っぱちよ！　パソコンの電源を入れると、画面が明るくなった。

探しているのは、カミールみたいにひとつの名前に対して複数の表が存在しているものだった。わたしはフィリップの手順にしたがって、ファイルの一覧表を追っていき、該当するものをいくつか見つけた。ひとつは〝ジャスパー・アーノルド〟と〝ジャスパー・N・アーノルド〟と、〝ジャースパー・ニュートン・アーノルド〟。二世代まえまで遡ると、ジャスパーの祖父であるクリフォードがある表には載っていないことがわかった。ふたつ目の表ではクリフォードはジョージア州タットナルの農民で、同地で死去している。そして三つ目の表では偽金づくりで、アラバマのアトモア刑務所で死亡しているのだ。レイシー・ブレイクとサター・ロウのために作成された三つの表にも、やはり同じような食いちがいがあった。不名誉になりそうな祖先の前歴が修正されているのだ。

「ねえ、メグ」パソコンに話しかけた。「いったい、何が起きているの？」

わたしは紙と鉛筆を持ってきて、修正されている表の名前と日付を書き出した。たとえプロの系譜調査員でなくても、ここに何かが隠されていることはわかる。だが、その何かがメグ・ブライアンが死んだ原因なのだろうか？　ハスキンズ判事が殺されたのは、そのせいなのだろうか？

わたしはシャワーを浴びながら、家系図の名前に修正を加えたことで明らかに得になることについて考えた。ジョンソン家の家系図にシャーマン将軍の名前があるかぎり、カミール・アチソンは入会したくてたまらない団体に入れない。だが、もしウイリアム・テカムセ・シャーマン将軍が、南軍に参加して負傷したサウス・カロライナ州の仕立屋ウイリアム・トーマス・シャーマンに変われば、カミールは修正した家系図を持っていって「大きな間違いがありました。過去は清算できました」と言って、加入が許されるのだろうか？　そのためにはどれだけの証拠をそろえなければならないのだろう？

でも、コインには裏側がある。家系図から腐ったリンゴを取り除けるなら、家系図に接ぎ木をすることもできるはずだ。祖先を誇りの問題と考える人々は、家系図から母国を裏切ったベネディクト・アーノルドの名前を消せるとしたら、どれだけの代償を払うものだろうか？　そして、ずっと払いつづけるのだろうか？　これは脅迫する絶好の機会なのではないか？

わたしはシャンプーをてのひらに取った。メグ・ブライアンはぜったいに脅迫なんてしない。いや、していたのだろうか？　メグはシャーマン将軍の名前が載った家系図をカミール・アチソンに渡した。カミールが〝正した〟と言っていたのは間違いなく〝サウス・カロライナ州の仕立屋〟版にちがいない。わたしは癖毛用シャンプーを泡立てて髪を洗った。先祖の誰かが無数のそばかすと一緒に、ストロベリー・ブロンドの巻き毛（いまはほとんど白髪だけれど）の髪の遺伝子をわたしに伝えてくれたのだ。そして、ほかの誰かがまっすぐな茶色い髪（いまはストロベリー・ブロンドの巻き毛だけれど）とオリーブ色の肌をメアリー・アリスに伝えたのだ。だから、何？　滝のような湯の下に立ちながら気がついた。メグのパソコンに保存されていた人々ほど、わたしは自分の祖先を知ることに夢中にはなれない。

そのとき崖から落ちるときに髪が木に引っかかって死んだ青年を思い出した。その物語を。それならわたしにも夢中になれる。世界じゅうのどんな家族にも、そうした物語があるはずだ。どんな墓地を歩いても、世界を歩くのと同じなのだ。


「マウント・オリーヴの記録ですか？」バーミングハム公立図書館のアメリカ南部歴史部門の図書館員が言った。「いくつかあります。でも、いちばん参考になるのは裁判所にあるものでしょうね」

「一八〇〇年代後半にバプテスト派の牧師だった男性について調べたいんです」

「アラバマ・バプテスト派教会にも記録がそろっています。サムフォード大学にあるはずですよ」図書館員は四十年まえにわたしがミス・ボックスのために新聞記事を切り抜いていた机から立ちあがった。わたしはいまだにミス・ボックスの夢を見ては、不安に襲われている。

「当館の記録はこちらにあります」

わたしは図書館員のあとについて、部屋の奥まで歩いた。彼女のスカートは四十年まえのわたしのスカートの五分の一の長さしかない。

「具体的にはどんなことを調べたいのですか？」

「クロヴィス・リード・ジョンソンという男性と、その奥さんのエリザベスについて、できるだけ詳しく知りたいんです」

「そのふたりはジェファーソン郡の生まれですか？」

「わかりません」わたしは正直に答えた。「クロヴィスはそうかもしれないけど、エリザベスはちがうと思います」

「なるほど。先ほど申し上げたとおり、ジェファーソン郡の記録の大半は裁判所にあります。ここで見つからなければ、裁判所で探したほうがいいですね」

「ありがとう」わたしがハンドバッグとノートをテーブルに置くと、図書館員は戻っていった。緑色のミニスカートとやはり緑色のタイツをはいている彼女は、まるでシャーウッドの森に住んでいるかのようだった。究極の図書館員であり、アメリカ南部歴史部門の創設者でもあるミス・ボックスは壁の肖像画のなかから、彼女をにらみつけていたが。

まもなく、記録については図書館員の言うとおりだとわかった。わたしが見つけたのは一九〇〇年の人口調査記録で、クロヴィス・R・ジョンソンとメアリー・C・ジョンソンが六歳から十八歳までの四人の子どもたちと一緒に載っていた。エリザベスは亡くなったのだろうか？　おそらく、そうだろう。当時であれば、離婚はまず考えられない。

「死亡記録ですか？」シャーウッドの森の妖精が言った。「裁判所にあります。いつかはその類いの記録はすべてコンピュータ化して、ここでもすぐに情報を取り出せるようにする予定なんです」妖精は誰も使っていないテーブルの二台のパソコンをあいまいに指さした。

「でも、いまは裁判所まで行っていただかないと。十階の記録保管部です」

わたしは裁判所に行くために公園を横切りながら、このまえこの公園にきたときには緊急車両がライトをつけ、ハスキンズ判事がメグが死んだことを伝えるために走って近づいてきたのだと思い出した。きょうは数人がベンチや噴水の近くにすわり、お昼を食べたり、春の陽射しを浴びたりしているだけだった。のどかな眺めだ。

裁判所のロビーは明るい陽射しに照らされている外から入ってくると、少し薄暗くひんやりとした。エレベーターに乗って十階のボタンを押したところで、メグが十階にいたのも記録保管部で何かを探すつもりだったからにちがいないと気がついた。そう思うと、身体が震えた。

十階にはひとがいなかった。だが、廊下の向こうにある両開きのガラス扉を見ると、期待が高まった。わたしはガラス扉まで歩き、ジェファーソン郡記録保管及び歴史部であることを確かめた。そして扉を開けると、背の高いカウンターのうしろにいた女性が顔をあげて驚いたような顔をした。

「ある家族について調べているんです」わたしは言った。「一八〇〇年代にジェファーソン郡に住んでいたんですけど」

カウンターはじつは標準的な高さだった。女性の背がとても低かったのだ。「わかりました。何をお探しですか？　出生記録ですか？　それとも死亡記録？」

「死亡記録です。ある男性の最初の奥さんがいつ亡くなったのか知りたいので。でも、結婚記録も必要です」

「その方の名前は？　記録の一部はアルファベット順で管理されています。ごく一部ですが」

「ジョンソンです。エリザベス・シャーマン・ジョンソンという女性について、できるだけ多くのことを知りたいの。ご主人の名前はクロヴィス・リード・ジョンソン」

「いったい何ごとなんですか？　この一週間でエリザベス・シャーマン・ジョンソンについて知りたいと訪ねてきたのは、あなたがふたり目ですよ。彼女はどんな人物なんですか？」

「本当に？」

「ええ、間違いありません」背の低い女性はカウンターの扉を開けた。「奥へどうぞ。その記録はまだ片づけてもいないと思いますから」

女性は横が縦と同じくらいあった。わたしは彼女のあとをついて、記録簿がずらりと並んでいる通路を歩いた。小さなハシゴが置いてあった。彼女が百五十センチを超える高さの場所にある記録簿を取るときに使うのだろう。

「そのひとはどんな感じでしたか？」わたしは尋ねた。「エリザベス・ジョンソンの記録を探していたひとです」

「小柄だったわ。白髪で」

「ジェシカ・タンディに似てませんでした？」

「ええ、そう、似ていました。お礼を言います。ずっと自分に問いかけていたんです。『アイリーン、この女性は誰に似ているんだっけ？』って。たぶん一生思い出せなかったわ。本当に、そっくりでした」

メグだ。間違いない。「記録を見るために署名を残していませんか？」

「いいえ。記録は自由に閲覧できるものだから。でも、どっちみち一分ほどしかいませんでした」

通路のあいだを通り抜けると、テーブルや椅子が並び、公園が見おろせる場所に着いた。

「それです」アイリーンはテーブルにのった大きな記録簿を指さした。「それが、まえにいらした女性が見ていたものだと思います」いちばん近くにあった記録簿を開いた。「見てみましょう。クロヴィス・ジョンソンですね。珍しい名前ですよね？」

「わたしが興味を持っているのは奥さんのエリザベス・シャーマン・ジョンソンなんです」

「この記録簿は男性の名前で登録されているんです。頭にくることに」アイリーンは指で索引を追っていった。「ここにクロヴィスがあるわ。二一九ページ。エリザベスも一緒に載っているはずです。それにしても、そんなに注目を集めるなんて、エリザベスは何をしたんですか？」

「わたしが知るかぎりでは、とくに何も。家系図(ファミリー・ツリー)に関することなの」

「家族の木(ファミリー・ツリー)は鳥のためのものですよね」アイリーンは重い記録簿を開きながら、自分の冗談に笑った。わたしも手を伸ばして手伝った。

「二一九、二一九ページ」アイリーンはぶつぶつ言いながら記録簿をめくっていった。「二一一八、二二一。二一九ページでしたよね？」

「どうしたの？」

「二一九ページがないんです」アイリーンは数ページまえに戻ってから、もう一度二一九ページを探した。

「見せて」アイリーンがどくと、今度はわたしが記録簿をめくった。二一八、二二一。二一九ページも二二〇ページもない。「番号が間違っている可能性はあるかしら？　番号をふるときに間違えたとか？」

「この手の記録の場合はあり得ます。でも、ここを見てください」目を記録簿にぐっと近づけていたアイリーンが指をさした。本を綴じている部分のすぐ近くに、ぎざぎざの紙の切れはしが残っている。

「誰かが破り取ったってこと？」わたしは訊いた。

「誰かが破り取ったということです！　ブレンダ！」

書架のあいだから返事があった。「なあに？　いま埃を払っているのよ」

「こっちにきて」

ふたつの通路のあいだから、赤い羽根のはたきを手にした長身の痩せた女性が出てきた。

「見てよ、これ」アイリーンが指さした。「また、やられたわ」

ブレンダが近づいてきて、ぎざぎざの切れはしを見て、首をふった。「やっぱり、電子化しないとね」

「答えはわかりきっているわ、ブレンダ」アイリーンが言った。「でないと、あと何冊、悪党に寄付することになるか」

「これはどんな罪に問われるの？」わたしは尋ねた。「ページを破り取ると」

「あらゆる法律、すべてです。腸が煮えくり返りそう」

「わたしもよ」ブレンダが言った。

「それじゃあ」わたしはノートをハンドバッグにしまった。「サムフォード大学に行ってみるわ。クロヴィスはバプテスト派の牧師だったらしいから」

「鍵のかかる場所に保管しましょう」出ていくとき、アイリーンがブレンダに話している声が聞こえた。第一に、記録簿を何日もテーブルの上に広げっぱなしにしないようにすべきだと思うけど。

　エレベーターに行く途中で化粧室のまえを通りかかり、トイレに入れば少しは気分が楽になるかもしれないと考えた。なかに入ると、裁判所の十階の化粧室は、ロバート・アレグザンダー高校の教員休憩室のようだった。どの学校も似たようなものだが、ロバート・アレグザンダー高校の教員休憩室には椅子ふたつと、誰かの家の地下室から持ってきたような古いソファが置いてある。この化粧室の場合は、色褪せた花柄のクッションが置かれた籐の椅子だけれど。あとはガラスの天板にひびが入ったコーヒーテーブルと、立派な造りつけの化粧台だけ。隣にはトイレの個室が四つと洗面台がある。裁判所はどこも禁煙のはずだが、十階の女性用化粧室にはその規則が届いていないようだった。すばらしい春の日に向けて窓を大きく開けているものの、煙が重く漂っている。

　わたしは手をふきながら何気なく窓まで歩き、そこで初めて気がついた。メグはここから飛びおりたのだ。あるいは、突き落とされたのかもしれないが。わたしは下に目をやった。その眺めだけでめまいがして後ずさったけれど、この下にメグの身体が叩きつけられたのだ。

わたしはどこかに謎の答えが書いてあるかのように、化粧室を見まわした。

するとドアが勢いよく開いて、若い女性のふたり連れが笑いながら入ってきた。

「こんにちは」ふたりはわたしに挨拶をすると、煙草を取り出して、椅子にすわった。

15

お腹がすいた。いますぐ口に入れられる、脂肪たっぷりのものが食べたい。わたしはスーパーマーケット〈グリーン・スプリングス〉にある〈マクドナルド〉のドライブインに寄って、ビッグマックとチョコレートシェイクを注文した。そして家に持って帰って靴を脱ぐと、ゆっくり腰を落ち着けてクイズ番組を見ながら食べた。最後の問題の答えがわかったことに加え、いつもなら一週間かかっても消化できないほどの脂肪を取ったことで元気が出てきた。留守番電話に「新婚旅行から帰ってきた。とても幸せ」というデビーのメッセージが入っていたのも元気が出た要因のひとつで、それでデビーたちに電話をかけることにした。

「世界一すてきな新婚旅行だったわ」デビーは興奮して喋りつづけた。趣のあるホテル、部屋の暖炉に毎晩火をつけたこと、ポーチのロッキングチェアにすわって眺めるすばらしい景色。それをともに楽しむすてきな夫。

「楽しい時間が過ごせたようでよかったわ」わたしは言った。

「ありがとう、パットおばさん」デビーが真剣に言った。ひどく動揺している証拠だ。「ヘイリーと話して、フィリップとのことを聞いたの。とてもすてきなことだと思うわ」

「ええ、すてきね」わたしも同意した。「あなたのママもプロポーズされたのよ」

「聞いたわ。それも――」デビーが口ごもった。

「すてき？」

「うん、そうね。でも、彼はあと何年かしたら天国に逝ってしまうでしょう？」

「デビー、テレビの『ザ・プライス・イズ・ライト』でヨーデルが鳴っているあいだ、小さな人形が頂上まで登っていくゲームを覚えているでしょう？　値段が高くなりすぎると、崖からドンって落ちちゃうゲーム」

「ママは賭け方が慎重だと言いたいの？」

「そんなところよ。それに、先のことなんて誰にわかるの？　バディ・ジョンソンはわたしたちの誰よりも長生きするかもしれない。ねえ、よかったらうちにこない？　話したいことがたくさんあるの。とても盛りだくさんな一週間だったから」

「聞いたわ。メグ・ブライアンが死んだなんて信じられない。結婚式ではとても元気そうだったのに」

「それは事件のはじまりでしかないのよ」

「明日の夜、フレッドおじさんと一緒にうちにこられない？　ヘンリーが新しいラム肉のレシピを試したいんですって。ヘイリーとフィリップ、それにママも呼ぶつもり。そうすれば、話が残らず聞けるわ」

「名案ね」わたしたちは双子が寝るまえに顔を見られるように、六時に約束した。

わたしはメグ・ブライアンのパソコンに入っていた手紙を置いているテーブルでデビーと話していた。そこで、三番目の山のいちばん上の〝ウイリアムズ、マーフィー、ロバート、ジョージアナ、トリニティ〟といった名前が連ねられたメモを手に取った。そのときジョージアナに約束したのに、ハイジに連絡が取れていないことを思い出した。わたしはふたたびデビーに電話をかけ、バーミングハム市の人名録を持っていないかと尋ねた。

「ええ、ここにあるわ」

「ハイジ・ウイリアムズがあるかどうか見てくれる？　電話帳にはハイジの名前がなかったんだけど、人名録なら奥さんの名前が別に載っているでしょう」

「ちょっと待ってね、パットおばさん。探しているあいだ、フェイと喋っていて」

二歳になったばかりの子どもと話すのはひどく疲れる。フェイは言葉を話せないわけではない。ペラペラとよく喋る。でも、わたしには何を言っているのか、これっぽっちもわからない。結局、わたしのほうは「そうね」と言うしかない。だから、デビーが確かにハイジの名前は載っていたと言って救ってくれたときにはほっとした。そういえば、鉛筆を持ってきたかしら？

鉛筆は手もとにあり、ハイジの電話番号と住所を書きとめることができた。人名録をつくってくれた人々に幸あれ。ハイジの番号に電話をすると、例のごとく留守番電話が応答した。ハイジは南部なまりが強く、その話し方は言語学の研究材料になりそうだった。たいていのひとは南部なまりはみな同じだと思っている。だが、実際にはちがい、南部の人間であればその差がわかる。ハイジはいかにもテネシーの山岳地方の出身者らしい話し方だった。わたしは折り返し電話をくれるようメッセージを残し、ジョージアナ・ピーチが大学病院に入院しており、ハイジと連絡を取りたがっていると伝えた。わたしは電話番号と住所を書いたカードをハンドバッグに入れて、手紙に戻った。まぶたを閉じて最高に気持ちのよかったうたた寝に入るまえに読んでいた手紙で、メグは〝ポラック〟を〝ポルク〟と短縮したことについて尋ねていた。ジェイムズ・K・ポルクのもとの名前はポラックだったのだろうか？　また眠りの精がやってきた。わたしはそのまま身をゆだねることにした。

一時間後、わたしは最悪の気分で目が覚めた。短い時間のわりに深く眠りすぎてしまったらしい。少し頭が痛いし、首の筋もちがえたし、ビッグマックが横向きに倒れて食道をふさいでいるようだ。わたしはぎこちなく立ちあがってアスピリンと胃薬を取りにいき、調理台の上にぶちまけてしまった。ああ、もう。昼寝はとてもよい考えのように思えるのに、どうしてゾンビのような気分で目が覚めるのだろう？

濡らしたペーパータオルで顔を押さえていると、電話が鳴った。

「パトリシア・アン？」友人であり、ロバート・アレグザンダー高校のカウンセラーであるフランシス・ゼイタだった。「キャスティーン・マーフィーのことを話したのを覚えている？」

「あなたもキャシーが成長した姿を見たら、喜ぶと思うわよ」

「学校でキャスティーンの記録を出してみたの。あの子、ヴァンダービルト大学へ行ったのよ。知っていた？　それも第二優等で卒業したというヴァンダービルト大学からの手紙がファイルに入っていたの」

「あの子が優秀だってことはみんなが知っていたわよ」わたしはぶつぶつ言った。「あの子は自分がやりたいことをやっていただけ」

「あなた、寝ているの？」

「いま、起きたところだったのよ」正直に言った。「頭がぼうっとしているの」

「昼寝ができるなら」フランシスは熱心に言った。「わたしも今年で引退しようかしら。別にいいわよね。もう三十年も勤めたんだから」

「子どもたちに会えなくて寂しくなるわよ」わたしは警告した。「それに、学校自体に対しても」

「あなたと同じくらいにはね」

それがひどく寂しいのだ。人生に大きな穴がぽっかりあいたようで、その穴を埋められない。

「それはともかく、キャスティーンが大学生のとき、両親が落雷事故で亡くなったことは話したわよね？」

「ええ。みんなが予想していたような遺産は相続できなかったって。それでも、大学は卒業できたんでしょう？」

「どうやら、このあいだ殺された判事のおかげだったらしいわ。ハスキンズ判事だったわよね。彼がキャスティーンの後見人になったの。ヴァンダービルト大学が判事に送った手紙のコピーがここにあるのよ。キャスティーンが成績優秀者上位五パーセント以内に入って、優等学位で卒業することを祝福しているわ」

わたしはすっかり目が覚めていた。

「ハスキンズ判事はキャスティーンの後見人だったの？」

「幸いなことに、キャスティーンの父親は亡くなる直前に破産宣告を受けていたの。あの子なら何とか切り抜けたでしょうけど、何の手助けもなければ、大学を出るのに苦労したと思うわ」

「ハスキンズ判事は破産手続きを担当する判事だった」わたしはこれまで耳にしたことを考えあわせた。「きっと、キャスティーンはそれで判事と知りあったのね」

「運がよかったのね」フランシスが言った。「そんなふうに判事に助けてもらうなんて」

「ふーむ」

「とにかく、あなたが知りたいんじゃないかと思ったのよ。また、キャスティーンに会う機会があったら、判事のことでお悔やみを言いたいでしょ」

「ありがとう」電話の向こうで鐘が鳴った。

「パトリシア・アン、わたしはもう行かないと。また、近いうちに」

わたしは電話を切ると、思わず言った。「こんなことってあるの？」メグが〝ウイリアムズ、マーフィー、ロバート、ジョージアナ、トリニティ〟といった名前を書いたメモを手に取った。ずいぶん込み入った関係だこと。それもどんどん奇妙になっていく。ハスキンズ判事はキャシーが十代だった頃の後見人だった。珍しいことかもしれないし、珍しいことではないのかもしれない。あくまでも判事として、あるいは父親代わりとしての善意だったのかもしれない。

ええ、きっとそう。

もしかしたらフランシスに、引退すると皮肉っぽくなるし、ひとりごとが多くなるし、他人の問題に首を突っこみたくなると警告すべきかもしれない。

わたしはトリニティにあとで食べ物を持っていくと約束していた。トリニティならキャシーとハスキンズ判事の関係について詳しいことを教えてくれるだろう。とりあえず、トリニティから見たふたりの関係を。わたしはシスターからもらったチキン・テトラツィーニを分けて、トリニティの分を小さな鍋に入れた。これだけでは充分ではないかもしれない。グリーンサラダが必要だけれど、冷蔵庫のレタスははしが黄色くなっているし、へたくそパーマみたいによれよれだった。わたしは鍋を冷蔵庫に入れ、髪をとかし、口紅を塗って〈ピグリー・ウィグリー〉へ向かった。

そしてハンドバッグからお金を出そうとしたとき、ハイジの電話番号と住所を書いた紙が落ちた。住んでいるのはハリウッド大通り。ここから二ブロックしか離れていない。電話には出なかったけれど、かまうもんですか！　遠くに出かけているのなら、近所のひとが連絡先を聞いているだろう。

わたしは車をハリウッド大通りに入れ、番地を見ながら運転した。ハイジはU字形の六棟の建物から成るアパートメントB棟に住んでいた。化粧漆喰の外壁からすると一九二〇年代の建物に見えるが、この地域の多くの住宅と同様に、このアパートメントも管理が行き届いている。道路沿いの歩道から、広い歩道がU字形の建物の真ん中に延びており、きれいに縁取りされた歩道が枝分かれして、各戸の正面玄関まで続いている。きっと天井は高く、居間とダイニングルームのあいだはアーチ形に仕切られているにちがいない。歯状装飾(デンティル・モールディング)が施され、キッチンの食器棚の正面にはグラスが飾られているのだ。この地域のアパートメントは決して安くない。

わたしは足どりをゆるめ、ドアをノックすべきかどうか考えた。ほかの部屋の正面にいた車椅子のおじいさんが手をふってくれた。わたしもふり返した。ひなたぼっこを楽しむには最高の日だ。

おじいさんはこちらの注意を引こうとして、両手をあげてふっている。わたしは車を停めて、窓を開けた。

「ちょっと！」叫びながら、自分で車椅子を動かして近づいてくる。「ちょっと！」

老人は苦労することなく車椅子を動かしていたが、わたしは車から降りていった。

「あんたは動物愛護協会のひと？」

「いいえ。ハイジ・ウイリアムズという女性に会いにきただけです。どうしてですか？　何か、お困りのことでも？」

「犬だよ。ミセス・ウイリアムズの犬だ。ここ二日、ずっと吠えっぱなしなんだ。きっとミセス・ウイリアムズが食べ物も水も与えずに、かわいそうな犬を置いたまま出かけてしまったんじゃないかな」

「ミセス・ウイリアムズのお宅の鍵は誰も預かっていないのですか？」

「この近所の人間は誰も預かっていない。昼間ここにいるのはおれだけだから、動物愛護協会に連絡すると約束したんだ」男は車椅子を方向転換させると、ミセス・ウイリアムズの部屋のほうへ戻っていった。最初見たときほど年は取っておらず、おそらく五十代前半だろう。見たところ、細い脚は小児麻痺が原因らしい。男はわたしがあとをついていくと思っているらしく、わたしはそのとおりにした。

「ここだよ」アパートメントB棟を指さした。「耳を澄まして」

耳を澄ます必要はなかった。ときおりかん高い声が混じる哀れな鳴き声がアパートメントから聞こえてくる。

「何てこと！　動物愛護協会にはいつ連絡したんですか？」

「今朝だ。でも、アパートメントのなかには入れないから警察に連絡しろと言うんだ。それで警察に連絡したら、今度は動物愛護協会に連絡しろと言うのさ。たらいまわしだ」

「もしかしたら、ミセス・ウイリアムズもなかで倒れているのかも」本当に考えていることは言いたくなかった。「ミセス・ウイリアムズを最後に見たのはいつですか？」

「わからないな」男は急に手を差し出した。「ビル・マーニーだ」

わたしは彼の手を握った。「パトリシア・アン・ホロウェルです」

「ミセス・ウイリアムズは死んでないよ。もし、あんたがそう考えているなら。これだけ暑ければ、死んでいたらすぐにわかる」

その発言は聞き流すことにした。「警察に確認するよう頼みましたか?」

「犬のことしか話していない。だから、警察から動物愛護協会に連絡するって言ったんだ。それで両方が一緒にくるのかと思っていたのに、どちらもきていない」

わたしは歩道を歩いてアパートメントB棟に向かった。リビングルームらしい部屋の窓はカーテンが引かれたままだ。窓からなかをのぞこうとしたけれど、無理だった。横側の窓も高すぎてのぞくことはできず、かわいそうな犬はわたしがそばにいることを感じたらしく、さらに激しく吠えはじめた。

「あんたまで泣きたくなるだろう」アパートメントのまわりを見てまわって戻ってくると、ビル・マーニーが言った。「本当にかわいい犬なんだ」

「ミセス・ウイリアムズはこれまでこんな真似をしたことがないんですね?」わたしは訊いた。

「ない」

そのあと起こったことについては、何の弁解もするつもりもない。この男は犬の心配はしているのに、ミセス・ウイリアムズのことは心配していないのだ。それが急に腹立たしくなった。

「この状況について警察に説明しましたか？　ミセス・ウイリアムズが病気で倒れているのかもしれないとは思わなかったのですか？　近所のひとの助けが必要なのかもしれないとは思わないのですか？　思わないんですね。彼女が死んでも、遺体がにおうまで放っておくつもりだったんですか？　いったい、どうしたんですか？　あなたの電話はどこ？」わたしの声は怒りで震えていた。

「A棟だ。なあ、聞いてくれ。おれは悪い男じゃない」

彼はおそらく本気でそう思っているのだ。とりあえず、犬は助けようとしたのだから。ああ、いやだ！　車椅子の男性を責めたりして、わたしは何をしているの？　この男性はただでさえ困難をたくさん抱えているのに、わたしにまで責められるなんて。わたしは自分を落ち着かせて、彼について A棟まで行った。

「入って」彼はわたしのために玄関のドアを開けた。わたしはボー・ピープ・ミッチェルの電話番号を見つけてかけた。「やや緊急です」オペレーターに告げて、名前とビル・マーニーの電話番号を伝えた。

ビルはわたしのあとから、あらゆる運動器具がところ狭しと置かれたリビングルームに入ってきた。

「コーラでも飲むかい？」わたしが電話を切ると、ビルが訊いた。わたしは首を横にふった。ビルはキッチンへ入って、コーラをひとつだけ持って出てきた。「ミセス・ウイリアムズが病気だなんてまったく思わなかった」

「急にかみついたりしてごめんなさい」

「いいんだ。あんたの言うとおりだし。ただ、ミセス・ウイリアムズは犬を置いて出ていってしまったのだと思っていたし、近所のひとたちも同じだと思う。彼女の家の新聞と郵便をずっと預かっていたから」ビルはテーブルにコーラを置いて、バーベル二個を手にして動かした。上、下、上、下。

電話が鳴った。ボーだ。事情を説明すると、六ブロックしか離れていない場所にいるので、すぐにきてくれると言う。

「すぐに警察がくるわ」わたしは言った。

「ミセス・ウイリアムズは本当に病気だと思うかい？」ビル・マーニーが尋ねた。

「そうじゃないことを祈りましょう」怒りはもう消えていた。彼は充分にたいへんな目にあっているのだ。自分のことをよき隣人だと思わせておけばいい。このアパートメントのなかで誰よりも積極的に動いたのだから。「外で待ちます」

「おれはここにいるよ」

はは一ん。何が見つかるか怖いのだ。

数分後わたしの車のうしろに、ボーが乗った白黒のパトカーが停まった。

「何があったんです？」ボーは近づいてきながら訊いた。

「耳を澄まして」

「ひとを呼んでおいて〝バスカヴィル家の犬〟の鳴き声でも聞かせるつもりですか？」

これまでの状況を説明すると、ボーはわたしと同じようにアパートメントのまわりを見てまわった。

「なかに入れないの？」わたしは訊いた。

「それは無理です、パトリシア・アン。ひとの家に勝手に入ることはできません。警察をクビになってしまいますよ。それだけじゃすまないんです」

「とにかく、何とかして。気の毒な女性が脳卒中か何かを起こしていたら、どうするの？」

「ちゃんと手は打ちます。少し時間をください」ボーはあたりを見まわした。「〝よきサマリア人〟の部屋は？」

「A棟よ」

「少し、そのひとと話してきます」

ビル・マーニーはボーを待っていた。彼がドアを開けるのが見えた。わたしはB棟の玄関まえの階段に腰をおろした。なかの犬はおとなしくなっていた。ときどき鼻を鳴らす音が聞こえるが、まえのような鳴き声ではない。「もうすぐ出してあげるからね」わたしはささやいた。

ボーは戻ってくると、別の警察官がアパートメントのドアの鍵を開ける令状を持って向かっていると説明した。確かに、何か異常があったようだからと。そして、わたしにここで何をしていたのかと尋ねた。

わたしはジョージアナ・ピーチの病気の話からはじめ、最後は〈ピグリー・ウィグリー〉

は三月になるとレタスがべらぼうに高くなるという話で締めくくった。

「わかりました」ボーは階段の隣に腰をおろした。

「ねえ、想像して」わたしは言った。「このアパートメントには六軒も住んでいるのに、この家の女性を数日見ていなくても、新聞と郵便が山になっていても、犬が鳴きはじめるまで、誰も彼女の様子を確認しようとしなかったのよ。やっと動いたときだって、ミセス・ウイリアムズではなくて、犬のほうを心配していたんだから」

「みんな、犬が好きなんですよ」ボーは言った。

「ハイジ・ウイリアムズは好かれていなかったと言うの？」

「そんなこと、わたしにわかるはずないでしょう。ひとは他人の生活に関わりたくないものです。他人の領分は侵したくないし、自分のところにも踏みこまれたくない。でも、犬はちがいます。ただの犬ですから」ボーはため息をついた。「パトリシア・アン、あまりほかのひとに辛くあたらないで」

「何だか悲しいわ」わたしは言った。

「わたしもです」

二台目のパトカーが到着し、カイゼルひげを生やした二枚目の中年の警察官が降りてきた。

「ランボー」ボーが呼びかけた。

「やあ、ボー・ピープ」警察官が歩道を歩いてくると、ボーがガストン・ランボーだと紹介した。

「まったく。このあだ名とずっと付きあっていく身にもなってほしいわ」

「ボー・ピープをやっつけろ」ランボーが微笑んだ。アパートメントのなかにいる犬がまたうなりはじめた。「なかを見る覚悟はできているか？」

「わたしたちだけのほうがいいわ」ボーが立ちあがった。「パトリシア・アン、ここで待っていてください」

「ふざけて入ったりしないわ」わたしは階段に腰をおろした。ビル・マーニーがまた歩道に出てきていたので、わたしたちは一緒に待った。

「この子です」まもなく、ボーが茶色と白が混ざっている雑種の小型犬を差し出した。「いまのところ問題ありません」

わたしは震えている小さな犬を抱いた。こんなに小さな犬があんなに大きな声を出していたなんてびっくりだ。

「ドゥードゥルというんだ」ビル・マーニーが教えてくれた。

「もう平気よ、ドゥードゥル」ささやきかけた。「あなたはもうだいじょうぶ」

「水を持ってこよう」ビルは自分の部屋へ入っていった。わたしは犬を抱いたまま立ちあがって彼の家のポーチまで歩いた。「さあ、お飲み、ドゥードゥル」ビルはわたしの腕から犬を抱きあげると、オレンジ色のプラスチックのボウルのまえにおろした。ドゥードゥルが水を飲みほすと、ビルはもう一度ボウルの半分まで水を入れてきた。「缶詰のシチューは食べるかな？」ビルが訊いた。

「きっと大好きよ」

ビルの家のポーチでドゥードゥルが大きな缶詰のシチューを食べ終えるのを見ていると、ボーとガストン・ランボーがアパートメントから出てきた。

「異常はないようでした」ボーは言った。「犬はただお腹がすいて喉が渇いていたみたい。飼い主の扱い方に多少の意見は表明していましたけど」

ビル・マーニーはほっとした顔をしていたし、きっとわたしも同じだったはずだ。

「ミセス・ウイリアムズのご家族について何かご存じじゃないですか？」ガストン・ランボーが訊いた。

「〈ザ・ファミリー・ツリー〉のキャスティーン・マーフィーなら知っているかも。ミセス・ウイリアムズはそこで働いていたんです。ジョージアナ・ピーチと一緒に。でも、いまジョージアナは大学病院の集中治療室に入院しているので」

「なるほど。この件の処理をしなければならないので」ボーは言った。「こちらの方のお話によれば、ミセス・ウイリアムズはこれまでこんなことはなかったということでしたね」

「ああ、一度も」ビルはもう一度言った。「ミセス・ウイリアムズが戻ってくるまで、ドゥードゥルを預かってもいいかな？」

「動物愛護協会に引き渡したいのかと思っていました」

「ドゥードゥルを助けてもらいたかっただけだよ。おいで、ドゥードゥル」小型犬はビルの膝に飛びのった。

「かまわないと思いますよ」ボーは言った。

「ドッグフードを持ってきましょうか？」わたしは言った。

「たぶんB棟にあるでしょう」ボーが言った。「パトリシア・アン、見てみましょう」

「ボー、それじゃあ、あとで」ガストン・ランボーが言った。「この件については、おれが報告書を書いておくよ」

「ありがとう」

わたしはボーのあとからハイジ・ウイリアムズの部屋に入った。

「何なの？」わたしは訊いた。「ドッグフードを持ってくるだけなら、わたしが手伝う必要はないでしょう」

「犬の糞を掃除するのを手伝っていただこうかと思って」

「冗談でしょ」

「汚れた部屋にミセス・ウイリアムズを帰すわけにはいきませんからね」

わたしたちはきちんと片づいているリビングルームに入った。「ミスター・ウイリアムズというひとはいるの？」ボーに訊いた。「ビル・マーニーに訊くのを忘れていたわ」

「部屋を見てください」

ボーの言うとおりだった。ここはフリルやクッションやレースのカーテンに囲まれた女性の部屋だ。ドゥードゥルではなく、猫を飼っていそうな女性の。だが、実際に飼っていたのはドゥードゥルで、裏のポーチに置かれた空の水入れと餌入れの近くを汚したのもドゥードルだ。

「あまり気持ちのいい状況ではありませんね」ボーは言った。

「わたしもよ」わたしは山のようなドゥードゥルの糞と黄色く濡れた新聞紙を見て言った。

「わたしが言っているのはこちらの女性が姿を消した状況です。ベッドにハート形のクッションを置いて〈ローラアシュレイ〉のカバーやカーテンを使っている女性が犬を置いて出かけるとは思えません」

「それはボー・ミッチェルの持論？」

「いいえ。しっくりこないだけです。警察の仕事をしていて学ぶことのひとつが、しっくりくるかどうかなんです。しっくりこないときは、何かがおかしい」

「すばらしい」わたしはそう言ったが、心から微笑むことはできなかった。「ハイジ・ウイリアムズはいくつなの？」

「知るわけないでしょう。彼女はあなたの友だちですよ」

「彼女のことは何も知らないのよ。ジョージアナ・ピーチのために連絡を取ろうとしただけだから」

「パトリシア・アン、あなたの友だちはおかしなひとばかりですね」

「確かにね。でも、糞を片づける手は止めないで、ボー・ピープ」

わたしたちはしばらく掃除を続けた。

「少なくとも、ドゥードゥルは同じ場所にいたようですね」ボーはモップをゆすぎながら言った。

「お行儀のいい子なのよ」

「ええ」ボーは床をモップでふいた。「パトリシア・アン、ジョージアナ・ピーチはどんなひとですか?」

「最近初めて会っただけだから。系譜調査員で、メグ・ブライアンとその妹さんの昔からの友人よ。いいひとだと思うけど。どうして?」

「彼女とハスキンズ判事の関係については何かご存じですか?」

「ジョージアナが判事を好きだったということだけ」

「ジョージアナが判事を殺したくなる理由はない?」

「わたしが知るかぎりでは。どうして?」

「凶器が発見されました。ジョージアナの名前で登録された銃です」

「ジョージアナの名前で登録された銃? ジョージアナは銃を持っていたの?」あまりにも驚いたせいで、持っていた洗剤のボトルを落としそうになった。「どこで見つかったの?」

「判事の隣の家のプールです」

「そんな!」

ボーはモップの柄の先で両手を組んであごをのせた。「彼女のことが好きですか? ジョージアナのことが」わたしをじっと見つめて質問した。

「ええ、とても」

「心配せずに、夜はきちんと寝てくださいね。プールで銃が見つかった？　ちっとも、しっくりこない」

16

ハスキンズ判事殺害の凶器がジョージアナの銃で、それが判事の隣家のプールで発見されたことがしっくりこようがこまいが、心配せずにはいられなかった。自宅に戻ってサラダをつくったり、使い慣れたキッチンのなかを動きまわったりしながら、わたしは心配した。〝わたしはロバートを愛していたけど、彼は女性が大好きだった〟というジョージアナの言葉が頭のなかで鳴り響いた。でも、判事が二十四歳のジェニー・ルイーズに声を出させたからといって一線を越えてしまうほど、ジョージアナが彼を愛していたとは思えない。聞いたところによれば、二十四歳の娘に声を出させるのは判事の趣味だったようだ。だって判事は〝女性が大好き〟だったのだから。ああ、やだやだ。ハスキンズはこれまで眉間を撃たれずに生きてきたのが幸運だっただけのスケベ親父だったのだ。

わたしは叩きつけるように食べ物をトレーにのせると、ジョージアナのアパートメントに向かった。そしてノックするまえにトリニティがドアを開けた。「うれしい。お腹がへってしまって」

チキン・テトラツィーニとトストサラダと冷凍庫にあった〈サラ・リー〉のチーズケーキ

をのせたトレーを差し出した。「こんにちは、トリニティ」

「息が切れているわ」トリニティが言った。「そんなにハーハーいって」

「階段が急だから」アパートメントの裏口の階段は実際に急だった。

「なかに入って、息を落ち着かせて」

「ありがとう」わたしはキッチンの椅子を引いて腰をおろした。ジョージアナの家のキッチンは狭かったが、とても明るくて風とおしがよかった。

食器棚や調理器具は白く、床のタイルは白に幾何学的な模様が入っている。いますわっているテーブルは、庭に置くユーモラスな彫像の上に厚いガラスの天板がのっているものだ。二羽のウサギが腕を伸ばしてガラスを支えているのだ。リサイクル品店で買ったと思われる、座面が籐の四脚の椅子には、明るい色で十数個の三角形や円や線が描かれている。アーティストのキッチンだ。

「すてきなキッチンね」トリニティはジョージアナが銃を持っていたことを知っていたのだろうか?

「ほかの部屋もすばらしいのよ」トリニティはもう電子レンジにチキンを入れている。「下のオフィスも。いつもジョージアナに職業を間違えたんじゃないかって言っているの」

「ジョージアナがやったの?」

「全部ね」トリニティは食器棚から皿を出した。「アイスティーでもどう?」

「いただくわ。きょうになって、ジョージアナから連絡があった?」

「キャシー・マーフィーが電話をくれて、変わりはないと言っていたわ。少しだけよくなっているかもしれないって。キャシーがそばを離れなければならないから、もう少ししたら交替するわ」トリニティがアイスティーとレモンを運んできた。

「キャシーは下のオフィスにくると言っていた？」わたしはトリニティにボー・ミッチェルのことは除いてハイジ・ウイリアムズのことを説明し、もしかしたらキャシーかジョージアナがハイジの親戚を知っているかもしれないと話した。

電子レンジがチンと鳴り、トリニティが立ちあがってチキン・テトラツィーニを出した。

「最初に図書館へ行くと話していたわ。でも、居間の電話の横にジョージアナの住所録があるわよ。もしかしたら、そこに何か書いてあるかも」

「見てみるわ」

アパートメントは新しく、ペンキは塗りたてで絨毯も清潔であり、わたしが装飾を手がけたとしても何とかなっただろう。だが、ジョージアナが部屋に施した装飾は本当にすばらしかった。わたしは古いものと新しいものを組みあわせる微妙なさじ加減に感心しながら、部屋のなかを歩きまわった。ルーサイトランプが置かれた古いヤナギ細工のテーブル、聞き覚えのあるバーミングハムの画家たちが描いた絵、音楽祭のポスター。暖炉の上にはピーチやグリーンの明るい色彩で描かれた『野鴨追い』の小さなキルトがかかっている。トリニティの言ったとおりだ。ジョージアナには装飾の才能がある。

住所録でさえ、みんながメトロポリタン美術館で買うような、メアリー・カサットの封筒をなめている女性の絵がついたものではなかった。ジョージアナの住所録はピンク色の貝殻の裏を接写したもので、一瞬わたしは何が写っているのかわからなかった。わたしは住所録やソファの上のクッションに見とれるあまり、何を探していたのか忘れそうになった。

「見つかった？」トリニティが訊いた。

「見るものすべてに見とれてしまって」

「だから、ジョージアナは職業を間違えたって言ったのよ」

「本当ね！」貝殻の住所録を開いてウイリアムズの欄を見ると、デビーが人名録を見て教えてくれた番号と住所が書いてあった。「ここにはいないのよね」住所録をキッチンへ持っていくと、トリニティはテーブルにすわって食べていた。

「おいしいわ」フォークでチキン・テトラツィーニをすくって言った。

「ありがとう」メアリー・アリスが頼んだケータリング業者がつくったなんて説明する必要はない。

「オフィスに何かあるかも。仕事のファイルとか」トリニティが言った。

「行ってみてもいい？」

「居間のドアの向こうの階段をおりて」

「警報装置か何かはついていない？」

「あるけど、作動していないから。キャシーがあとでオフィスにきたら作動させると言っていたわ。オフィスの部分だけだけど。鍵は外からかけるから、ここからは階段をおりていけるわ」

「たぶん、すべてパソコンに記録してあるのよね」

トリニティはサラダにランチドレッシングをかけた。「ファイルが入っている棚と、回転式のカードファイルがあるわ」

「見てみる」わたしは言った。「居間を出てすぐ？」

レタスを頬ばっていたトリニティはうなずいた。

オフィスはきちんと整頓された魅力的な部屋で、上の居住空間と同じピーチとグリーンの色あいで装飾されていた。三つの机も、書棚も、ファイルの棚もすべて白だった。小さな応接スペースにはヤナギ細工のふたりがけソファと、ヤナギ細工のリクライニングチェアふたつがあり、それにあわせたクッションが置かれていた。居心地がよく、快適な空間だ。そしてソファの上の壁には古いヴァレンタインカードのコラージュがかかっている。

「まあ」すっかり惚れ惚れして声が出た。

「すてきですよね？」

わたしは飛びあがり、そしてやましくなった。キャシーがうしろに立っていたことに気づかなかったのだ。「トリニティに下におりてもいいと言われたものだから」教室の外に出る許可証を持ってない生徒のような気分で言い訳した。

「もちろん、かまいません。何を探しているんですか、ホロウェル先生？」

「ジョージアナにハイジ・ウイリアムズに連絡するって約束してアパートメントは見つけた

んだけど、そこにはハイジがいなくて、近所のひとの話では何日も姿を見ていないというのよ」

「なるほど」キャシーの両手は大きなハンドバッグと、ノートパソコンと、書類鞄でふさがっていた。それで机に荷物を置いて、回転式カードファイルをめくっていった。「ここには住所しか書いてありませんね」

「履歴書は？　社会保障の欄に近親者を書くんじゃなかった？」

「どうだったかしら。ちょっと見てみますね」ファイルの棚まで行って、引き出しを開けた。

「ウイリアムズ、ウイリアムズ。ないですね」机に戻ってきた。パソコンに入っているのかもしれません」わきのカウンターに置いてあったパソコンの電源を入れた。例のうなるような音とブーンという音が続く。「ウイリアムズ、ウイリアムズ。ブレンダ・ウイリアムズがあったわ。でも、ここにあるのはほとんどが調査しているひとたちの名前ですね。ジョージアナは経理は会計士にまかせているんです」

「でも、会計士は記録したものをジョージアナに返しているかも」

キャシーはパソコンを消した。「すみません、ホロウェル先生。ジョージアナがそういう書類をどこにしまっているのか知らないんです」肩をまわして首をもんだ。「明日、もっとよく調べてみます。きょうは防犯システムを作動させにきただけなので」

「疲れているみたいね」わたしは言った。

「はい。図書館へ行かないといけないんですけど、〈サブウェイ〉に寄ってサンドイッチでも食べてから家に帰ります」ハンドバッグとパソコンを持った。

「手伝うわ」わたしは書類鞄を持ち、キャシーのあとから廊下に出ると、鞄をわきに抱えた。

「病院を出るとき、ジョージアナの具合はどうだった?」

「熱が急にあがってしまって」キャシーは肩をすくめた。「抗生物質を変えるみたい。わたしたちには祈ることしかできないみたいです」ドアの近くの防犯システムのパネルのほうを向いた。

「セットするまえに二階にあがってください」キャシーは説明した。「玄関ホールでもセンサーが働くので。トリニティにはまたあとで説明すると伝えてもらえますか?」

「わかった。家に帰って、少し休みなさい」

二階に戻ったとき、トリニティはチーズケーキを食べ、コーヒーを飲んでいた。「少し、食べる?」

わたしは首をふり、家に帰らなければならないと告げた。夫が帰ってきて夕食を食べるから、と。

「もう、男どもときたら!」トリニティが言った。

「わたしは好きよ」

「あら、わたしもよ。ただ、食べさせるのがいやなだけ」

わたしはキッチンのテーブルに腰をおろした。「ハスキンズ判事について聞かせて。メグとのこと」

「話すことなんてないわ。ふたりは大学で会ったの。ロバートの家族は人間のクズだった。そのままの意味で言ってるのよ。でも、彼はジリョクで、みんなに追いついて、ロースクールに入った」

「自力という意味よね？」

「とにかく、わたしが言ったとおりの意味よ。たぶんメグにとっては初めて寝た相手で、それでメグは結婚しなくちゃいけないと思ったみたい。彼にべた惚れだったから。ロバートのほうは最初はメグを踏み台にするつもりだったみたいだけど、そのうち本気で愛するようになったのね。いつだって、そうなの。ロバートはいつも馬鹿なことをしでかしていたわ。利口だったけど、馬鹿げたことをしちゃうの」

「ふたりの結婚生活はどのくらい続いたの？」

「七年？　八年だったかしら？」トリニティは頭をふった。「メグはロバートをロースクールに通わせるのをやめて、礼儀作法を教えたの。でもね、パトリシア・アン、クズって結局は浮かびあがってくるものなのよ。わかるでしょ」

「でも、判事になったわ」

「知ってるわ」トリニティは席を立って、コーヒーカップを洗った。

「非嫡出子認知書が理由で、判事がメグを殺したと本気で考えているの？」

「最初はね。ロバートはあのクズみたいな家族を大切にしていたから。どうしてかわからないけど。でも、メグはロバートが困る何かを知っていたって、ジョージアナが言うの。いったい何のことか、さっぱりわからないけど。でも、それが何だったにしろ、ふたりとも死んでしまった」

「でも、お昼を食べていたとき、メグはたまたま判事と会ったのよ」

「ふん。あそこでお昼を食べることは誰が言い出したの？　あなたは姉をよく知らないから」

「メアリー・アリスが言い出したことだと思うけど」

「賭ける？　わたしはロバートがそこでお昼を食べていることをメグが知っていたほうに、命を懸けてもいいわ。バーミングハムにくるたびに、メグはロバートに〝偶然〟出くわすのよ」

「ジョージアナもロバートを愛していた」これは質問ではなく、断定だった。

トリニティは首をふりながら、肯定した。「理屈じゃないのよね。このわたしだって、一時はあの男に憧れた時期があったんだから」

そのことについて考えをめぐらせていると、電話が鳴った。トリニティは出なかった。すると〈ザ・ファミリー・ツリー〉の名前で応答するジョージアナの声が流れた。そのあと都合のいいときに電話をかけてきてほしいとジョージアナに伝える女性の声が聞こえてきた。そのメッセージを耳にして、わたしはメグが「助けて！」と言ったように聞こえた声を思い出した。

「ここの留守番電話のメッセージを聞いた？」トリニティに訊いた。

「いいえ。全部、系譜調査のことだと思ったから」

「あなたに聞いてほしいメッセージがあるの」わたしはテープを巻き戻したが〝助けて!〟というメッセージは見つからなかった。

「何なの?」わたしが〝系譜調査のこと〟を流していると、トリニティが訊いた。

「あなたが興味を持ちそうなメッセージがあっただけ。たいしたことじゃないから」

トリニティが出かける準備をしてそれ以上詳しく訊いてこなかったので、ほっとした。亡くなったお姉さんの声で〝助けて!〟と言っていたなんて、どう説明するつもり? どうやらノートパソコンが入っているらしい、メグと同じMMBの頭文字が記された書類鞄をキャスティーン・マーフィーが持っていたことも。

夕食後、わたしはシスターの家に行ってくると話してフレッドを驚かせた。

「どうして?」フレッドが言った。「少し待っていれば、向こうからくるさ。どうして、メアリー・アリスに会いにいかなきゃいけないんだ?」

「ニューオリンズへの旅行のことでよ」

「電話すればいいだろう」フレッドは新聞の上からわたしを見た。フレッドはあと十分もしたら居眠りをはじめる。それはふたりともわかっている。でも、眠っているあいだ、フレッドはテレビをつけたままにして、向かい側でわたしが読書や縫い物をしているのが好きなのだ。

「電話ならしたわ。着ていく服を確認してもらいたいのよ。シスターのマッサージ師もきているし」

「シスターの何だって？」

「シスターにマッサージをしてくれる女性よ。一緒にわたしにもしてくれると言うから」

「マッサージならわたしがしてやるよ」フレッドは言った。「パトリシア・アン、夜は街をうろうろしてほしくないんだ。危ないから」

「年寄りくさいことを言わないで」わたしは言った。「新聞を読み終わる頃には戻るから」

フレッドにキスをして、ジョギングをするひとや遅くなった黄昏どきに金網越しでお喋りに興じている近所の人々でごった返す、犯罪多発の町に出ていった。シスターに見せる服を忘れてしまったけれど、幸いなことに、フレッドは気づいていなかった。

メアリー・アリスはバスローブ姿でわたしを迎えた。「遅かったわね。フランシーンは帰っちゃったわよ」

「かまわないわ。どうせ長居できないから。ただ、見てもらいたいものがあるの」

「なあに？　キッチンに行きましょ。まだ夕食を食べてないのよ」

わたしはシスターのあとをついていき、猫のバッバがのっている保温パッドの近くのスツールにすわった。そして家から持ってきた封筒を置くと、バッバが見あげて挨拶代わりのあくびをした。「メグのパソコンと書類鞄を持っているひとがわかったわ」

「誰？」シスターは冷蔵庫を開けて、なかをのぞいた。「このチキン・テトラツィーニを食べたほうがよさそうね。軍隊に配れそうな量だから。あの低脂肪・高炭水化物ダイエットというのはできあがった食品を買うの？　それとも自分でつくるためのレシピなの？」

「ちょっと、メアリー・アリス。わたしの話をちゃんと聞いていた？」

シスターは顔をあげて驚いた顔をした。「だから、誰かって訊いたじゃない」

「でも、ちっとも注意を払ってくれないから。重大な話なのよ」

「この鍋を電子レンジに入れてもいい？　それとも気をつけをして聞く？」

「気をつけよ。キャシー・マーフィーが書類鞄を持っていたの。パソコンはきっと、そのなかよ」

「どうしてわかったの？」メアリー・アリスは鍋を電子レンジに入れた。

わたしはハイジ・ウイリアムズに関する情報を得るために〈ザ・ファミリー・ツリー〉のオフィスにいたら、キャシーが入ってきたのだと説明した。「彼女が帰るとき、わたしが書類鞄を持ってあげたの。ノートパソコンが入っているときってわかるでしょ。それにフラップにMMBという頭文字が入っていたから」

シスターが電子レンジから鍋を取り出し、カウンターまで持ってきて腰をおろすと、スツールが音をたてて文句を言った。「体重を落とさないと」

その話には触れないことにする。

「本当にメグの鞄なの？」シスターが訊いた。

「間違いないわ。でも、キャスティーン・マーフィーはどうやって、それからなぜ鞄を手に入れたのかしら？」

「うーん」シスターはチキン・テトラッツィーニを口に入れ、舌の上で転がしてから水の入ったコップをつかんだ。「熱い」

「とにかく、キャシーは何か悩んでいることがあって、それが何かという答えは――」手紙が入っている封筒をシスターのほうへ押し出した。「――ここにあると思うの」

「あんたが読んだんじゃなかったの？」

「読みはじめたんだけど、すぐに眠くなっちゃうのよ。お願い、手伝って」

「でも、何を探せばいいのよ？」

「わからない。怪しそうな手紙をふたつよけておいたから。いちばん上がそうよ」立ちあがって冷蔵庫からコーラを出した。「でも、メグのディスクでわたしが何に気づいたと思う？」

シスターは首をふった。

「手直しされた家系図よ」わたしはカウンターに戻った。「結婚パーティーでメグを〝恥知らず〟と呼んだカミール・アチソンを覚えている？」

「あのひと、バディの娘だったのよ」メアリー・アリスが言った。

「あなたのバディ・ジョンソンの娘？」

「残念ながら」

「冗談でしょ」そのとき、カミール・ジョンソン・アチソンというファイルがあったことを思い出した。

「嘘だったらいいのにと思うわよ。彼女がどうしたの？」

「どうやらカミールは〈アメリカ革命の娘たち〉に入りたかったみたいで、メグに血統を証明してもらおうとしたみたいなの。普通はどう呼ぶのか知らないけど。とにかく、それで見つかった南北戦争時代のカミールのご先祖がシャーマン将軍だったわけ」

シスターがフォークを置いて、わたしを見た。「シャーマン将軍？　バディはシャーマン将軍の子孫なの？」

「正確にはわからない。将軍の代わりに別のシャーマンが存在している家系図もあるのよ。南軍のために戦った、サウス・カロライナ州の仕立屋のシャーマン」

「ぜったいに、そっちが本物よ」シスターがうれしそうに言った。

「大事なのはそこじゃない」わたしは言った。「誰かが記録を変えたという事実よ」

「そんな記録で通用するわけ？」

「証拠があれば」わたしは裁判所へ行ったら、クロヴィスとエリザベスのジョンソン夫妻の記録がなくなっていたことを話した。

「ちょっと待って」メアリー・アリスはわたしの目のまえでフォークをふった。「これって、どっちもあり得るわよね？　たとえば、あんたが系譜調査員で誰かの家系図にシャーマン将軍とかアドルフ・ヒトラーの名前を見つけたとする。あんたは顧客にお金を払わせて、その名前を消すことができる。でも、本当は存在していなかったシャーマン将軍の名前をどこかに入れることもできる。そうやって脅迫するのよ。すごい」

「確かに可能ね。メグが〝食うか食われるか〟の世界だと言っていたのは、そういう意味だったのかも」

「メグは家系図の書きかえに関係していたと思う?」

「わからない」わたしはコーラを飲んだ。「でも、メグはロバート・ハスキンズが関係していると思って、彼を守ろうとしたんじゃないかしら」

「どうして?」

「どうしてハスキンズ判事を守ろうとしたのかってこと? 初恋の男性だったのよ。シスターだって、オデル・マーティンのことは特別な思い出でしょう?」

「誰、それ?」

「いいの、手紙を読みましょう」わたしは言った。

一時間たっても、何の成果もなかった。メアリー・アリスは最後の一通を手紙の山に置いて言った。「気絶しちゃいそう。眠くてたまらない」

わたしもあくびをして身体を伸ばした。「きょうハイジ・ウイリアムズの家へ行ったことは話さなかったわよね。ジョージアナ・ピーチがずっと探してくれって言いつづけているひとよ。でも、家にはいなくて、しかも犬が何日も家に閉じ込められていたの。ボー・ミッチエルがきて助け出してくれたのよ」

「へえ。だいじょうぶだったの?」

「犬のこと? 喉が渇いていて、お腹もすかしていたけど。いまは近所のひとが預かっているわ。でも、いちばん大切なことを話すのを忘れていたわ。ハスキンズ判事を殺した凶器はジョージアナ・ピーチの銃で、判事の家の隣のプールで発見されたって、ボーに聞いたのよ」

「本当なの？　どうして誰かを撃った銃を隣の家のプールに投げ捨てたりするのよ？　すぐに見つかってしまうのに」

「わからない」正直に言った。

「誰かに罪を着せられているように見せかけたいなら、話は別だけど。ジョージアナって、そういう遠まわりなことをするひと？」

「それほどよくジョージアナを知らないから」

「あたしはそういうひとだと思うわよ。あまりにもあからさまだから、誰もジョージアナが犯人だとは思わない」

「どうかしら」わたしは言った。「本当にわからないのよ」

「あり得るわ」

わたしは肩をすくめた。そうであってほしくなかった。ジョージアナ・ピーチが好きだから。

「まあ、いいわ」シスターが言った。「仕事に戻りましょう。マウス、アメリカ系譜調査協会の手紙はあった？」

わたしは顔をあげた。「なかったわ。どうして？」

「この最後の手紙はアメリカ系譜調査協会のミセス・ウィノナ・グラフトン宛で、すばやい返信に感謝して、三月二十六日にアトランタで会うことを楽しみにしていると書いているの。来週よ」

「ええっと、その手紙の日付は？」

「十三日。メグが結婚式でこっちにくるまえの日ね」

わたしは手紙を読んだ。「これだと、どんな用件かはわからないわね」

「判事の件ではないかもしれない。でも〈ザ・ファミリー・ツリー〉の女性たちは記録を改ざんして、図書館の資料を盗んだのよ」

「可能性はあるわね」わたしは認めた。「きっと、それは系譜調査機関の全国的な組織で自主規制をしているんだと思うわ。メグはそこに報告したのかも」

「もうひとつの可能性は、ハイジ・ウイリアムズもメグもふたりとも死んでしまったということ」

「わたしも、それは考えたの」わたしは身震いして言った。

メアリー・アリスは立ちあがり、街を見渡せる窓まで歩いていった。「ふたりともヴァルカンの足もとの洞穴にいるのよ、マウス」

そんなはずはないとわかっていたけれど、それでも身体が震えた。窓のまえのシスターの隣に立ち、山頂の鉄像を見つめた。夜は暗闇を背景にして照明をあてられているせいで、昼間以上に大きく見える。ヴァルカンの向こうの東の空では、明るく美しく輝いている金星が地平線に沈みかけている。

「金星（ヴィーナス）って、ヴァルカンの奥さんだって知ってた？」わたしは訊いた。

「あたしはそんな大事な知識を知らずにきたのね」

「奥さんなのよ。ヴァルカンはヴィーナスを愛していた。だから、浮気をされて激怒したの」

「激怒したの？　へえ」

「ヴィーナスの愛人たちをこらしめるために、魔法の武器をつくったの」

シスターがわたしのほうを向いた。「あんた、クイズ番組に出なさいよ」

「いやよ。とにかく、聞いて。おもしろい話だから。ヴァルカンは脚が悪いんだけど、それは嫉妬深い継母のヘーラーが、ゼウスの不義の息子であるヴァルカンをオリュンポスから投げ落としたから」

「まともじゃない家族はいまにはじまった話じゃないって言いたいの？」

わたしは少し考えてから答えた。「シスター、わたしたちのだめなところを知っている？」

「自分で言うつもりなんでしょ？」

「うちの家族はそれほどひどくないと思うの。考えてみて。ママもパパもわたしたちを愛してくれて、虐待なんかしなかった。お金はあまりなかったけど、まわりもお金持ちではなかったから、その差はわからなかった。だから、わたしたちは厳しい現実の世界に対する覚悟ができていないのよ」

「あんたはフレッドと厳しい現実で生きているわよ。『わかったよ、パトリシア・アン。何でもきみの言うとおりにするよ』って言わせて。それに——」シスターがわたしのひじを突っついた。「——あんたがあたしのシャーリー・テンプル人形を盗むなんて、うちの家族だってまともじゃないわよ」

「わたしが盗ったのはラブマン百貨店のティールームのフォークだけだし、それだってママに言われて返したし、あやまったじゃない」わたしはシスターを見たが、視界の隅で光がまたたき、窓のほうに視線を戻した。右側の山の下のほうで、光が明滅している。

「あの光は何？ あそこには何もなかったと思うけど」

「いくつか道があるのよ。たぶん、迷った犬か何かを探して、誰かが懐中電灯を持って歩いているんでしょ」

「ここには登ってこられないわよね？」

「首の骨を折りたくなければね」

「登ることはできるのね」

「パトリシア・アン、やめて。登ってなんかこられないわよ。登ってきたとしても、そんなときのために防犯システムをつけているんだから」

「その防犯システムは暗証番号を知られているのよ。そうでもなければ、キャシー・マーフィーがメグの書類鞄を持っているはずないわ」

「心配しないで。すわりなさい。アイスクリームを持ってくるから」

一時間後、わたしが車に乗ろうとすると、シスターが言った。「ねえ、マウス」ふり向くと、玄関のまえでシスターの影だけが見えた。「あんたは本当はよそからもらわれてきたのよ」

中指を立てたのが、シスターにちゃんと見えていますように。

17

家に帰ったとき、フレッドはソファで寝ていた。夫に毛布をかけ、温かい湯で気分が安らぐことを期待してシャワーを浴びた。だが、そうはいかなかった。わたしはガウンを着て、ミルクを取りにキッチンに入った。フレッドは動かない。わたしは寝室にミルクを持っていき、ジョージアナの家に電話をかけた。

初めて、留守番電話が応答しなかった。「もしもし」トリニティが出た。

「パトリシア・アンよ。ジョージアナの具合はどう？」

「医者はかなり深刻だと言っているわ。期待していたほど抗生物質がウイルスに効いていないみたいで。九時にジョージアナと会ったけど、わたしだとわかったのかどうか。何か変化があったら連絡するから家に帰るよう医者に勧められたの」トリニティの声が震えている。

「パトリシア・アン、ジョージアナはもうだめな気がする」

「ああ、トリニティ、そんなことになったら辛いわ」

深いため息が聞こえた。「ええ、わたしも」

「トリニティ？　訊きたいことがあるの。メグはジョージアナの仕事をどのくらい引き受けていたの？　あなた、知っている？」

「正確にはわからない。ただ、メグはバーミングハムにはそれほど頻繁に行かなかったけど、いまはパソコンやらファクスやらがあるから、行かなくても仕事はできるわ。アラバマ南部とミシシッピの調査の大部分はメグがやっていたんじゃないかしら」

「結婚式でこっちにくるまえに、こっちにいるあいだはジョージアナの仕事をすると話していなかった？」

「メグはジョージアナは町にいないと話していたのよ。メグはジョージアナの家に泊まるつもりだと思っていたから、それで覚えているの。どうして？」

「いえ、何となく」

「まさかメグの死にジョージアナが関わっていると考えているんじゃないわよね？　もしそうなら、そんな考えはいますぐ捨てて。ジョージアナじゃないわ。命を懸けてもいい」

たぶん、メグもそう思っていただろう。でも、これ以上トリニティを動揺させられない。

「もちろん、そんなことは考えていないわ」嘘だ。わたしはジョージアナの容態に何らかの変化があったら（〝彼女が死んだら〟という言葉に代わる、じつに婉曲的なやさしい言い方だ）連絡してほしいと伝えて電話を切り、すぐにキャスティーン・マーフィーについて訊き忘れたことに気がついた。

メアリー・アリスとわたしはいくつか結論を出していた。何よりも重要なのは、ジョージアナ・ピーチがおそらくはキャスティーン・マーフィーと共謀して家系図を改ざんし、依頼人を脅すか、あるいは高額な料金を請求するかしていたことにメグが気づいたということだ。ジョージアナとキャシーは反証となる裁判所の記録を改ざんするか、盗むか、破り取ったりもしていた。これも何らかの連邦法違反になるのだろうか？　公的な記録の窃盗？　たぶん、なるだろう。脅迫は当然なる。メグは家系図が改ざんされていることや、アメリカ系譜調査協会の女性との約束がわかる手紙を見せたくて、パソコンのディスクを残したのだ。

「内部告発ね」シスターは満足そうに言った。「メグはその協会に密告しようとしたせいで、ふたりに消されたのよ」

「殺されたって意味ね。古い映画の観すぎよ」そうは言ったが、筋は通っている。「でも、ハスキンズ判事の件は？」

「判事はジョージアナとキャシーがメグを殺したことに気づいて、密告しようとして消されたのよ。それにジョージアナはまだ判事に惚れていたから、ジェニー・ルイーズに嫉妬したのね」

わたしはシスターをまじまじと見た。「判事はジェニー・ルイーズに声を出させていたとき、ふたりに消されたの？　ねえ、シスター。どこでそんな言葉を覚えるわけ？」

「〝あなたは帽子を脱ぎます〟この言葉と同じよ」

「それなら、ハイジ・ウイリアムズは？　彼女はいまどこにいて、ジョージアナはどうして彼女に会いたがるのかしら」

「ハイジはメグ殺しの真相を知っていて、それで命を狙われていることに気づいて逃げたのよ」

「ふたりに消されるかもしれないから」

「そのとおり」

筋は通っている。「でも、留守番電話に吹きこまれたメグの声は？　あの〝助けて〞というやつ」

「間違い電話よ」シスターは〝そんな些細なことでじゃまをしないで〞という口調で断言した。

「朝になったらボー・ミッチェルに電話して、この話を聞いてもらうわ」

「ほかの人間に聞かせちゃだめよ」シスターが警告した。

「消される心配はないわよ」その謎はこんなふうにして放っておかれた。この推理にはまだ解決されていない謎がいくつもあり、わたしたちはすぐにその謎に足をすくわれる。

「いったいどうして、あたしたちがこんなことに巻き込まれたわけ？」

「たんに親切にしただけよ」

ソファに寝ていた夫を起こすと、フレッドはわたしのせいで目が覚めたと文句を言いながら、よろよろと廊下を歩いていった。そしてぴったり二秒後にまたいびきをかきはじめた。わたしはというと、彼の隣で浅い眠りに落ちたり、目が覚めたりをひと晩じゅうくり返した。そして六時には起きてコーヒーをいれ、七時にはウーファーの散歩に出かけた。

夜のあいだに、バーミングハムは深い霧に包まれていた。ここではよくあることだった。

メキシコ湾の湿気が勢いよく山々にぶつかるのだ。このところウーファーは散歩をとても喜んでおり、今朝は時間をかけて歩いた。霧になると、ほかの動物たちが長年にわたって残したメッセージがはっきりと伝わってくるらしく、ウーファーは頻繁に立ち止まってメッセージを読んでは返事を残した。

ヘッドライトをつけたフレッドの車が隣で停まった。「やあ、調子はどうだい？」

「だいじょうぶよ。あなたは？」

「だいじょうぶだ。あとで電話する」

朝刊を取りにきたミツィ・ファイザーがフレッドに手をふった。「すてきなひとね」ミツィが言った。同感だ。

この日、ボー・ミッチェルが非番でなければ、すべてのことは起こらなかったろう。家に戻ってすぐに警察署に電話すると、ボーは非番なので、誰かほかの警察官と話したいかと尋ねられた。思い浮かんだのは、あのランボーという警察官だけだった。そこで、明日ボーに話せるのなら、一日延ばしてもかまわないだろうと判断した。そしてキッチンのテーブルに腰をおろして朝刊を開いた。一面に載っていた記事のひとつが、ハスキンズ判事殺害に関する妻モイラ三十七歳に対する疑惑だった。モイラ（南部にこんな名前があるだろうか？）は最初に報じられた事実と異なり、じつは犯行時に親戚を訪ねていなかったのだ。また、第一発見者のジェニファー・ルイーズ・ホール二十四歳も疑われていた。

わたしは首をふった。どうしてメグ・ブライアンのようなレディがロバート・ハスキンズみたいな女たらしに関わってしまったのだろうか？　若いときだって同じように女たらしだったにちがいないのに。

電話が鳴った。トリニティの声だ。「ジョージアナが持ち直したの。ハイジ・ウイリアムズの情報がわかる場所を教えてもらったわ。今朝は頭がはっきりしているみたい」

「よかった。ハイジの情報はオフィスにあるの？　防犯システムの暗証番号がいるわよ」

「もう聞いてあるの。でも、情報を取りにいってもらう時間はある？　わたしは病院にいたいから。ずっとベッドのそばにいる許可をもらえたし、ジョージアナもそのほうが安心できるようだから」

「わかったわ」汝、親切であれ。「ジョージアナは鍵をどこかに隠しているの？　それとも、病院にいって受け取らないといけない？」

「ドアのそばの植木鉢のなかの偽物の石のなかに隠してあるわ」

ああ、やっぱり。わたしは暗証番号を書きとめると、支度をはじめた。キャシーやジョージアナに居場所を教えるまえに、ハイジ・ウイリアムズと話したかった。着がえをしていると、また電話が鳴った。今度はヘイリーだ。

「仕事じゃないの？」わたしは訊いた。

「仕事よ。手術の合間に休憩を取っているのよ。いま五本のバイパスの形成手術が終わったところだから。排水管の詰まりを直す業者さんも、自分の動脈の詰まりは直せなかったみたい」

排水管の業者が動脈の詰まりを直す、かわいらしい図が頭に浮かんだ。

「パパのバースデーケーキはわたしがつくるって言っておきたかっただけなの。ゆうべのテレビで、マーサ・スチュワートが野菜畑みたいなバースデーケーキをつくっていたから。小さな野菜が全部マジパンでできているのよ。小さなキャベツなんて、最高なんだから」

「マジパンでつくった野菜でケーキを飾るの?」

「おもしろそうでしょ。やってみたくて。ちっちゃいニンジンとかナスとか、柵とか。土はチョコレートなの。かわいいと思わない? バースデーケーキはまだ注文してないわよね?」

「ええ。今朝は〈サヴェッジズ〉に寄らなかったから」

「それなら、わたしにつくらせて。マジパンはどこで売っているの?」

「〈ヴィンセンツ・マーケット〉にあるわ」

「ありがとう、ママ。それじゃあ、今夜ね」

マジパンのキャベツ! マジパンでキャベツをつくるつもりなのに、マジパンを買える店も知らないなんて! ヘイリーは恋をして、すっかりおかしくなってしまった。

一緒にハイジの居場所を突き止めにいきたいかと訊くつもりで電話をしたけれど、シスターは留守だった。わたしは〈ザ・ファミリー・ツリー〉に行くから、また連絡するとメッセージを残した。ボー・ミッチェルに連絡しようとしたが、きょうは非番だったということも付け加えて。シスターはランボーという名前の警察官に推理を聞いてもらいたいと思うかもしれない。

二階に居住スペースがある小さな店はとても魅力的で、わたしは今回もまえを通りながら、何か商売ができたら楽しいかもしれないと想像をめぐらせた。一週間に二日だけ開くお店とか。委託販売の店がいいかもしれない。ガレージセールや遺品処分セールで掘り出し物を見つけて転売する、特殊なアンティークショップもいい。コレクター好みのものをすべて取りそろえるのだ。メアリー・アリスはバーミングハムのあらゆる慈善団体や芸術団体の理事をつとめているけれど、そういうのはわたしの趣味じゃない。フランシス・ゼイタが退職したら、一緒に何か事業を起こすのもいいかもしれない。

わたしは車をアパートメントの裏にまわして、ジョージアナの車の横に停めた。鍵はトリニティに教えられたとおり、偽物の石のなかにあった。アパートメントのなかに入ると、霧が出ている日であっても、部屋は美しく、明るかった。何て幸せに満ちた部屋なのだろう。わたしはジョージアナが自らペンキを塗った、背もたれがハシゴ状になっている色鮮やかな椅子に見とれた。そして気づくと、記録の改ざんやら殺人やら、〈ザ・ファミリー・ツリー〉で何が起こっているにせよ、ジョージアナ・ピーチが関わっていないことを祈っていた。

一階の防犯システムのパネルは二階の居住スペースのドアを入ったすぐそばにあった。わたしはハンドバッグから暗証番号をメモした紙を取り出して、パネルを開けた。ここではぜったいに失敗せずに、防犯システムを解除したかった。

でも、防犯システムは作動していなかった。数字の上で緑色のランプが明るく輝いている。そして、そのランプの上には〝解除〟と表示されている。このメッセージに間違いはない。

わたしはドアを開けて〈ザ・ファミリー・ツリー〉のオフィスに続く階段をおりていった。

わたしにわずかでも分別があれば、一階のオフィスから音楽が、ヴィヴァルディの『春』が聞こえてきた時点で、まわれ右をしてすぐに逃げただろう。いや、防犯システムに緑色のランプが灯っているのを見たときに、すぐに逃げるべきだったのだ。正直に言えば、いったい何を考えていたのか、さっぱりわからない。ハイジが姿を現したとか、キャシーは結局のところ善良な人間で、すべてわたしの考えちがいだったとか思っていたのかもしれない。とにかく、わたしにわかるのはパラディオ式窓のある二階の玄関ホールに軽快な音楽が流れてきたことと、いったい誰がきているのか確認するために、にこにこ笑いながらオフィスに入っていったことだけだった。

「どうして！」メグ・ブライアンが金切り声をあげてソファから立ちあがった。

「しまった！　防犯システムを作動させるのを忘れていたわ」キャシーがきのう一緒に見ていたパソコンのまえにすわっていた。

わたしは冷静に部屋を見まわした。オフィスはやはりすてきだった。ラグマットもいい——どうして、きのうは気づかなかったのだろう？　エメラルドグリーンで、ピーチの花に縁取られている。それとも、シャクヤクの花？　ミツィなら見分けがつくだろう。そしてきょうのキャシーは髪を三つ編みにしておろしている。その髪型も、袖をまくりあげている黄色の麻のジャケットもとても上品だ。そしてメグは、南部のレディで、とてもかよわそうで小柄なメグはコーヒーテーブルにすわり、血管が浮き出たしみだらけの手を喉もとでぱたぱたと動かしている。

わたしはメグのほうを向いて、これまででいちばん愚かな発言をした。

「死んでいなかったのね？」

メグは手で首の横をなでた。「もちろん、死んでいるわ。妹のおかげで、わたしの遺灰はいま頃はフェアホープだもの」

わたしは籐のロッキングチェアにへたりこんで胸に手をあてると、心臓が激しく鼓動していた。落ち着くのよ、パトリシア・アン。落ち着いて。

「あなたは死んだものと思って、トリニティはとても動揺しているわ」わたしは何とか言ったが、自分の声ではないみたいだった。

「キャシー、いまのを聞いた？」メグが言った。

キャシーが近づいてきて、もうひとつのロッキングチェアにすわった。

「聞いたわ。悲しいお話」

メグがわたしのほうを見た。「トリニティから、わたしのふたりの夫と寝たって聞かなかった？」

「もちろん、聞いていないわ。わたしが知っているのは、ハスキンズ判事があなたの遺灰を持ってきたとき気絶したことだけよ」

「かわいそうに。あの子、帰る途中でアンティークを買ったでしょう。そうすれば、旅費を経費で落とせるから」

わたしが答えずにいると、メグは笑った。「買ったのね？　キャシー、言ったとおりでしょう？　あの子のやることなんて、すべてお見通しなんだから」

キャシーは微笑んだ。かすかに。「メグ」わたしのほうを身ぶりで示した。「面倒なことになってしまったみたい」

メグも微笑み返した。「そうね」

「わたしは面倒なことなんて起こさないわ」わたしは震える脚で立ちあがった。「あなたたちは予定していたことを進めて。わたしはやらなきゃならない用事があるから」

「すわって」メグが命令した。その顔はもう穏やかではなかった。女子刑務所の映画に出てくる看守に似ているかもしれない。わたしは椅子にすわった。

「いったい、何をしているの？」わたしは尋ねた。「さっぱりわからないんだけど」

わたしが最高におもしろい冗談を言ったかのように、メグとキャシーはそろって笑った。「春の大掃除です」キャシーは言った。わたしはそこで初めて〈カナディアンミスト十二リットル〉と印刷されている段ボール箱が三つあることに気がついた。

メグが品のいいコーヒーカップを掲げた。「といっても、わたしは休憩中だけど。パトリシア・アン、あなたもコーヒーをいかが？」

わたしは首を横にふった。ずっと考えていたのは、ここからすぐに出なければならないということだった。わたしは正面のドアを見た。もしかしたら、鍵がかかっていないかも。コーヒーテーブルを蹴り倒して必死に走れば、倒れたテーブルがふたりのじゃまをしてくれるかもしれない。

「キャシー」メグが言った。「いまパトリシア・アンが考えていることがわかる？」

「もちろん」キャシーがわたしを見た。「ホロウェル先生、正面のドアには鍵がかかっています。その考えは捨ててください」

ヴィヴァルディの『春』が終わり、少し間が開いてから、ベートーヴェンの『交響曲第六番』が流れはじめた。

「いいテープね」メグは音楽が聞こえてくるほうに首を小さく傾けた。

「〈ヴィクトリアズ・シークレット〉よ」キャシーが説明した。「二十ドル分の商品を買うと、テープがもらえるの。テープはたぶん三ドルくらい。そんな感じだったと思うわ。悪くないでしょう」

「ふーん」メグがコーヒーを飲んでいるあいだ、わたしはこんなにも荘厳な音楽が恐ろしく聞こえることに驚いていた。

「ジョージアナはハスキンズ判事があなたを殺したと言っていたわ」わたしは言った。

「殺したも同然だという意味ね。とても正しいけど」

「いったいどういうことなのか、教えてくれるつもりがあるの？」わたしは言った。

「気は進まないけど、教えないわけにはいかないかもね。キャシー、どう思う？」

「どうして教えなきゃいけないのかしら？」

「それが礼儀というものだからよ、キャシー。覚えていて。誰かを不安にさせないというのが礼儀正しいっていうことなの。いまパトリシア・アンはとても不安なようだから」

「トイレに行きたいのよ」わたしは言った。

「そのドアの向こうよ」メグは微笑んだ。「ハンドバッグはここに置いていってね」

もちろんメグは知っているが、化粧室には窓がなかった。トイレの上には額に入ったモネの庭の絵が飾られ、洗面台の上には鏡があった。鏡を割って、その破片を武器にできるだろうか？　ブラウスを脱いで手に巻きつけ、鏡を思いきり叩けば割れるだろうか？　手の骨が残らず折れてしまうだろうか？

「よけいなことはしないでね、パトリシア・アン」メグがドアの向こうから言った。「ポケットに小さな銃が入っているの。もちろん弾が入っているし、あたれば死ぬわよ。それも確かだから」

怒りで恐怖心が薄くなった。わたしはドアを開けて言い返した。「いったい、どういうことなのか教えて。わたしをこんな目にあわせる権利はないはずよ」

「あなたの言うことはもっともだわ、パトリシア・アン。本当にひどいことをしているわよね。あなたもお姉さんも結婚式で親切にしてくれたのに」

メグはソファに腰をおろし、わたしにも籐のロッキングチェアに戻るよう身ぶりで示した。キャシーはファイルの棚のまえで膝をつき、書類フォルダーをめくっている。そしてときおりフォルダーを取り出しては〈カナディアンミスト〉の箱にしまっている。いま誰かがこの部屋をのぞいて音楽を耳にしたら、高齢の女がふたりでお喋りに興じ、若い女性がのんびりと仕事をしている、のどかな光景に見えるだろう。

「死んだのはハイジ・ウイリアムズなのね？」

キャシーが床から顔をあげた。「黙って」

「そんな失礼な口をきくものじゃないわ、キャシー」メグは紙で扇子を折っているかのように、青いシャツワンピースのゆったりとしたスカートをたたみながら言った。「そうね、来週グランドホテルで開かれるお別れパーティーはハイジのためのものね。きっと、すてきな会になると思うわ」

「でも、どうして？」

メグが身を乗り出した。「わたしが死ぬ必要があったから。ハイジはわたしと同じくらいの年で、体型も――」

「あなたの服を着ていたし」キャシーが付け加えた。

「わたしのハンドバッグを持ってね」メグがキャシーに言った。「いまでも女が高い場所から飛びおりようとするとき、ハンドバッグを持つかしらって考えるのよ。あれはトイレに置いておくべきだったかもしれない」

「どっちでも同じだわ」キャシーが言った。

「そうね。でも、あれは〈アイグナー〉の高級品だったのよ。あのときはそこまで考えてなかったけど」

「ちょっと待って」わたしは口をはさんだ。「話を整理させてちょうだい。あなたはハイジ・ウイリアムズに自分の服を着せてから、窓から突き落としたの？」

「ジャケットだけよ。あの日わたしが着ていたような花柄のワンピースを、ハイジはいつも着ていたから。よく似ていたのよ」

わたしは〈ローラアシュレイ〉のものに囲まれた部屋と、あの小型犬を思い出した。

「ハイジはあまりオツムの中身に恵まれていなかったのね」メグは言った。「だから、わたしのジャケットをとても気に入っているようだから、同じものを注文してあげるとか何とか適当なことを言って、ジャケットを着せたの。サイズがあっているかどうか確かめる必要があるって」

「ハイジはそれを信じたの？」わたしは涙があふれないように目を閉じた。

「もちろん。ハイジの手助けに対するお礼だもの」

「ハイジにはニワトリくらいの頭しかなかったから」キャシーが言った。

メグはくすくす笑った。「そう。そうだったわよね？」

あの日、シスターとわたしのところへ走ってきた、ハスキンズ判事の辛そうな顔をありありと思い出した。「判事は死んだのがあなただと本気で信じていたのね？」

「ロバートが遺体をしっかり見ることはないだろうと考えていたの。ロバートは本みたいに行動が読めるから」

「確かにね」キャシーが同意した。

「でも、あの悲しみようはうれしい驚きだったわ。ほんの少し甘ったるい気持ちになった。

そうじゃなくて、キャシー?」

「そうでしょうね」

わたしの頭はきちんと働いていなかった。メグと出くわし、そのメグがハイジ・ウイリアムズを殺したことを平然と認めていることがあまりにも衝撃的すぎて、すっかり混乱していた。〝落ち着くのよ、パトリシア・アン〟何度も自分に言い聞かせていたが、脳はもうひとつのメッセージを送ってくる。〝とんでもない状況に陥っているのよ、パトリシア・アン〟

「キャシー、進み具合はどう?」メグが訊いた。

「そろそろ終わるわ」

「あなたはどうして死ぬ必要があったの?」わたしはメグに尋ねた。

「ロバートを殺すためと、ジョージアナに死ぬまで刑務所に入ってもらうためよ」

「ジョージアナに?」

「ひとつ教えてあげるわ、パトリシア・アン。古い話だけど、とても単純な話。わたしたちが結婚してまだ数カ月のある晩——ああ、わたしたちというのはロバートとわたしのことだけど——たぶん六月か七月ね、暑かったことを覚えているから。わたしが目を覚ましたら、ロバートが隣にいないの」メグは夢を見ているような声で話していた。「わたしもベッドから出て家じゅうを見てまわったけど、どこも静まり返っていたわ。満月だったから、月に二度目の満月、ブルームーンが出ていたから、明かりはつけなかった。あとで、こんなことはブルームーンみたいにめったにないことだと自分に言い聞かせたから、覚えているの。このことは話したかしら、キャシー？」

「いいえ」

「それで、わたしは外に出て桟橋に歩いていったわ。セミの声がしていた。月明かりがとても明るくて、桟橋に沿って魚の鱗（うろこ）がきらきら輝いていた。わたしは『ロバート』って呼んだの。そのとき、波打ち際にいるのが見えた。ロバートとわたしの友だちのジョージアナが、わたしの親友が、関係を持っている姿が」

「映画の『地上より永遠に』に出てくる、デボラ・カーとバート・ランカスターの有名なキスシーンみたいにね」キャシーが付け加えた。

メグがにらみつけた。「黙って、キャシー」

「でも、それは――」わたしは訊いた。「――何年まえ？　もう四十年もまえの話でしょう？　四十年もたってから復讐したの？」

「そうよ。でも、その四十年間ずっと、ふたりはいつか罰を受けるとわかっていた。その思いはずっと暗く潜んでいたのよ」

ハスキンズ判事とジョージアナ・ピーチは忙しく幸せな四十年を生きてきたのではないかと指摘するのはやめておいた。どうやら、ここにいるのは理性的な女性ではなさそうだから。わたしがキャシーのほうに目をやると、彼女は重心をうしろにあずけて立っていた。

「わたしを見ないで」キャシーは言った。「ロバートはわたしのすべてを奪ったわ。文字どおりの意味でも、比喩としての意味でも」

「ご両親が亡くなったあと、判事はあなたの後見人になったものだと」

「そうよ」メグが話に割って入った。「キャシー、何もかも悪かったみたいに言わないで。自分でもわかっているでしょう」

急にめまいがしてきた。わたしは頭を膝につけた。「ねえ」口がズボンにあたっているせいで、声がくぐもっている。「今回起こったことはすべて、あのイタチ顔の男に復讐するためなの？」

「もちろん、ちがうわ」メグは言った。「でも、それですべてが楽になったの。ロバートにはいろいろな面があったけど、決して愚かではなかった。誰が記録を改ざんしているのか気づいたのよ。わたしたちはジョージアナを嵌めているあいだに、かなりのお金をもうけた。そうよね、キャシー？　かなりのお金よ。ハイジ・ウイリアムズとしてどこかで快適に暮らせるくらいはね。キーウエストあたりかしら。それとも、トロント？　あそこの劇場は見事らしいから」

「キャシーはどうするつもり？」わたしは訊いた。

「ああ、キャシーは残りたければ、ここに残ればいいわ。殺人も家系図の改ざんもすべてジョージアナがやったことだから。公的な記録を盗んだり破損したりしたこともね。それを確かにするために、いまキャシーは作業しているの。きのうはジョージアナが死ぬものと思っていたから、そんなに慎重にやらなくても平気だと考えていたんだけど」メグがにやりと笑った。「ジョージアナは四十年間ずっと潰瘍を抱えていたの。わたしの『助けて』というメッセージがかなり効いたのかしらね」

「判事の部屋に入って、すぐに撃ったの？」脚に口をつけたまま訊いた。

メグはまた夢を見ているような声で語った。「そうでもなかったわ。ロバートは、わたしのことをジェニー・ルイーズとかいう女だと勘ちがいしたみたい。バスローブ姿で居間に入ってきて、わたしを見るとにっこり笑ったわ。だから、言ったの。『どこに行っていたの、ロバート？』って。そうしたら『長い道のりだったな、メグ』って。それで、わたしはロバートにバスローブを脱ぐよう言ったの」

「なぜ？」キャシーが訊いた。「脱いだって意外なものは何もないでしょうに」

「でも、あったのよ。ロバートは大柄ではなかったけど、とても力強い身体つきで、胸板が厚くて、脚が短かったの。いかにもアイルランド系でしょ。それなのに、目のまえに立っていた男はガリガリで、いまにも骨が皮を突き破りそうだった」

「フォークナーの『エミリーに薔薇を』ね」キャシーは言った。

「黙って」わたしはキャシーに言った。

メグがわたしに微笑んだ。「ロバートは美しかったわ。年は取っていたけど、美しかった。胸に走っている血管さえ見えたの」彼の身体を隅々まで思い出しているかのように、しばらく黙りこんでから、また続けた。「ロバートは言ったわ。『メグ、わたしを殺すつもりなんだろう？』って。だから、答えたの。『ええ、そうね、ロバート』って。そうしたらロバートが『そうか』と言うから、わたしは頭を撃ったの」また少し黙った。「そうしたら、少しは気分がよくなると思っていたのよ」

「かわいそうに」

それは本心だった。わたしはこの女性についても、この女性をこんな凶行に走らせたたくさんの出来事についても気の毒だと思っていた。

「ありがとう」メグはコーヒーを飲みほしてカップを置いた。

まだ最大の疑問が残っている。ふたりはわたしをどうするつもりなのだろう？　メグのことは気の毒に思うが、それでもぜったいにまともではない。それにキャスティーン・マーフィーまで仲間に引き入れているのだから、答えははっきりしている。

メグは立ちあがった。

「キャシー、もう終わった？　箱を車にのせたら、パトリシア・アンをどうするか考えて。本当に気が進まないけど」

「わたしもよ」

わたしは膝に向かって言った。何とか、方法を考えなくちゃ。トリニティはわたしがオフィスにきていることを知っているけれど、一日じゅう病院だ。トリニティ以外で、わたしがここにいることを知っているひとはいない。うう、いる。わたしはシスターの留守番電話にメッセージを残してきた。でも、シスターはわたしを探したりしないだろう。うちに電話をかけてくるひとがいても、わたしは留守だと考えて、メッセージを残すだけだろう。たとえ、シスターでも。フレッドでも。ああ、フレッド。ズボンに涙がこぼれ落ちた。わたしの葬儀で、フレッドは子どもたちにこう言うだろう。〝よけいなことに首を突っこむなと、あれほど言ったのに〟墓石にまでその言葉を刻むかもしれない。そしてアトランタ生まれの娘と半年以内に再婚するのだ。

「はい。ティッシュペーパーを使って」メグが手のなかに押しこんできた。

「ああ、フレッド」洟をすすりながらささやいた。正面のドアが開いて、また閉まる音がした。

「ロバートは確かにちょっとイタチに似ていたわよね」メグが言った。わたしが彼女の靴を見つめていると、メグはコーヒーテーブルのまわりを歩いて、また腰をおろした。「それなのに、あれだけ女にもてたんだから驚きよね」

わたしは顔をあげてティッシュペーパーで顔をふいた。「理屈じゃないから」

「そうね」メグが身を乗り出した。「ねえ、パトリシア・アン、わたしは本当はあなたを撃つのがいやなの。だって、ひどい有様になるのよ。ロバートを撃ったとき、びっくりしちゃった」

わたしはシスターが考えた〈ケッズ〉の白いキャンバス地のスニーカーに咲いた血のアネモネの描写を思い出した。「わたしだって、いやだわ」

「キャシーが何か考えつくかどうか、待ってみましょうよ。ジョージアナが倒れて潰瘍が見つかったとき、キャシーはヘビの毒か何かを与えるといったの。賢い考えよね。大動脈に入っていくらしいの。でも結局、ジョージアナには罪を償ってもらおうと思って。当然の報いだから」

「キャシーは賢い子よ」わたしは言った。

「ああ、よかった。皮肉が言えるようになったのね。だいぶ気分が落ち着いた？」

もう言うものですか。

キャシーが最後の箱を運び出した。そして戻ってくると、メグは〝ご不浄〟へ行くと言い、わたしは残されたキャシーに話しかけた。

「メグはおかしくなっているわ」ドアが閉まるとすぐに、わたしはキャシーにささやいた。

「わたしたちは、どちらも正常ですよ」

「そうかもしれない。でも、メグはハイジ・ウイリアムズになってほかの場所で生きていくつもりなのに、あなたをそのままここに残していくなんて、本気で思っているの？」

「黙って、ホロウェル先生」

「今回のことは何から何まで、まるで怪奇小説みたい。自分を傷つけた男に復讐する機会を生涯ずっと待っていたなんて、想像してごらんなさい」

「少なくとも、メグは死んだ男と添い寝していないわ」

「何ですって？」

「先生がわたしたちに読ませたフォークナーの小説ですよ。骸骨の横の枕に長い白髪が落ちていたでしょう。今回のことではなぜかその場面を思い出すんです」

「『エミリーに薔薇を』？　だから、さっきそう言ったのね」

「ええ」

「キャシー？」キャシーを説得しようとしたところで、トイレの水が流れる音がして、メグが化粧室から飛び出してきた。「さあ、ふたりとも」明るく陽気な口調で言った。「最後に残った小さな問題をどうやって片づける？」

18

わたしの提案はこうだ。わたしを解放してくれれば、ふたりがこれまでにしたことも、これからしようとしていることもぜったいに誰にも話さないと誓う。ふたりが誰を窓から突き落とそうが、頭を撃ち抜こうが、脅迫しようが、誰かの家系図を改ざんしようが盗もうが、わたしには関係ない。ふたりがどこへ逃げようがかまわないし、たとえバーミングハムにとどまったとしても、ふたりのまえには現れない。もしも約束を破ったら、死んでもいい。

メグはやさしく微笑んだ。「ぺらぺら喋る癖があるのね」

「先生はいつもそうなの。学校でもそうだったわ」キャシーは辛そうに言った。

「それじゃあ、問題は解決しないのよ」メグがわたしを見た。「パトリシア・アン、本当にあなたを殺すのは気が進まないのよ。あなたには何の恨みもないのだから。それどころか、あなたのことは気に入っているの」

「ありがとう」ああ、本当にいかれている。ここには助けを求められる相手はいない。この子も同じくらいいかれている！　キャシーを見ても、彼女は爪ばかり見ている。

「先生を連れていって」キャシーが言った。「あなたが逃げるときに」

「だめよ。ミシシッピ州まで行くのに、こんなお喋りには耐えられないわ。頭がどうにかなっちゃう」

「それなら、どうするの？」キャシーが訊いた。

メグは憐れむように首をふった。「パトリシア・アン、本当にごめんなさい」

彼女がスカートのポケットに手を入れると、わたしの目は小さな銃に釘付けになった。よく知らないけれど、小さな銃でも威力は大きなものと変わらないだろう。ハスキンズ判事の眉間に空いた穴がその証拠だ。

「行きましょう」メグが言った。「キャシー、準備はいい？」

「先生をどこへ連れていくの？」

「あなたの家に地下室は？」

「ああ、やめて。死体と一緒に暮らすのはいや」

〝死体〟という言葉がわたしを動かした。ソファの隣のテーブルにのったランプをつかんでメグの手にふりおろして、銃を弾き飛ばしたのだ。銃は床を滑り、キャシーとわたしが突進した。勝ったのはキャシーで銃を手にして立ちあがったが、わたしは腰の骨を折ったかもしれないと思いながら寝そべったままだった。腕も、脚も折れているかもしれない。

「立って」キャシーが命令した。

「ちょっと待って」いら立ちと、痛みと、恐怖で、涙が浮かんできた。

「キャシー、銃をちょうだい」メグが言った。「パトリシア・アン、あなたがこんなことをするなんて」

「いやよ」キャシーの声はこわばっていた。「銃はわたしが持っているわ。ホロウェル先生の言うとおりよ。あなたがわたしを生かしておくはずがない」

「キャシー、馬鹿なことを言わないで」メグがキャシーのほうへ歩きかけたとき、わたしは脚を出してつまずかせた。どういうわけか、メグよりキャシーといたほうが逃げられる可能性があると踏んだのだ。何といっても、キャシーはメグに騙されるほど世間知らずなのだから。

メグがカウンターに頭をぶつけ、いやな音が響いた。わたしは身体を起こして、うつ伏せに倒れたメグの身体を見た。「死んだの？」

うめき声が応えた。

「ああ、どうしよう」銃を持つキャシーの手が震えている。「このふたりをどうしたらいいの？」

応えたのはメグのうめき声だけだった。

「あなたたちをここに残してはいけないわ。きっと、すぐに誰かがくるだろうから」

「メグがひとりで判事を殺したのでしょう？」わたしは尋ねた。

「もちろん」

「ハイジ・ウイリアムズを窓から突き落としたのも、メグひとり？」

少し間が開いてから答えた。「ええ」

「それなら警察に通報して、メグを告発したらどう？」

キャシーがわたしを見た。

「いやな女。わたしがそんなに馬鹿だと思う？　殺人罪では逮捕されないかもしれないけど、脅迫と記録の改ざんで捕まるのは目に見えているわ。さっさと、立って！」わたしはよろよろと立ちあがった。右腕に激痛が走り、あまりの痛さに気を失うかと思った。「メグを起こして」

「腕の骨が折れたみたい」

「いいから、メグを起こして」

ほとんど意識のないメグの身体を何とか起こして、すわらせた格好でカウンターに寄りかからせた。「歩かせるのは無理よ。頭の骨が折れたのかもしれない」

「それなら、先生とわたしで引きずっていくしかないわね。誰かに見られても、病院が近いから日帰りで手術を受けたんだと思うわ。関心を払うひとがいたらの話だけど」

「どこへ連れていく気？」

「わからない。考える時間が必要ね」

そのとき、知恵で敵を手玉に取る〝ウサギどん〟ばりの考えが浮かんだ。ヴァルカンの足もとの洞穴だ。あそこに誰かを隠すのは渋滞する二八〇号線に隠すようなものだと、ボー・ミッチェルが話していたではないか。

「ヴァルカンの足もとの洞穴に連れていくのだけはよしてね」わたしは懇願した。「お願い。

とても耐えられそうにないから。ヘビがいるだろうし、真っ暗だろうし」

「しばらくは地下室にいてもらうわ」キャシーが言った。「さあ、メグの右側に行って、立たせるのを手伝って。でも、まだこの銃が先生を狙っていることを忘れないで」

メグはぐったりしていて、まるで死体のようだった。そして、どんなにかよわく見えても、死体のようであれば、身体はひどく重かった。

「無理よ」わたしは言った。

キャシーがわたしの頭に銃口を向けた。

「メグの腕の下に肩を入れて」

確かに、それだとうまくいった。メグの右腕をわたしの肩にまわして、左腕で支えた。右腕の感覚はなかった。

「さあ、歩いて」

わたしたちはあいだにはさんだメグを引きずって、ドアへ向かった。通りを歩いてくるひとがメグを日帰り手術を受けた患者だと思ったとしたら、そんな手術は怖くて一生受けないにちがいない。

ドアまでたどり着くのに一時間もかかった気がした。そのあいだずっと激痛が走り、吐き気がこみあげ、ドアにたどり着くまでに気を失ってしまうのではないかと不安になった。わたしが膝をつき、メグの身体を落としてしまったら、キャシーはきっとわたしたちふたりをこの場で殺すだろう。だから、わたしは真鍮のドアだけを見つめ、必死に一歩ずつ歩いた。

とうとう、たどり着いた。そしてキャシーがドアに手を伸ばして開けると、目のまえにピンクのグロキシニアの鉢植えを持ったシスターが立っていた。

「こんにちは！」シスターは陽気に言った。「ジョージアナにと思ってこの花を買ったんだけど――」表情が見る見る変わっていった。「何かあったの？」

それからの数分間で何が起こったのか、わたしには定かではなく、これはシスターにあとから聞いた話だ。わたしが気を失って左側に倒れると、メグがその上に倒れた。そしてバランスを失ったキャシーはわたしたちふたりの身体を飛び越えて、入口をふさいでいたシスターのわきを通りすぎようとした。そこにシスターが脚を出して、キャシーはつまずき、歩道に続く階段を二段ばかりおりたところで手足をついて倒れた。銃は宙を舞い、シスターがあわてることなく階段からキャシーの上へと飛びおりると、キャシーはグロキシニアの鉢植えに音をたてて頭をぶつけた。この奇妙な光景を日帰り手術の帰りだと思うひとはなく、車で通りかかったひとたちから、女どうしが喧嘩しているか、あるいは何かよくないことが起こっているようだという通報が九一一にあったのだ。

警察が到着したときには、わたしはもう意識が戻っていたけれど、まだメグが上にのっていた。そしてキャシーの上にはまだシスターがのっていて、ふたりの警察官がキャシーを捕まえるまで、決して動こうとしなかった。だが、それは簡単なことではなかった。喧嘩の理由がわからず、わたしから説明を聞くにはメグをどかさなければならなかったからだ。

「最高に興奮したわ」その夜、ヘンリーとデビーの家で、シスターは説明した。「救急車とパトカーがきて、信じられないくらいの数の車が停まったんだから」

わたしは鎮痛剤をたっぷり飲み、腕をギプスで固めていた。そして愛情をこめてみんなを見つめて微笑んだ。フィリップとヘイリー。何てお似あいなのだろう。フィリップ、二十歳上なのは許すわ。そしてシスター、ヘンリー、デビー、フレッド。ああ、愛するフレッド。

「目が寄っているぞ」フレッドが言った。

「キャシーはどうなるのかな」フィリップがデビーに訊いた。

「厳罰に処されるわ。脅迫、公文書の偽造と窃盗、殺人罪には問われないかもしれないけど、殺人の従犯にはなるわね。ミス・マーチにはしばらく会えないでしょうね」

「メグは？」シスターが訊いた。

「弁護側は心神喪失を訴えるでしょうね。当然の作戦よ」デビーはヘンリーの手を握った。

「でも、立証はできないと思う。裁判を受ける能力を有していると見なされるはずよ」

ヘイリーが口を開いた。

「数日間は病院で容態を監視されるはずよ。どうやら頭を強く打ったみたいだから。髪の生え際のあたりを骨折しているけど、いちばん問題なのは脳の腫れなの」シスターに笑いかけた。「きっと、キャシーの頭のほうが硬かったのね」

ヘンリーがデビーに語りかけた。「信じられるかい？　きみはぼくと結婚して一週間しかたっていないのに、ぼくの家系図にはいかれた殺人鬼まで現れてしまった」

デビーはヘンリーにキスをした。「わたしのほうの家系図には何が現れるか、楽しみに待っていて」

「あら、うちはみんな善人よ」わたしは言った。「いいひとばかりよ。フレッドはいいひとだし、ヘイリーもいい子だし、シスターだっていいひとだし、ウーファーだって――」

フレッドがわたしのギプスを叩いた。「ああ、みんないいひとばかりだ」

「ねえ、わたしはトリニティが大好きなの」ヘイリーが言った。「彼女は一切関わっていないのよね？」

「何も関わっていなかったわ。ジョージアナ・ピーチもね」メアリー・アリスが説明した。

わたしからすべてを説明したかったが、口がうまくまわらなかった。

「メグは」ゆっくり話した。「『地上より永遠に』のあの名場面のことでジョージアナを責めていたの」

全員がにっこり笑ってくれたせいで、意味が通じたのがわかった。

「だから、メグはジョージアナに『助けて』というメッセージを残したの？」ヘイリーが尋ねた。

「潰瘍ができるほど怯えさせるためにね」わたしは不明瞭な口調で説明した。

「ところで」シスターがわたしに言った。「ジョージアナが集中治療室を出たわ。トリニティが電話をくれたの」

わたしはくすくす笑った。

「ジョージ・ピーチがパイを食べたら、どのくらいのムーンパイを食べるかしら？」

そう言うと、わたしはフレッドの膝を枕にして眠ってしまったらしい。

訳者あとがき

あなたはひいおばあさん、ひいおじいさんの名前を知っていますか？　ひいひいおばあさん、ひいひいおじいさんは？　先祖にはどんなひとがいて、どんな暮らしをして、どんな人生を送ったのか、知りたくありませんか？

そんなときに役に立つのが、系譜調査員です。依頼人の先祖を探し、家系図を作成するのが仕事。今回、パトリシア・アンとメアリー・アリスはプロの系譜調査員と知りあいます。日本では系譜調査員という職業はあまり耳にしませんが、どうやら行政書士などが同様のサービスを行っているようです。ちなみにインターネットで調べたところ、日本で家系図作成を依頼する場合の料金は一系統（簡単に言えば、ひとつの名字）につき五万円から十万円くらい。これを安いと考えるか、高いと考えるかはひとそれぞれでしょうが、お金持ちのメアリー・アリスならあっさり払ってしまうかも。

パトリシア・アン（百五十四センチ、四十八キロ、六十歳）とメアリー・アリス（百七十八センチ、百十三キロ、六十五歳）の凸凹姉妹が活躍する、おばあちゃん姉妹探偵シリーズ第三弾『さわらぬ先祖にたたりなし』（原題 *Murder Runs in the Family*）は、幸せいっぱいの華やかな場面からはじまります。メアリー・アリスの娘デビーとパトリシア・アンの教え子ヘンリーがめでたく結ばれ、教会で結婚式を挙げたのです。そこで新郎の母親代わりをつとめたのがヘンリーの親戚、メグ・ブライアンでした。

メグは小柄でかよわい老婦人に見えますが、じつはやり手の系譜調査員。本人も「食うか食われるかの系譜調査の世界で、自分は食う側」だと断言しています。

先祖を調べて家系図をつくる仕事が、どうして「食うか食われるか」なの？　パトリシア・アンは疑問に思いますが、挙式後のパーティーで実際に穏やかではない状況を目にします。調査結果に不満な依頼人がメグを「恥知らず」と呼んで、詰めよってきたのです。

そして二日後、メグが裁判所の十階から転落して死亡します。警察は飛び降り自殺だと判断しますが、直前まで一緒に食事をしていたパトリシア・アンとメアリー・アリスには信じられませんでした。あんなに元気でおいしそうに食事をしていたひとが、やりがいを見出した仕事で成功したひとが、自殺なんてするだろうか。

すると、メグの妹であるトリニティが、メグは前夫のハスキンズ判事に殺されたのだと言い出し……。

こうしてパトリシア・アンとメアリー・アリスはまたしても事件に巻き込まれるのですが、今回ももちろんシリーズでおなじみの面々が登場し、作品をにぎやかに盛りあげています。

まず結婚四十周年を迎えても、いまなおパトリシア・アンとラブラブな夫、フレッド。相変わらず、メアリー・アリスと舌戦をくり広げています。そしてパトリシア・アンの娘、ヘイリー。彼女は夫の死を乗り越えつつあり、新しい恋が訪れそうな予感。それから体型から持っているバッグまで、肌の色と年齢以外は何から何までメアリー・アリスとそっくりな友人、ボニー・ブルー。もちろん、メアリー・アリスの愛猫である怠けもののバッバと、パトリシア・アンの愛犬ウーファーも健在です。

言いたいことを言いあい、ときには喧嘩しながら、互いを支えあっているパトリシア・アンとメアリー・アリス。ふたりの親戚になった気分で、一緒に泣いたり笑ったりしていただければ幸いです。

二〇一六年七月

コージーブックス

おばあちゃん姉妹探偵③

さわらぬ先祖にたたりなし

著者　アン・ジョージ
訳者　寺尾まち子

2016年　7月20日　初版第1刷発行

発行人　成瀬雅人
発行所　株式会社　原書房
〒160-0022 東京都新宿区新宿1-25-13
電話・代表　03-3354-0685
振替・00150-6-151594
http://www.harashobo.co.jp
ブックデザイン　atmosphere ltd.
印刷所　中央精版印刷株式会社

落丁・乱丁本はお取り替えいたします。
定価は、カバーに表示してあります。
 ISBN978-4-562-06054-2 Printed in Japan